JN201266

月を掴み
太陽も掴もう

サン画廊 キム・チャンシルの人生と芸術に捧げる愛

キム・チャンシル《著》
中川 洋子《訳》

風詠社

原題／副題／著者名／出版元／発行日は以下の通りです。

달도 따고　해도 따리라
산화랑 김칭실의 삶과 예술사랑
김창실
김영사
1996.1.10

はじめに

1960年代70年代には螺鈿のタンスを飾ることが流行っていました。

私は、この螺鈿のタンスの代わりに絵を買って壁に掛けていたのです。当時は美術品の値段がそれほど高くない時期だったので、その気になればとても有名な作家の作品も気軽に買うことができたので、美術品を買い集めるのを趣味にしていました。

私が収集した作品の中には故人になられた方々の作品をはじめとして、現在も活躍しておられる方々の大切な作品もありました。チョン・ジョン、ソ・ジョン、シン・サン、コ・アン、ウォルチョン、ウンボ先生の東洋画の他に、ト・サンボン、キム・ワンギ、ナム・クゥァン、イ・ジョンウ、チェ・ヨンリム、チャン・イソク先生のような方々の西洋画の傑作作品も集まっていました。それどころか、キョ・ムジェ、ヒョンジェ、タンウォン、プクサン、オ・ウォン、シン・ジェなどの格調高い古書画から、ユーモアあふれる百子童屏風、本の種屏風、ヒョジェチュンジンド屏風など、各種民話や瓢箪のような小さい工芸品から上品な薬箪笥、上部に扉のあるタンスなどの家具、小物にいたるまで、美術品ならどんなものでも、こまめに探してお金に余裕ができれば収集しました。服も買わないで。

ひたすら美術品を収集することだけが私の楽しみでした。夫もこういう私の趣味が嫌いではなかったのか、共に研究しながら趣味を育てていったのです。他の人なら、不動産を買って金を儲けるという世の中だったのですが、私たちは持っていた不動産を売ってでも美術品を購入したいほどの情熱を持っていました。こうして十数年、かなり多くのものが集められ、それらの美術品を家で家族と共に鑑賞して過ごすという毎日が、この上ない喜びでした。

私が薬水洞（ヤクスドン）に住んでいた時には「ここがヤクス画廊だ」と言いながら、友人たちも私の収集品を鑑賞するのが好きでした。

1977年1月のある日、思いもよらないことが起こりました。他人に貸していたインサドンの建物が突然空くことになり、家主の私に不動産屋が「画廊を経営してみろ」と言うのです。私は悩んで家族に相談しました。その時、我が家の次男が高3だったため、とうてい無理な話でした。

ところがどういうわけか、ちょうど大学に合格した長男が「お母さん、画廊を経営してみて下さい。とても良い文化事業になるんじゃないですか。それにお母さんの趣味にもあう分野ですよ。キョンフン（高3）は、お母さんが家にいないと勉強しないというような子供ではないから、心配しないで画廊を経営してみて下さい」と率先して勧めるではありませんか。その瞬間、何か運命のようなものを感じて、私は画廊を経営する決心をしました。2人の息子を信じて、勇気を出したのです。

応接間や居間をはじめ、家のあちこちに飾ってあった絵などの美術品をインサドンの建物に移しました。友人の紹介でイ・ギョンソン先生を顧問に迎え、積極的な助言をいただきながらサン画廊をオープンしたのです。ちょうど18年前のことでした。次男はその後、無事大学に合格し、三兄弟とも今は立派に社会人として育っています。

オープンしたその日から今日まで一日も休まず、画廊経営に全力を尽くしました。その間、小さい力ではあるけれど、美術文化のために私欲よりまず公益を考える姿勢で仕事をしてきました。新聞や雑誌などの掲載で原稿執筆の依頼があれば、断ることなく徹夜をしてでも熱心に机に向かい、原稿を書き上げました。文化発展の助けになる文章だけを選んで書こうと思えば思うほど、容易なことではありませんでした。しかし、美術文化関係に身を置いている人間としては、やらなければならない役割だと考え、できるだけわかりやすくきちんと書くよう心がけ発表しました。美術会の声を高めなければならないという意思も、そこには働いたのです。

1975年画廊誌の“私の愛蔵品”欄に掲載されたのが初めてでしたが、その後もあちこちに20年間書き続け、いつのまにかかなりの量になりました。今ではその記事も黄金色に色あせて字は良く見えません。

「10年たてば山河も変わる」と言われます。ましてや近頃のように速いスピードでかわる世の中で「私の文章に今どのような意味があるだろう」と思うこともあれば、時には宝物でも取り出すように束ねた記事を読み返したりもしました。読み終えてから再びぎゅうぎゅうに紐で括っておく私の行動が滑稽だったのか、息子たちから「お母さんそれだけ集まったのだから、最初から構成して1冊の本にしたらどうですか？」と言われ、側にいた嫁たちも「そうだ、そうだ」と同調するのです。最初はそのような必要はないと思っていたのですが、私の人生の一部を捧げた足跡が綴られている貴重な文章だと思い直し、古い原稿を校正し直したものに「月を掴み太陽も掴もう」と題名を付けました。

この題名は少し野暮ったく聞こえるかもしれませんが、家庭生活と社会生活に対して誠実に努力してきた私の人生の原則を表現した言葉なのです。はたしてその言葉どおり熱心に暮らしてきたかと自問すれば、判断は難しいのですが。拙い文章を実際に本にすると考えれば、恥ずかしくて胸が震える思いです。

いつも私に原稿を依頼して下さった方たち、未熟な文章の校正に努めて下さったキム・コンサ代表および社員一同様、過剰とも思われる称賛の祝辞をすすんで書いて下さったキム・ヨンギュン弁護士、美術評論家のイ・ギョンソン様（前国立近代美術館長）、今日まで側で見守って下さり力強い声援を送って下さった作家の方々とサン画廊のお客様、親戚の皆様に心より感謝申し上げます。

目　次

はじめに …… 3

1. 指輪の代わりに絵を抱いて行くでしょう

指輪の代わりに絵を抱いて行くでしょう …… 15
耳に掛ければイヤリング 鼻に掛ければ鼻飾り …… 17
娘とのある約束 …… 21
信じる情 …… 23
絵との別れ …… 24
結婚のプレゼント …… 26
お金を積み立てて買った絵 …… 28
きわどかった瞬間 …… 30

2. 仁寺洞にて

青瓦台入口前の通りを通過して …… 35
豪華カルビ冷麺店 …… 36
家庭月５月を迎えて …… 38
画廊は私の人生の舞台 …… 42
鄭京和（チョン・キョンファ）の国 …… 47
忙しく暮らす …… 48
文化外交通り仁寺洞 …… 51
光州（クァンジュ）人の芸術史 …… 53
宗教と芸術 …… 56
アジャンタ石窟 …… 57
作家と美大教授 …… 59
私の友人の美術愛好家 …… 61

絵の中に流れる音楽 …… 62
画商シドニー・ジャニス …… 65
『私の文化遺産踏査記』を読んで …… 66
カルカッタの天使マザー・テレサ …… 68
「ドンキホーテ」アーモンド・ハンマー …… 70
ある若い実業家の夢 …… 71
画廊の賜物 …… 73
彫刻家の隣人 …… 74
メトロポリタン・オペラハウスのシャガール壁画 …… 75
国立現代美術館に行く道 …… 77
愛の聖殿タージマハル …… 78

3. 絵画を地図として世界へ
ニューヨーク　ピカソ展 …… 85
先進国の美術政策 …… 86
フリック・コレクション …… 87
ベニスのペギー・グッゲンハイム・コレクション …… 90
ソウル・インターナショナルアートフェア …… 96
'87 LA 国際現代美術祭に参加して …… 97
日本の国際現代美術祭 …… 105
美術品の社会還元 …… 107
貧しくても豊かなインドの人々 …… 108
1988 五輪特別企画展 …… 109

4. 国を輝かせた芸術家には誰が花束をかけてあげるのか
文化大統領たち …… 117
生活の中の芸術空間 …… 118
銀行の美術館 …… 119

サービス精神 …… 120
美術と国威宣揚 …… 122
国を輝かせた芸術家には、誰が花束をかけてあげるのか …… 123
貧しい隣人のために …… 125
経済発展と美術投資 …… 128
近くに来たサザビーズオークション会社 …… 129
共存の調和 …… 130
美術品譲渡所得税の遺憾の意 …… 131
傷を受けた文化の月 …… 134
政治と美術文化 …… 135
文民時代と文化 …… 136
文化発展の主役たち …… 137
企業と文化発展 …… 138
韓国訪問の年 …… 139
韓国ギャラリー協会会長を務めながら …… 140

5. 私が会った画家

光州（クァンジュ）の星、オ・ジホ画伯 …… 145
韓国画家の巨匠「雲甫」（ウンボ）、キム・ギチャン画伯 …… 152
蘭の植木鉢の贈り物 …… 156
夕焼けで燃え上がるタペストリー …… 162
国外の韓国の美術家を探して …… 162
『月と六ペンス』を読んで …… 173
フィンセント・ファン・ゴッホ …… 175
最初の女流画家、ナ・ヘソク（羅蕙錫）…… 176
カミーユ・クローデルの愛 …… 184
“サン美術賞”を紹介すると ―作家を激励する喜び― …… 187

6. 月を掴み太陽も掴もう

薬剤師と画廊経営者 …… 195
古い銀のスプーンカバー …… 198
沙里院から釜山まで …… 201
あなたその服、2着持っているの？ …… 202
私の青春時代 …… 205
3等客室に乗って立って行った新婚旅行 …… 206
丘の上の煉瓦造りの家 …… 208
後先になった専攻 …… 212
晩学の思い出 …… 215
女子高校の同窓生たちの人情 …… 216
私の真の読者 …… 217
一幅の絵画は精神的な薬 …… 219
幸福の瞬間 …… 221
忘れることのできないその先生 …… 222
私の母ピョ・インスク …… 225
私のゴールを探して流れる水 …… 228
月を掴み太陽も掴もう …… 230

祝　辞

発刊をお祝い申し上げて …… 234
現代の申師任堂（シン・サイムダン）を見る喜び …… 236

訳者あとがき …… 240
著者略歴／訳者略歴 …… 245

月を掴み太陽も掴もう

（編集協力　若竹陽子）

1. 指輪の代わりに絵を抱いて行くでしょう

指輪の代わりに絵を抱いて行くでしょう

ト・サンボン先生がいつも楽しんで描かれるという成均館（ソンギュングァン）の絵が応接間に掛かっている。白磁の壺に生けられたライラックの絵も居間に掛けられているので、ト・サンボン先生の作品が2点あることになる。

居間のライラックの絵は10年以上そこにあり、今ちょうど開花したところだ。

この頃は、先日購入した成均館の絵が、見れば見るほど良くなってきた。建物全体をやや赤い色で表した成均館、儒学者たちが勉強を終えて今にも出てきそうな様子だ。どことなく奥ゆかしい成均館の側で、一人の少年が草を食べるヤギ１匹をぼんやりと見つめている。

平和な夏の日の午後であろうか。この絵を眺めていると心が平穏になり私自身忙中閑を享受する気持ちになる。家事に追われた時には静かにお茶一杯を傍らに置き、音楽を聴きながら成均館を眺めて疲れを癒す。

私が好んだからか、我が家の家族らも皆この絵が好きだ。単純ながらもほのかな色の調和と柔軟なタッチ、その一方で知的な画面を駆使するト・サンボン先生。

ト・サンボン先生の絵はすべて好きである。それが風景画であっても静物画であっても。特別な理由がある訳ではない。恐らく先生が楽しんで描く素材や色感のようなものが私の好みや気持ちによく合うということかもしれない。私が大切にしているこの成均館もそうだ。

明暗が調和した色感と、構成された構図と素材は、いつ見ても一遍の詩を詠じるような叙情味を抱かせる。その大小の筆のタッチからは繊細で奥深い高次元の芸術を吟味できる。また長い経験に裏付けられた高い芸術性と意思の強さ、そして不正を許さない人柄に敬意を表したい。

初めて先生の絵を知ることになったのは、今から10年余り前、私が釜山に住んでいた時のことだ。結婚後に年子で子供3人を産み、夫の面倒を見るために少し大きい家を買って薬局を開業した時に、偶然ト・サンボン先生のお嬢さんであるト・ムンヒさんを知ることになった。現在、ト・ムンヒさんは立派な女流画家として知られているが、当時は学校を卒業してまもなく結婚され釜山でご主人と暮らしていた。異郷生活になじめずにいたト・ムンヒさんとは、すぐに親しくなることができた。

美術が好きな私は彼女に、進学前の私の子供たちに美術指導をお願いした。こうして子供たちを指導するために我が家にしばしば来ることになったト・ムンヒさんから、ある日キャンバスに描かれた本物の絵を購入してみるよう勧められた。その時まで美術作品というのはただの1点もなく、カレンダーの名画や美しい絵を切り取っては額縁に入れて部屋ごとに掛けたり、時にはガラステーブルの下に挟んで見る程度であった。私は彼女の話を耳をそばだてて聞いた。釜山に画廊のない時代であったから、美術品に対する人々の関心は薄かった。

ト・ムンヒさんは私に自分の父であるト・サンボン先生の絵の中で、ライラックが有名だからそれを買うようにと言った。生活に追われ趣味を楽しんでいなかった私は、喜ばしい気持ちでト・ムンヒさんの誘いに従うことにした。もちろん子供たちや主人も賛成してくれた。

数ヵ月後、私たちのために描いて下さった、清らかな白磁の壺にライラックの花が生けられた絵は我が家を明るくしてくれた。また、家の品格を高い雰囲気に変え、その絵は女王のように君臨した。10号サイズのこの絵は号あたり1000ウォンで1万ウォンで買ったのだ。その時の私には大金だったが、10年が過ぎた今では何十倍、何百倍の大きい楽しみと喜びを与えてくれる宝物となった。

それからというもの私は絵に陶酔した生活を始めた。展示会を探しながら1点、2点と買い集め、一度見た絵が欲しくて夜眠れなかったことは一度や二度ではなかった。お金が足りない時には、はめていた指輪を売って絵に換えることもあった。この話をすると友人は「他の人たちが指輪をはめて出かける時に、あなたはどうするつもり？」と聞くので、私は笑いながら「絵を抱いて行くでしょうね」と受け流したことがある。今でも私たちの部屋にはいつも平和と安心を与えてくれる成均館（ソンギュングァン）をはじめ、ライラック等大小の東洋画、西洋画が飾られている。

主人は好むスタイルが少し違う。私は無条件に絵を見れば感動して興奮するが、主人は物静かな理性で判断して色々な角度で研究分析をし、時には本で勉強し、時には美術史的根拠でより良い絵を選んだりする。

歳月は流れ、いつのまにか我が家は美術愛好家の家のような雰囲気になった。広い書斎はすべて古美術や現代美術に関する書籍で埋まり、会話の内容も美術に関することばかりとなった。

静かな夕方の一時、家族皆が集まると、ベートーベンの交響曲第三番（英雄）を聞いたり、時には私が好むチャイコフスキーのピアノ協奏曲第一番を聞きながら美術鑑賞にひたったりする。その時間は人生の真髄を思う存分楽しむことができる時間だ。（1975 年）

耳に掛ければイヤリング 鼻に掛ければ鼻飾り

我が国のことわざに、“耳に掛ければイヤリングで鼻に掛ければ鼻飾り”という言葉がある。何でもものは考えようという意味だ。

去年秋、ある評論家の紹介で在仏作家某氏の作品展を開くことになった。しかしパリから送られてきた彼の絵のスライドを数枚見た瞬間、“ああ、この展覧会はまた奉仕で終わるだろう”と直感した。絵の内容は、燃え残った多くのマッチ棒でできる集合体が放物線だったり、そのままだったり、色とりどりの形態を形成していた。絵自体を見た時は、まだ見たことのない誰も真似できない彼だけが持つ独特の作品世界が伺えるような絵だった。

絵というのは、個性があって自らの世界を確立していてはじめて高い評価を受けることができるのだ。これらの絵が高い評価を受けるであろう良い絵という思いはあったが、決してよく売れる絵ではないだろうという思いも同時にあった。絵が売れる時は中に含まれた形状（デザイン）により、よく売れたりそうでなかったりする。それは一般の人が好む形状かどうかに左右されることが多い。美しい花やすっきりした山水画のように、見て簡単に楽しみを感じることができる絵ならば、説明がなくてもよく売れる。またかけておいて縁起の良い絵（鯉の絵のように）ならば、企業のようなところが簡単に買っていく。ところがその人の作品は燃えてしまったマッチ棒が載っていて、残った灰とともにやせこけて骨組みだけが絵の中にぎっしりと集まっているではないか。この頃は見識が高まって美術鑑賞の水準が向上したこともあり、必ずしもそうだということはないが、何年か前でも抽象画を１枚顧客に理解させようとするなら相当な時間がかかったものだった。引き続き数枚のスライドを見たが、映った絵はすべて燃え残ったマッチ棒だけだった。

しかし私はついに、この展覧会の開催を断ることができなかった。利益を得ることができないという理由だけで、よく売れる絵の展覧会ばかりを企画していては決して良い画廊とは言えない。お金よりは文化事業を拡める画廊であってこそする存在価値があるのだ。私の画廊では終始一貫誇りを持って10年近く美術雑誌を出し、また、熱心に制作する作家に賞を制定することで、多くはないが１年にいくらかの賞金も与えている。こうした活動や理念からすると、この展覧会をできないという立場ではないけれど、「また、ちょっと損しなくちゃ」といい聞かせながらその展覧会を開催することにしたのも事実だ。

やがて予定された日に在仏作家某氏の展覧会は始まった。“門前の小僧習わぬ経を読む（石の上にも3年)”でいくら商売に才能のない私としても“売れる、売れない”ということぐらいは、もうわかる。

オープンパーティーが始まる前から多くの花輪が届き、会場に飾られた。祝い客も展示された絵をよく見られないほど、展示場の中は多くの人でぎっしり埋まった。しかし予想どおり初日から絵は1点も売れなかった。そして何日かがまた過ぎた。何点かでも売れれば、またパリに帰って制作活動を継続できる費用を用意して差し上げることができるのだけれど。作家の近い知り合いや友人ですらたくさんの贈り物と花束を抱かせるだけで、絵は買っていかなかった。仕事で買おうとやってきたように見える人さえも頭をしきりにかしげるだけで、そのまま帰っていった。

その後も作品は売れず、国立現代美術館に何点かが納められた。私の勧誘で来られた親しい顧客らが何点か良いと言っただけで、本当に心から気に入って購入しようとする人はいなかった。「作品は本当に良いが…」と言いながら、全員口ごもってしまう。私は彼らが何を言おうとしているのかがわかる。火の消えたマッチ棒の絵を家にかけておくことができないのだ…。

時間が流れて展示最終日の前日が近づいた。普段より絵をとても好んでいて相当な美術鑑賞の見識もあるおしゃれな夫人客1人が展示会場に入ってきた。彼女は「事情があって遅く来ました」と言いながら展示会場の中を見回している。彼女の表情は意外に明るい。何回か見て回るとまた大きい作品（100号）の前に近寄る。「本当に良い作品ですね。気に入りました」と言いながら、「この作品を買うから送って下さい」と言うのだ。神の仕業か、私の誠意が届いたのか、とにかく有難くてうれしかった。作家も非常にうれしそうだった。作品は展示会最終日に彼女の家に配達された。

それなりに他の作品も売れて何日かが過ぎた頃、作品を買っていったその婦人から電話を受けた。家族の反対で作品を家にかけることができなくて会社の事務室に飾ったところ、そちらでも絵を見た全職員から「火が消えた絵をなぜかけるのか？」と反対されているということだった。よく聞くと「作品を画廊に送り返すから受けて取ってくれ」というではないか。戻ってくるのだ。私はとても驚いた。

嫌な予感が的中した。実は、その絵を発送する時「ひょっとして帰ってきたらどうしよう…」と思っていたのだ。私の頭の中に稲妻のようにある話が浮かび、私はこう伝えた。

「奥様、我が国のことわざで火事が起こった後にはすべての商売がさらにうまくいくという言葉をご存知ないですか？　テヨンガクビルディングも火災事件以後うまくいったそうですよ」

電話口の夫人の声は低くなり、「言われてみれば本当にそうですね。燃えた後に商売がさらにうまくいく話がありますね。それではそのように説明しなければなりませんね。実は作品があまりにも良いから送り返すのも本当は惜しいのです」と言うのだ。そして私は「火に焼けたマッチ棒がたくさん集まっていると、さらに事業が繁盛していくでしょう」とも付け加えた。

数日後、代金を支払うために彼女が来た時は、気持ち良さそうに見えた。私が話した通りに作品の説明をしたところ、「絵の意味がわからないので、全部外して下さい」とわめいていた職員らが静かになったと言いながら、今は自分の部屋に飾っていると私に話してくれた。きわどい瞬間が過ぎ去った。「すべてのことは人が考えるように見えるものだけれど、私たちが絵を理解するのにも努力が必要だということを、改めて悟ることになった」と彼女は話してくれた。

絵の意味を解説するのにも、私たちはお互いが違う解釈と見解を持っているものだ。“耳にかければイヤリングで、鼻にかければ鼻飾り”（も

のは考えよう）だなと思いながら、一人でにっこりとほほ笑んだ。(1988年)

娘とのある約束

私が初めて純粋な“美術愛好家”の立場から“画廊主人”に名称が変わった時のことだ。ある日朝ご飯を食べていた娘がいきなり私を見つめて「ママ、ママ。部屋に飾っていたト・サンボン先生の絵を売りましたか？　なぜこの頃見かけないのかしら？」と言いながら意味深長な表情になった。「それは誰かがちょっと貸してくれと言ったのでしばらく貸したの。売りはしていないのよ」と言ったところ、「それではなぜ返さないの？　貸すのなら1ヵ月ぐらいで良いのでは？」と言いながら、いつからその絵が消えたかもはっきり記憶していて、問い正すではないか。私は瞬間驚いた。「あなたは自分の物をよくわかっているのね」と話した。

その絵の持ち主は私でない。当時中学校3年生だった私の娘のものに違いなかった。しばらくの間見ないから不思議に思ったようだ。その絵は娘が5歳になった年、新居に引越しした時に購入した作品だ。白磁の壷にライラックをうずたかく生けたこの絵は、とても情感あふれる10号の静物画である。この作品を我が家の家族皆が好んでいた。私が娘に「嫁入りする時あげるから」と話したことに間違いない。私は口癖のように私が好む物はすべて娘に与えると話していたのだ。

画廊を初めて開いた時、「展示作品の数が貧弱だ」と言う人がいて、「家に残っている絵があれば全部出して見せるだけでもしてこそ、人々がたくさん鑑賞しに来てくれるのだ」と言うので、特別な考えもなくその作品を出して展示したことがある。多くの人々がその絵を見にきてうらやましがって買おうとした。「売ることはできません」という私に「ではなぜかけておくのか？」と抗議する人々まで現れた。特にその中の一人は「しばらく自分の家に持って帰って、かけておいて良く鑑賞したいので貸してくれ」とねだるのだった。しかたなく少しの間だけと約束して貸したのだが、あっという間に１ヵ月が過ぎていた。娘の質問を受けた数日後、「絵を送りかえしてほしい」という電話をかけた。

ところがしばらくして、白い封筒を手に持ったその方の運転手が私を訪ねてきた。絵の値段を計算してお金を送ってきたのだ。その瞬間、私の心はとても複雑で息苦しくなった。絵が好きな人の心を理解したからだ。しかし苦しい私の立場をまた説明して、お金と一緒に秘書をそのまま送りかえした。その翌日、「寂しいです」という電話があり、絵は私のもとに返却されてきた。そうして今、その絵は我が家の居間に心の痛みとともに掛かっている。明らかなことは、娘の顔を眺める私の心は軽くはなったが、今でもその方に対する申し訳ない気持ちは拭えない。人々が私によく言ういわゆる“商才がない”ために、すべてこのようなことになってしまうのか・・・・(1980年の記事より)

ト・サンボン画伯が描かれたライラック（1965年作）。あとで娘と共に嫁入りした

信じる情

昨年の夏は梅雨がとてもひどかった。7月のある日、レインコート姿の女流画家イ・スジェ教授が画廊に入ってきた。何かを包んで持ってきた彼女の表情は興奮した様子だった。突然の訪問にいぶかしがる私に「キム女史、これらはこの間描いた水彩画なので、表具が終わればサン画廊にそのままみな置いておいて下さい」と言った。戸惑った私は彼女の展示日時を確認してみると、11月下旬なので「先生、展示はまだ先ですが、なぜ今すべて持ってこられましたか？」と尋ねると、「実はあさって病院に入院して手術を受けるので、急いで私たちの職員と表具屋に行ったのです。病気はたいしたことはありません」とだけ言って帰っていった。

イ教授は韓国が懐かしく、母校の梨花（イファ）女子大学校総長の招請を受けて20年間余り作家活動をしていた米国の家族を離れて、一人で帰国して暮らしている。淡泊な性分に欠点のないきれいな人間味は彼女の作品にもよく表れて清らかな白磁を皮膚で感じるような、作品に叙情的な詩情があふれている。モーツァルトの旋律がすぐにでも流れ出るような、そのような絵が彼女の作品だ。数日後、私は彼女が横になっている病院を訪ね、病室で彼女の健康と芸術のために祈った。

手術は成功に終わり、教授は健康をまた取り戻すことができた。今は大学で講義もし、作品製作もすることができるようになった。予定通りに私たちの画廊で開かれた水彩画展示会は盛況裡に終わった。その後どれくらい過ぎただろうか、イ教授は私に感激するような言葉を投げてきた。「昨年夏、作品をあらかじめみな持って来て任せたのは、私に何かことが起こればキム女史に全部お譲りしようと思っていたのです。先の命のことはわからないから」と言う。「まあなんとうれしいお言葉を…それでは私はそのことを米国の先生のご家族を訪ねて行ってお伝えしま

すね」と私は話した。私たちの信じる情がいかに深いかを確かめ合ったのだった。(1987 年)

絵との別れ

久しぶりにＰ氏が画廊に立ち寄った。目鼻立ちがはっきりしているうえに体格も立派で性格も円満、誰にでも好感をあたえる彼が今日はちょっと疲れているように見える。蒸し暑い天候のせいかと思いながら、中に入ってきた彼を歓迎した。「こんにちは。お久しぶりですね」と話しかける私に彼はただにっこり笑ってみせて、コクリとうなずいては、いつものように無言で絵を鑑賞し始めた。

ほとんどの顔全体を覆ってしまったメガネの向こうに見える彼の目はいつ閉じたか識別しにくいほど真剣だった。この暑い天候に似合わない硬い腕組はかなりの力が入っているように見えた。彼は絵にずっと近付いて首を長くしていろいろな角度から細密に覗いて見たり、時には数歩後退して遠くの山でも見るようなポーズで頭を左右に動かしたりもして展示会場内を一周した。そしてまた中央に歩いていっては壁面に飾った絵の前に立った。しばらくの間その絵を見つめて離れられなかった。彼は値段がいくらだとかいつ描いた絵かというその絵に対していろいろな質問をした。その瞬間私は心の片隅で「売れたらどうしよう！」という背筋が寒くなる感覚を味わった。それは私が家で長い間好んでみんなに自慢していたイ・ジョンウ画伯の絵だったのだ。

今から４年前、東亜日報社でイ・ジョンウ画伯の回顧展が開催された時、そこで購入した作品だ。色彩の調和と構図が洗練されていて、見る人々を魅了した。ほのかな白い光と青い光の色彩は今までのどの作品でも探せなかった雪景色そのままの極限状態なので、見る人の心を美しい雪国の世界へ引き込んでしまう。イ画伯が絵を描かれる時、「色感を表わすために20回消したり描いたりしながら完成させた」と言われた言葉を今でも思い出す。その時この絵を買いながら私はかなり高い見識眼を持ったという称賛を作家から聞いた。その後、画廊を経営しながら私が集めてきた数多くの絵を展示した後にも、この絵はかなり多くの人々のうわさにのぼった。その時々にイ画伯は私たちの画廊で老大家の光を放っていた。そのような作品が今日売れると考えると、あたかも愛する娘を嫁がせるような感情を抑えることができなかった。何か形容し難い空しい心情にとらわれる思いだった。それでも売らないというわけにはいかない。何となく寂しさを禁じえないまま私は、彼の高い見識眼と正確な選択だけをただただ称賛しているだけだった。普段、彼が美術を愛し今まで購入した美術品に対してのいろいろな苦労を聞いていたのだが、そのすべてのものが今日のように高い見識を積んで楽しみを味わうための元肥だったのだと考えながら、買われていくイ・ジョンウ画伯の絵に一人で別れを告げた。

しばらくして〈雪岳山（ソラクサン）の雪景色〉はＰ氏の家に配達されたのだが、彼は「何日か前に雪岳山を旅行してきました」と言って、楽しい表情を隠すことができずに私たちの画廊を後にした。私の心は物足りなさと何となく寂しい気持ちでいっぱいになった。心の片隅が何か釈然としなくて苦しかった。金を受け取って売ったので当然喜ばなければならないでしょうに、なぜこのように何となく寂しいのだろうか？と展示作品には単純な商品以上のものを感じてしまうのだ。

一つ二つと愛着のある作品が売れる度に私は内心涙を流す。画廊を経営するとは夢にも思ってもいなかった私が、なぜ偶然画廊経営を始め、名分は文化事業だが一つずつ二つずつ数年の間私の手垢がついて情が移った作品に別れを告げて見送る心情は、何物にも代えがたく空しいだけだ。数多くの日々、限りない喜びと楽しみを私に与えたそれらの美しい絵、その中で本当に今までの多くの日々を私たちの家族と一緒に夢を

育んで来たことか。平和の楽園を作ることができたことか（1977年）

結婚のプレゼント

一昨年の夏。うっとうしい梅雨が終わって蒸し暑さが猛威を振るっていた7月下旬に、アメリカ留学中に休暇で帰ってきていた娘を嫁がせた。

娘の結婚は息子と違ってあれこれ準備することが多かった。お舅お姑様をはじめとする嫁ぎ先の家族らのことを考えると、実家の母として取りまとめて送らないといけないことが少なくなかった。世間一般の母親たちのように家族の世話をするだけなら話は別だが、そのような立場ではない私としてはとても気になった。昔から「嫁をもらうならお義母様を見てもらう」というわが国のことわざにあるように、100年の契りを結ぶ姻戚の家で嫁の母親に対する注目がさぞ大きいであろうと考えると、どのような小さいことも粗末にすることはできなかった。たくさんのお返しの品物というわけでもなかったので、真心こめて母親の大小の仕事を全部、一人手作りで行った。何日か徹夜をしながら準備をしていたら軽いめまいまでしてきた。体重も数キロ減った。食欲がなくなりご飯も食べずに右往左往していた。

嫁入りする前日の夜、最後の品物を青い糸赤い糸で風呂敷にきれいに包みながら私たち夫婦はいつの間にか目がしらを熱くしていた。互いに向かい合うとぎこちない。喜びの涙なのか。空しい涙なのか？　とにかく、心が乱れる思いでお互い無言でリボンだけに力を集中して、きれいにお祝い結びを続けた。どれだけ過ぎたのだろうか、私は夫にこんなことを話した。

「絵を包まなくてはね。ト・サンボン氏の絵のことだけど。嫁入りする時にあげることにしていたので約束を守りましょう」と。夫の返事がなかった。また、催促した。「約束を守りましょう。あの子が5歳の時からあげることにしていたでしょう？　だから。最初から嫁入りする時にあげるものだったんですもの」

私は懇請するように言った。「あげると約束したのだからあげるべきで、あげないなんてことはできないでしょう？」と梱包作業を続けながら無愛想に話し、私たちは娘のいる2階の方に行った。10号のキャンバスには、白磁の壷に生けられたライラックがこんもりと描かれている。いつ見ても心が温かくなるその絵を壁から外した。そして包装紙できれいに包みリボンを結んだ後、イ・メジン所有と娘の名前をくっきり書いて持ち主がわかるようにした。永遠の幸福を祈りながら…。

それは娘に最後に注ぐ私の愛情の印でもあり、私たちの家族の思い出が大切に保管された美しい贈り物である。娘が5歳の時、私はピアノを教え始めた。日当たりの良い明るい部屋にピアノを置き、その上の壁に買って掛けてあげたのがこの絵だった。今から22年前のことだ。その当時も私は絵が好きで、知り合いに画家がいるわけでもなく、画廊というものもなく、直接作家に、小さい絵を注文して購入したのだった

今は絵の値段が高くなってしまったが、その時はすべて1万ウォンで買ったのだ。号当たり1千ウォンとすると、10号だからと1万ウォンを支払ったということだ。当時、誰も絵の値段をいくら払ったのかと私に尋ねることもなかった。見る人のほとんどは金額にあまり関心がないようだった。ただ、私の家族だけで見て楽しんでいたのだ。お母さん（妻）が好む絵だからという理由で、主人も好んでくれたのではないかと思う。

私が10年前画廊を始めた時にはこの絵を買いたいという顧客も多かったのだが、すべて断り、大切に我が家の居間に飾っていた。そしてとうとう娘に授ける時がきたというわけだ。その絵は私たちの家族と共に呼吸し、今、私の愛する娘と一緒に花嫁荷物として新しい場所へ送られていく。どうか幸せな家庭を作り、そちらでまた美しい人生を送る私の子

孫に譲られることを願いながら、私たち夫婦は嫁入りする娘のためにお祈りをし、娘が嫁ぐ最後の夜は眠れないままに夜が明けた。(1987年)

お金を積み立てて買った絵

この間、若いパク社長が私の画廊を尋ねてきた。彼は以前米国で経営学を勉強して帰ってきた経営者2世だ。父親の会社を受け継いで着実に事業を成長、発展させていきつつあるということはもちろん、30代の覇気あふれる企業家としてその分野ではかなり嘱望される実業家だ。正直そうな容貌に小さな体格だがテコンドー有段者のバランスが取れた体格は、誰が見ても立派に整った印象だ。

「あら！　パク社長、久しぶりです。どうされましたか？　忙しい方が……」と突然の彼の訪問にいぶかしがっている私に「今日は時間がちょっとあって……」と言いながら言葉を濁した。

展示会場の中をひと回りした彼は、再びK画伯の女性像の前に近付いて身じろぎもしないで絵を覗いている。何回絵の前を通り過ぎただろうか。何か決心したように一人で首を縦に振ると、「この絵は本当に良いですね、本当に気に入りました。今日私が持って帰りますから梱包して下さい」と言うではないか。

その瞬間、側に立っていた私はびっくりした。以前から時折画廊に立ち寄っては話を交わしたり絵の感想を聞かせてくれたりした後、美術雑誌を何冊か買っていかれはしていたが、絵を買うというようなことはあまりなかったのだ。しかし時々、冗談のように「今は絵を買う余裕がないけれどお金が貯まれば良い絵を買って集めるから良い作品を勧めて下さい」と微笑を浮かべてみせた。それと「今貯金をしていて数か月したら貯まるので、また来ますよ」とも言っていた憶えもある。

彼に会った瞬間「積立金が貯まったのか？」などと内心考えていると、

「今日、積立金が貯まりました。それですぐにこちらに走ってきましたよ」と言うではありませんか。私の胸がジーンとした。有難いと同時に、どれくらい彼が美術品を愛しているかがよく分かった。経済的には恵まれていて、その気になればいくらでも美術品を収集することができるのに、公私をしっかり分けて計画性のある経済生活を営んでいる。まさに驚くべきことだった。

2年前、とても小さい彫刻作品1点をツケで購入されたことがあり、分納してもよいという私の言葉に戸惑った様子だった場面も思い出される。ずっと以前からこのように毎月貯金したお金を美術品の購入にあてるという彼の文化愛好精神に感激したものだった。いつだったか聞かせてくれた彼の話が思い出される。

彼が米国で勉強していた時期のことで、しばしば訪ねて行った所が美術館だったという。そこで美術品を鑑賞しながら、彼は心の孤独と憂いをなぐさめたそうだ。美術品を愛する心もきっとそこで育まれたのだろう。また、米国にたくさんあるプライベート（私立）美術館を見て回る度に、「韓国の良い美術品をたくさん収集して、こぢんまりした小さな美術館をぜひ建ててみたいという夢を抱くようになった」と言っていた。やがてK画伯の黒いドレスの魅惑的な女性の絵は、彼が乗ってきた茶色の車に載せられた。今まさに彼は夢に向かって一歩を踏み出すことになった。貴重で美しい彼の夢がやがて実現し、この国にもう一つの文化遺産ができるように祈りながら、私は心の中で彼に熱い拍手を送った。

良い美術品はその国を計る文化の尺度として一国家の重要な部分を占めると聞いているので、私は外国旅行をする時にも一番最初に訪ねてみたいところが美術館であり、博物館なのだ。

ローマのバチカン美術館でミケランジェロの〈天地創造〉の作品を見てイタリア文化に感動し、ポンピドゥー美術館では現代美術にもう一度頭を下げる。美術文化は一つの国の顔として歴史の中で永遠に価値を認められ大切に保管されてこそ、その作品が持つ独特の光を放つのだ。また、その国を訪れる外国人にとっては、商業的な一般商品より文化芸術の方がさらに多大な関心と強い印象付けがあると言っても過言ではない。

インドに行った時だ。貧しい暮らしの中でも大切に保管された彼らの崇高な文化遺産に深い敬意を表した。有名なアジャンタ石窟でも、タージマハルの美しい姿を見ながら多くの観光客らの口から漏れた感嘆の声がまだ私の耳に残って聞こえるようだ。それのみか、彼らは貧困を克服しながら多くの美術品を美術館や博物館に所蔵していた。誰かが「人生は短くて芸術は長い」と話したように、パリのルーブル博物館で見た“モナリザの微笑”のように、貴重で高貴な美術品は私たちの心に永遠に微笑を浮かべて生きていくだろう。(1984 年)

きわどかった瞬間

1983 年 8 月 10 日のことだ。その日は長男の誕生日。お祝いをするため午後に家を出ようとしたところ、度肝を抜かれる電話を受けた。サン画廊に火事が起こったという。膝がガクガクしたが、かろうじて画廊に到着した。すでに消防車が来ていて、画廊は大騒ぎの真っ只中だった。梅雨時なので室内の空気を換気しようと夜中扇風機をつけておいたのが原因でそれが火種となったようだが、天の助けか、倉庫扉一つだけを焼いて、あのイ・サンボムの 200 号の絵と民話狩猟図に移る直前に鎮火したのだった。

こんなこともあった。1994 年のある日の夜のことだ。警備会社から「画廊に泥棒が入った」という通報があった。本当にびっくり驚天した私は、息子に追い立てられながら彼が運転する車に乗って画廊に駆けつけた。画廊へ行く途中、足の力が抜けて何もできないまま息子夫婦の助けを受けなければならなかった。到着してから画廊の中を確認しに入ると事務室に掛けておいた**イ・ジュンソブ**※の絵2点が、他のどの絵よりも大きく目の前で揺れていた。それは私の絵ではなく、ある顧客が「ちょっと売ってくれ」と私たちの画廊に預けておいた作品だったのだ。幸い泥棒は見方のわからない門外漢の絵は放っておいて今すぐに使える現金だけを探していたところ、外が騒々しくなったので逃げたようだ。本当に気が遠くなった。その絵2点をお金に換算すると途方もない金額だからだ。私は翌日直ちにそれらの絵を持ち主に返したのだった。

また、こんな事件もあった。1983年11月、ある日の朝早くから男性3人が絵を見にきた。特別な用もなく画廊の中をそわそわと、バーバリのコートを着た人がトイレに立ち寄ってさっと出て行ったけれど、ただ絵を見に来た人たちだろうと無関心を装っていた。だが、その無関心さがあだとなった。第3展示室に行って帰ってきた事務員の顔が真っ青になっている。急いで走って行って見ると清らかなイ・サンボムの絵が一つすでに額縁だけを残して中の絵がすっかりなくなっている。その時、初めてその男のバーバリの中が怪しいと思い出したのだが、すでにバスが出た後だった。いろいろな部屋を探したが、やはり絵は見つからなかった。無関心だった自分自身に腹が立つが、そんなことがあったからといって画廊を訪ねてくるすべてのお客様を疑っていたらきりがない。

だから今でもここのドアは、私たちの画廊の絵を愛するすべての人のためにいつも開いている。(1995年)

※イ・ジュンソブ　後に韓国の美術界を揺るがすほど大きな影響力を発揮するが、生前は貧困に苦しんでいた。日帝時代に生まれた彼は帝国美術学校に入学し、東京文化学院に移り卒業。1945年、故郷である北朝鮮(元山)に帰り、文化学院で出会った日本人イ・ナムドク(本名山本方子/まさこ)と結婚。朝鮮戦争の時に38度線を越え釜山、済州島などに居住したが、深刻な生活苦に画材を買うお金がなく、

タバコの包装紙の銀紙に画を描いていた。結局、家族の生活のために1952年に夫人と2人の息子を日本に戻し、残りの一生を1人で暮らした。少しの間、日本に渡り、再び帰国し、釜山と大邱、統営、晋州、ソウルなどを回りながら貧困の中でも創作に没頭し、1955年アジアの芸術家として初めてニューヨーク近代美術館に作品が所蔵される。その後の朝鮮戦争の悲劇を乗り越えるが、統合失調症と認知症の症状が現れ、1956年には肝炎にかかり、孤独のうちにこの世を去る。39歳。1970年代より作品の評価が高まり、最高3.2億円の値がついた。現在は済州島に美術館が建てられ国民的画家と呼ばれている。夫人（方子）は現在、世田谷の実家で息子と画材店を営んでいる。

2. 仁寺洞にて

立ち並んだソウルの立派な建物の中に

美しい芸術作品が飾られる日を

指折り数えて待ちながら

我々は…

芸術の殿堂などに韓国の

世界的作家シャガールが現れることを

期待している

青瓦台入口前の通りを通過して

暖かい春だ。車窓の朝の日差しが格別に眩しい。家が旧基洞（クギドン）にあるため、最近は以前とは比べものにならないくらい通勤が楽になった。ほのぼのとした感じさえする。以前であれば、2、30分はかけて、画廊に到着していたものが、たった10分になり、これほどいいことはない。近頃は混んだ道が多いのにスムーズに走ることができて、かなり幸運である。

大統領の“青瓦台の道路規制解除”という宣言があった後はこの道を、朝の出勤路に決めた。昔だったら想像もできないことで、毎朝美しい風景を眺めながら都心の公園のような道を往来できるようになり、見過ごして通るにはもったいないと思うほどで、自然と口元に笑みさえ浮かんでくる。沿道に並んで整備され植えられた大小の庭木、大統領府の壮大な建物群と、故宮の石垣とがよく調和し、まるで外国の宮殿の傍の車道を走るような錯覚さえ覚える。高貴な方だけが行き来していたその道を一般市民の資格で通っている。国民のための国民の大統領になろうと大きく叫んでいたその約束の一つが遂行されたということだ。

数日前、取り壊されてしまった“安家”という敷地に鬱蒼と茂る庭木の森はまるで公園のようだ。これをもう一つの新しい“市民公園”として作るというのだから、ソウルの街はますます美しくなるだろう。

家の近くに素晴らしい名山がある。名前は仁王山だ。一昨日、新聞で山が好きという方が30年前に登ってみた仁王山に再び行くことができるようになり感激しているという記事を読んだ。仁王山へ行く道がまさに“民主化への道”であることを、今はもう私たちの誰もが知っている。日曜日には仁王山への登山客が列をなしている。人々は新たな民主化の恩恵を受けようとしているのだ。

そういえば「仁王霽色圖（霽色図）」という名画が思い出される。

我々の美術史上最も優れていた真景山水画の画家**謙斎**※の作品がそれだ。彼は「仁王霽色圖（霽色図）」で彼の天才性を発揮した。1751年76歳の時に描いたこの作品を見ながら、どれほど隅々まで山を知り尽くして実景の山水画を描いたのか、もう一度彼の高い芸術魂に敬意を表さないわけにはいかない。

仁王山の登山道入口に、この偉大な画家を称えるために彫刻作品（胸像）の一つでも立て、韓国の誇り高い美術文化を国民の胸の中に植えつけることはできないだろうか。200年余り前の仁王山を描いた老画家の姿を想像しながら。（1993年）

※謙斎　鄭敾（てい ぜん、チョン・ソン、정선 1676-1759）李氏朝鮮時代の韓国で最も優れた山水画家であり、『渓上静居図』は韓国のお札にもなっている。彼の多くの絵は国立中央博物館に所蔵され国宝に指定されている。

豪華カルビ冷麺店

先週の日曜日、米国で経営学修士課程を専攻している甥が夏休みを利用してちょっと帰国し、挨拶がてら訪ねてきた。

義母を連れてきた彼に夕食を食べていってもらおうと思い、ちょうど夕方時でもあったので冷麺が好物のお義母さんに「夕食に冷麺はどうでしょう？」と優しく提案してみると、彼女はもちろん、米国から来た甥、そして我が家の子供たちまで全員が賛成だった。その時ちらっとある日刊紙で“豪華カルビ冷麺屋”という記事を読んだのを思い出し、どうせならとその店を探して出掛けることにした。家は江南地域にあり、私たちが目指すいわゆる“豪華カルビ冷麺屋”は簡単に見つけられた。遠くからでも見ることができる華麗なネオンサインと大きな規模に驚き、その上数百台の車が駐車されていることにもう一度驚いた。「こんなに多くの車があるのに、席は空いているだろうか」などと思いながら、木で精巧に作った橋の上を歩いて我々は中に入った。食堂の中にぎっしり埋まったテーブルの間をぬって、空席がないか見回したが座れそうなテーブルは一つもなかった。

年老いたお義母さんを連れ回して申し訳なかったのだが、お目当ての冷麺を食べるためには我慢するしかなかった。順番に案内されるのを待ち、20分ほどきまり悪く立ち続けただろうか、案内人によってようやく席に座った。滝の水が派手に落ちる池にガラスの底を敷き円卓が百余個くらい置かれている。きょろきょろ見回した娘が椅子の下を見て不思議そうな表情で言った「鯉がたくさん私たちの下を泳いでいる…」と。誰もみんな驚くしかなかった。このように大規模な“カルビ冷麺屋”は生まれて初めて見ることだから。

なるほど気になるだけのことはある。値段の問題でなく、その派手な施設と規模にはあっけに取られる。記事の内容をちょっと引用したら“…1千坪をはるかに超える敷地に各種多様の樹木を植え、人工滝、吊橋、噴水、東屋を作って家全体を森の中の公園のように見せて、客たちが食道楽を楽しみながら目の保養もできるようになっている…投入された施設資金は数十億ウォンをはるかに超えており、造園だけで6億ウォンかかっている。…乗用車が200～300台が駐車できるパーキングはもちろんだが、大型水族館には数百匹の珍しい熱帯魚がその美しい姿を誇示していて、人工的に造成した山には様々な樹木や草花がぎっしり、噴水と大型水車が絶え間なく回り続けるだけでなく、夜には、華麗な光で不夜城となり、エネルギー節約時代は、遠い昔のことのように錯覚するほど…”と書かれており、このようなところが20ヵ所もあるらしい。しだいに私は不満を持ち始めた。

人々の心を格調の高い世界へ導いてくれているとは感じられなかった

からだ。莫大な資本を投入して整ったその施設に、我が国の貴重な美術品を調和させることを知っているおしゃれな文化人になったらどんなに良いかという口惜しさを残したまま、家族との大切な夕方の時間を楽しんだ。（1982年）

家庭月5月を迎えて

前庭のライラックの花の香りが爽やかな5月の空を埋めるように、私の心の中も愛がいっぱいあふれてくる。

毎年5月になると、どこの家もそれなりに子供の日、父母の日行事で忙しい。私の家も例外ではなく、3人兄妹から生まれた孫が5人にもなるから、あらかじめ彼らにプレゼントを準備しなければならない。いつも忙しい自分としては、それぞれの好みに合う物を準備するのは容易なことではないが、彼らに対する愛が私の心に満ちておろそかにはできないのである。

最近盛んに“レゴ（家作り）”に興味がある長男の孫ジュンファ（6歳）には安くて良いレゴを買ってあげようと思うし、まだロボット遊びが好きな2番目の息子のジュンサン（5歳）には適当なものを選んで買ってあげよう、ままごとが好きな娘の家のセウン（4歳）には文房具屋であまり大きくないものを準備してあげよう…等々。そして長男の子ジュンヨン（2歳）には、きれいなリボンのヘアピンを数個買ってやらなくちゃ。娘のところのちびっ子ユンシク（8ヵ月）はまだ小さいから、彼の母親と相談して適当なものを選んでみましょ。私の孫たちをたくさん連れて家に帰ってくる愛する彼らの姿を思い描き、この上ない幸せに浸っている。

数年前のことだ。ずいぶん前から画廊の仕事で毎回外国に出る時は決まって、本家にいる義母を迎えに行き、私の家に泊まってもらえるよう整えて出かけるようにした。たとえお年を召していても、お義母さんが来てくださっていると思うと心強いし安心できる。長男の家族と一緒に住んでいて嫁もいるので、留守番があるわけだから。以前から義母を迎えに行って外国旅行に行くことにしている。それはお義母さんが92歳を超えた今も続いている。

外国に到着するやいなや家に電話をかけて夫と話した後、お義母さんに代わってほしいと頼んだら、「お義母さんが出ないと言ってる」という。それでも出てもらってほしいと言って代わってもらったものの、義母は耳に受話器をつけて「もしもし、もしもし」と言った後、何の話もしないでそのまま切ってしまった。外国から戻った時、どうしてもそのことが気にかかって聞いてみたら、お義母さんはもじもじとした後、「私、あなたたちの会話が一つもわからないの。近頃はよく聞こえないんだよ」と言うではないか。なんということか！　私は今までお義母さんがそんなことになっているとは夢にも思わなかった。元々おおらかな義母だが、会話が聞こえないという話は一度も聞いたことがなかったからだ。家族の声が聞こえなくてどれだけ辛い思いをしたかと思うと申し訳なくて、自分の親不孝を恥じる思いだった。「お義母さん、ごめんなさい。私たちが今まで気付かなかったことを許して下さい」と謝った。頭が良くて勘が鋭い方なので、私たちが話す口の動きを見て勘で答えていたのだろう。そんなふうにしていたとは誰も知らなかったのだ。義母は耳が遠いだけで、物事の判断は正確だ。電話番号まで一つ一つ全部覚えていらっしゃる。

翌日、私の懇請に嫌がるお義母さんを連れて行き、一番高くて機能の良いという“コオロギ補聴器”を買って差し上げた。耳の中にすっぽり入るので目立たなくて、とても自然だった。55万ウォンがお義母さんには贅沢な買い物と思われて、何度も私に「ありがとう」と感謝を述べられた。とても気に入ってくれたようで、私に向かって「ねえ、あなたは今天国に2階建て洋館の家を建てているんだよ。あなたがどんなに良くしてくれているか私は全部知っている。あなたがソンフン（あなたの息子）の父親よりお小遣いもたくさんくれて、何でも気が付きさっさとしてくれることを私はよく知っているの。私はあなたをどんなに愛してるか知れない。今日この補聴器を買ってくれて本当にありがとう」と言いながら涙を浮かべているではないか。

お義母さんの美しい心を感じながら、私はまた頭が下がる思いがした。謙遜できれいで善良なお義母さん、嫁の当然の務めをしただけで、また、そうする義務がある私にお義母さんがそのように感謝してくれ、むしろ知らないで無関心だったという事実が恥ずかしかった。よく聞こえているかテストを兼ねて「お義母さん、近頃は2階建て洋館はあまりたいしたものではないですよ。それは解放前に大きく見えたのですが、今は63階建てのビルもあって高い家がすごく多いのですよ」と冗談を言ったら、私の言葉が一つも欠かさずすべて聞き取れたようで、お義母さんは明るい笑顔を見せてくれた。

私はもう一度、幸福感に浸った。我が親戚の間でも家の中ではお義母さんを“天使のような大人”と呼ぶ。一人になった甥や親戚が家に来た時にもらっていたお小遣いを、使わず大事に貯めておき、そのお金を取り出して、「もう長く生きられないから」と簡単に彼らにあげてしまう人情の厚い義母だ。その義母は嫁に来たばかりで何もできない私を撫でてくれたし、次男の嫁なので分家させてもらう時にもお手伝いさんのおばさんを一人つけて私が楽できるようにしてくれた。キムチ漬けシーズンや、醤油、コチュジャンなどを漬ける際には、別に暮らす次男の家に数日も泊まって、醤油の仕込みをしてくださったりもした。理解があって優しいお姑と本当の娘のようだと言われている。

私がいつも出歩いていて、家事がおろそかになっていることを気にされているのはわかっているのだが、たまに来た時には当然のように家事や家政婦の仕事を手伝ってくださって、私の家のおばさんも義母のことを本当に大好きなのです。嫁に少しも悪口を言ったり叱ったりせず、むしろ私のことを「ミョンジン（私の娘の名前）のお母さんのような人はこの世の中にいないよね。優しくてきれいで」と言うのだ。家政婦から教えてもらったその話を聞くたびに、お義母さんのようになりたいと誓うのだった。今は嫁を２人もらい、姑の立場となった私だが、義母から受けた愛を思うと、果たして私はうちの嫁たちによくしているだろうかと反省してばかりいる。そのたびに私は義母の顔を思い浮かべては、嫁たちに対して多少不満な点があっても我慢しようとする自制心を自ら育てて生きようと努力している。

そんなおばあさんの愛をいっぱい受けて育った私の子供たちも、少しずつ落ち着いて人のことを理解し、隣国と友達の友愛を守ることを知っている立派な社会人に育ってくれた。分家した次男の家は自分たちでちゃんと暮らしてくれていて感謝するばかりだ。１週間に一度ずつは家に必ず来て、他の家族を交え、親や兄弟間の和気あいあいな雰囲気を率先して作っている。また、彼らの社会生活と家庭生活が健全であるのを知って、自分の分野の担い手として尊敬される社会人になってくれるものと私は信じている。幸い二人の嫁も優しくて愛らしい。何一つ非の打ち所がない。子々孫々高貴な家庭の真の働き手となるため、この国の礎となれる人材が私の家庭から出ることを望む気持ちは大きい。

５月の花ライラックの香りはまた風に吹かれて私の体に触れる。

私にとって家庭の月５月は、自分を見つめ直し人生を悟らせてくれる月でもある。（1991 年）

画廊は私の人生の舞台

誰にでもそれぞれ生きていく舞台がある、運動選手は体育館やグラウンドで競技をする。

そこが人生の舞台。大学教授は大学で学生たちを教えることが彼らの人生の舞台だ。職場の人たちは彼らが所属して働いている所がまさに生活の舞台であるように、私の人生の舞台は絵のある展覧会場であり、この画廊が私の人生の舞台である。

鍾路区インサドンのサン画廊に私は毎朝出勤して、好きなクラシック音楽を聴きながらその日の美術文化欄の記事を読む。そうして画廊のオーナーとして特別な顧客にぜひ薦めたいと思うほどの良い作品と判断した時には、その方を呼んで一緒に鑑賞しながら出来るだけ安い値段で薦めて差し上げる。

この時にはできるだけ最大限の奉仕の精神を発揮して最小の利潤を得ることが私の信条だ。そうでなければ顧客との売買は成立しない。本来文化事業とは利潤追求よりも人々の心を癒し豊かにする事業であるべきだ。利潤追求を優先すると本来の趣旨から外れるので、長く続かない。

様々な人に出会え、交流の範囲が広くなり、忍耐心が生まれる。久しぶりに会った誰かが私に話した。「キム社長は昔のとがったところがなくなり丸くなりました」と言うので「10年ひと昔でしょう。しかも芸術の世界でとがった性格で続けられますか？」と答えた。

あるテレビ広告でロシアの商人が出て「ビジネスは良いよ」と話していた。私はそこに「アートビジネスはもっと良いのよ！」と力を込めて話したい。私が好きな芸術品の中に埋もれて暮らし、ビジネスまで出来てこれ以上のことがあろうか！　画廊に作った絵や彫刻品があるから、それを鑑賞する人の心が楽しくないはずはないであろうということだ。

今まで私の人生の基盤をサン画廊で育て13年間美術雑誌を発行して

おり、18年間100回ははるかに超える作品展を企画し、作家の発展にプラスになるように最善を尽くしながら生きてきた、2千部に近いカタログを印刷して最も良い作品を選んでハガキや数百枚のポスターを作り、約1千人を超える顧客の住所に一つ一つ適当な封筒に折って入れ配達した。この苦労も大変だ。毎回、それら発送物を車に載せて光化門（クァンファムン）郵便局へ行って帰ってくる職員たちの姿は疲れきっている。しかし、彼らの表情はいつも明るくて明朗だ。彼らも私のように美術品を好きな人たちだからだ。

その次に訪問するところは、各マスコミだ。 車に乗って新聞社と放送局を訪問する。運が良くて記事がよく出た時、マスコミ各社に対しては感謝あるのみ。その多くの記事の中から選択され掲載された新聞記事を読む瞬間の感動……画廊のオーナーとしての満足感、誇りすら感じる。私はこの感謝の気持ちをどのように返せばいいか考えていたが、一人で心の中で「ありがとうございます」とつぶやく。記事の必要性は言うまでもなく、展示会を準備することの中で最も大切なことだ。

展示会は一種の美術の宴だが、お祭りに人がいなければ、どんな新郎新婦が美人でも何の楽しみがあるだろうか！　すべての人が来て良い作品をたくさん鑑賞してあげることだけが、作家に対するの御馳走であり、彼らに創作意欲を引き立ててくれる見事な励ましの拍手になるからだ。来場客の数字で展覧会の成否を論ずることが最も適切だと言っても過言ではない。

ある人は「画廊では作品をたくさん売るべきだよ。鑑賞だけとは何の話だ」と言ったりもする。しかし、世相の変化と経済的環境によって販売額が多くなったりもする。競争もあるので来場数が多く鑑賞することがもっと重要だとみなすことができる。願わくは、ある画廊で展示用カタログやパンフレットを受けとった時には、必ずその展示会場に行って鑑賞してほしい。パンフレットほど良い無料奉仕がどこにあるだろうか？　なんらかの費用をかけてパンフレットを作り展示会を準備するものなのに、無料で鑑賞することができるところというと、ギャラリーの他にないと思う。だから画廊は奉仕する楽しみを知る人だけが経営することができる場所なのだ。

むつかしいことを考えなくて鑑賞だけでもたくさんしてくれれば、作家たちには販売に劣らない力になる。このように画廊というところはビジネスの中だけで解決されることのない部分が多い。聞いたことはないが、これはほとんどすべての画廊にあてはまる話だと思う。画廊のオーナーの事業手腕によって多少の違いはあるが、美術品を投資の目的に使っていた時はすでに過ぎて行って久しいので、近ごろは事情がほとんど同じだという。

優秀だと思われる若い作家の企画展を初めて開いた時、作品性がいくら良くても、名前の売れていない新しい作家の作品は誰でも購入することをはばかることが顧客たちの心理だ。こんな時はいくらその作品が良いと評論家が力説しても無駄だ。もうちょっとおいて見て、本当に何度もの個人展を通じて、高い評価をあちこちから受け取った時だけ、顧客たちは彼らの貴重なお金を投資すると決心し、安心して作品を購入する。だからそのような段階になっていなければ、実力はあるが名前が売れていない立派な作家の作品展を主催した画廊が完全に作品の展示の経費すべての損失を出すものである。作家の痛々しい事情を見て、そこで作品を１点や２点でも画廊で買ってあげなければならない立場となり、完全に損害を受けることになるわけだ。

米国のレオ・カステリ画廊のように画廊のオーナーの年齢が 90 歳近くで画廊をしながら十数年ほど経ったある日、その作家が大成することを待てば何ら問題はないが、当面のビジネスとしては損害を被るわけだ。このような場合をギャラリー経営者はしばしば経験しており、社会的混乱があるときは、なおさらだ。決して画廊が真の意味で利潤を追求するビジネスとは限らないのである。

もともと文化事業というものは金もうけだけが目的ではないということはすでに述べたが、貢献する画廊経営者も芸術家の心を持たなければならない。文化愛をその目的の根本にすえて働く人たちだけが画廊経営を行うことができるのだ。そして、たとえ利潤の面では、他の企業に比べてそれほどいい事業ではなくとも、画廊経営者は利潤追求の考えを離れ、自分なりのやり甲斐を感じて取り組むことだ。

敢えて言えば画廊は各界各層の人々が集まる場所である。上には大統領長官からスタートし、政治、経済、文化、教育、宗教界の関係者など、すべての分野の人たちが自由に集まる所が画廊である。ここでは地位の上下を問わず、芸術作品の前ですべての人がみな平等である。自由に本音のところで湧き出る鑑賞と評価を受けることができる、和気藹藹とした中、有名人も気楽に対話を交わすことができる。自由な雰囲気の中で、瞬間でも喜びと幻想的な雰囲気を満喫して帰れる。そこにはお世辞もあり得ず、虚偽もあり得ない。ただ、芸術作品と意思疎通するのみである。

私は18年間画廊の舞台に立つ人で、殺気立って邪悪な目つきを持った人を見たことがない。計画的に盗みをしようと入ってきた人以外には人に敵愾心を抱く人や顔色をこそこそ窺う人も見たことがない。皆の顔は画廊に入ると、平和で温和、笑みを浮かべた目と口元は柔らかく弾むようで、本人も知らないうちに幻想の中で夢中になったような姿をしている。

今ソウル市チョンノ区インサドンのサン画廊では第10回美術賞受賞作家のキム・ビョンジョン教授の（生命の歌）連作シリーズの展覧会が開かれている。展示場の中には時々ベートーベンの（熱情）のソナタがほのかに鳴り響いて作品のタイトルのように（生命の歌）とよく調和した雰囲気を作っている。 作品とのハーモニーがよく似合うのだろう。

その足取りも軽い。私は鑑賞客の表情をすべて読むことができ、準備されたカタログとカレンダーを彼らに渡しながら、人生のやりがいを感じる。お茶をもてなしつつ、作品と作家に対する説明を彼らに聞かせてあげる。

作家たちも同じだ。ある作家が困難な境遇に置かれたときは、そこで利潤を残そうという考えはしない。ひたすらその作家を手伝って楽にして差し上げ、いい作品を安心して作ることができる環境を作らなければならないということしか考えない。無条件に彼らのために最善を尽くして、また助けなければならないと思う。そうして頂上に上がった作家がたとえ我々の功労を忘れてしまったとしても、私は怒ることないようにしている。何故なら彼は芸術を創造する人並み外れた才能を持った人であるからだ。ただ心の中ではその作家の将来を心配する気持ちは残る。

そういうことが重なったために、いくら疲れていても、画廊まで出れば心の力が湧いてくる。その理由は何か？　その場所には、もっぱら平和があって、心を楽しませてくれる美術品と顧客たちが私を期待しているからだ。ここで人生を拡げていくため、毎日楽しい心で働くのである。

かつて私は芸術が人生のオアシスであると叫ぶ文を書いたことがある。いくらお金持ちの人も芸術を理解するとは限らない。知らないで買ったらどんなに索漠とすることか。近ごろ欲望の象徴である金と権力が悲惨に没落するのを見て、それがどれほど虚しいかを実感している。裏付けのない金の力は、どれほど虚弱か？　その金で美術館のような文化財産を作るのに使っていたら、どれだけ多くの人々が喜んでいたのだろうか。

楽しい気持ちで各界各層の人々と隔てなくいつも対話ができるところ、オアシスのように心の泉の水を跳ねないようにするところ、画廊というところは私が選択した生活の基盤であり喜びの舞台である。

ここで私はありとあらゆることを果たしていく。

「悩みのある人たちよ、寂しい、寂しいこの世。画廊という楽園を一度探して御覧なさい。そこにはあなたの心を楽しく、豊かにする絵と音楽がありますよ」(1995 年)

鄭京和（チョン・キョンファ）の国

10 年余り前、韓国男子バスケットボールチームが盛んに名声を博し、アジアバスケットボール界を席巻した当時フィリピンを訪問したことがある。どんな韓国人が来たのかと興味を持たれ「シン・ドンパの国の韓国なのか？」などと言いながら私に接してきた人がいる。その人がシン・ドンパの熱烈なバスケットボールファンだという内容の記事も後で読んだ。そんなこともあって自国のスター選手シン・ドンパが改めて立派な存在だと感じ、誇らしく思ったものだ。これと似たような感慨を見知らぬ異国の地でもう一度感じた。

ローマのフィレンツェでバスが一緒になり、旅行を共にするようになった英国人老夫婦がいた。典型的な英国人らしく彼らは無口で謹厳に見えたので、同行しながらも言葉を交わす機会をなかなか掴めない状況が続いた。そうしているうちに同じテーブルで昼食をすることになった。しばらく食事をしていると、旦那さんが私を見ながら日本人かと訊いてきた。彼は私のことを欧州各地を旅行している日本人と勘違いしたようだ。首を振りながら私は韓国人だと答えた。

すると突然、彼は謹厳な表情をしながらも嬉しそうに「チョン・キョンファ（鄭京和）の国、コリアなのか？」と言った。「そうです」と力強く返事をすると、アンドレ・プレビンの指揮でロンドン・シンフォニー・オーケストラと共演したチョン・キョンファのバイオリン演奏を聴いたことがあるという。「彼女のバイオリン演奏にはとても驚き、すばらしかった」と言って、私の前でワンダフルを繰り返すではないか。

チョン・キョンファの演奏の腕前を言葉を尽くして賞賛する彼の表情から私は彼が彼女の音楽に魅了されたことを知り、まるで自分が励ましの言葉を聞いたような喜びを感じた。そしてまさにこれが"国威宣揚"ということにも気付いた。その紳士は、チョン・キョンファの音楽を通じて韓国の名前を胸に秘めていたのだ。多くのフィリピン人がシン・ドンパを通じて韓国を知っていたように。

今、政府は様々な面で海外広報活動に力を注いでいる。その結果、以前に比べて多くの外国人たちが韓国を知り、韓国を訪れ、韓国についての認識を新たにしているが、韓国の文化芸術に携わる人たちの外交活動もそれに負けない立派な広報活動であると言える。レベルの高い文化先進国に浮上するには、政府と国民が力を合わせてこれを下支えしなければならない。

人間の暮らしで文化の発展は幸せを運ぶ近道であり、国力を占う尺度として子孫万代に残る遺産である。そして、健全な芸術は、人生のオアシスであり喜びでもあるのだ。(1980 年)

忙しく暮らす

虚脱感が襲ってくる年齢。ベージュ色の上着に濃い栗色のズボンをはいた夫が息子と一緒に座って、「この服はどう？」と聞いた。「すごく素敵。 それだと、若い女性にもてますよ」と答え、私は笑った。隣にいた長男が「今まで、お母さんがそのようなことを言うのを初めて聞きました。 お母さんはちょっと変わりましたね」と一言付け加えた。

そうだ、このような言葉は今まで私が言わなかった言葉だ。 結婚生活 25 年が過ぎていても、われわれは一度も子供たちの前でこのような会話をしたことがない。韓国の夫婦間にはする必要がなかった。たとえ冗談に近い言葉だとしても。

しかし、なぜ息子の前でこんな言葉が無意識に飛び出したのだろうか。自分の歳を意識しないで熱心に仕事をしながら生きているとはいえ、やっぱり心の片隅で若さに対する郷愁を感じているに違いない。

昨年、下の息子キョンフンの合格に続き、この間、長男ソンフンが司法試験に合格した日、私は無限の喜びの中にいながら計り知れない虚脱感に陥った。

何も手につかず、数日もの間、心の中で彷徨したかもしれない。相次いでかかってきたお祝いの電話と花かごを受けながら、なんだか分からない寂しさで心が沈んだ。それを確かに嬉しく喜ばしく思いながら、私はもうやることをやり終えたんだという、まるでマラソン選手がゴール地点で勝利の喜びより気力が尽きて倒れこむ脱力感に似ている。

幼稚園時代、母親が横にいないと言ってさんざん泣いて保母先生の手を焼かせた２人の息子が、れっきとした社会の担い手になるとは歳月の流れをどうして無視できるだろうか。考えてみれば、もう３人の子供がすべて私のそばを離れることが目前に迫っている。 娘は大学を出るとまもなく留学する予定だが、早く結婚相手を見つけて送り出せばよいものか。２人の息子の将来も決まっているところに、これから私がすることが果たして何かあるだろうかと考えてみる。

今も私は忙しい日々を過ごしながら暮らしている。 歳のせいかもしれないが、朝５時になると必ず目を覚ます。体調がよい時には朝のミサに出席するために聖堂に行ったり、そうでなければテレビチャンネルを回しながら、私の日課は始まる。外国語会話放送を聞くためだ。日本語が終わったら英会話と続きお金をかけないで勉強する方法だ。しかし、いくらしても堪能になることはないのが外国語ということを最近さらに痛感する。これも歳のせいにしなければならないか？

あたふたと化粧して服を着替えることが毎日繰り返されている。たった１日もゆっくりとこの服あの服を鏡の前に立って映して着てみることはない。無造作にすいて整えた髪型、私が見ても若くもない人が美しく見えるには、その身だしなみからだろう。あえて理由を挙げるなら、小さな子供が司法研修院に入る前にアルバイトでお金を稼ぎ社会経験をしたことも、美しさを保つことになっているかもしれない。

その子は国際弁護士事務室に就職し、母親が働いている画廊と同じ方向なので毎日同じ車で出勤している。その子が9時までに職場に着かなければならず、少なくとも江南地域である私の家から市内までは、車が混む時は3、40分はかかるため、遅くても8時には家を出発しなければならないから、おのずと色々な服を持ってみながら身なりを整える時間はないのだ。

若い時代に外出をする時は、前日に風呂に入って美容室に行かなければ気が済まなかった。少なくとも鏡の前で1時間以上化粧して、服を取り替えていたことを思ったら、これも歳月の流れがどれだけ私に変化をもたらしたかを実感する。心はまだ若いのだから、あれこれ興味を持って見ることもあるが、それも限界があると自覚しなければならない時が来たようである。しかし、私はこのような考えを振り切るために仕事を頑張っているではないのか。

20年あまり前から美術品をとても好きで愛した。そしてお金さえできれば、その時は安値だった絵や古美術品を1点、2点と集め始めた。家の雰囲気を美しく飾って子供たちにも絵を描くことを教えながら、彼らの国民学校時代を絵とともに過ごせるようにした。さらに音楽とも親しくなるようにしようと努力した。今もピアノ専攻の娘のピアノ演奏は、いつも私の疲れを癒してくれる。特別な才能がなく、たとえ画家や音楽家にはなれなかったとしても、私の芸術を愛する心は死ぬまで変わりがないだろう。

芸術に対するこの熱い思いによってなのか、偶然に画廊の主人になってからもう6年の歳月が経とうとしている。これまで非常に多くの展示会を開いた。少しでも好きで愛している芸術に貢献してみようとする小さな気持ちからである。

誰が経営者の悩みを分かるだろうか。ただ家賃だけ準備すればよいのであれば、経営者の苦労のようなものは伴わないし、楽に務めることができる。しかし、すぐそばを去ってしまう子供たちに注いだその愛情と真心を、そして残っている情熱をどこにどのように燃やしてしまうことができるだろうか。そう思いながら私が自分の子供たちを熱心に心を込めて育てて今日までにしたように、私は今最後の情熱を尽くして一番好きで大切にしている美術界に尽くしてみたいと画廊を経営しているのだ。

また、人にも美術の高貴な真価を知ってほしいという気持ちがあって、難しくて大変な雑誌発行人としてサン美術を発刊しているのだ。私の真心に感心したせいか、夫はもちろん家族みんなが心を合わせて私の事業を助けてくれる。夫が神様のように貴重で有り難いと誰が知らないはずがあろうか。25 年を 1 日のように、妻のために全てのことを譲歩して助けてくれる主人に、今日も心から感謝している。

このごろ夜に経営学を勉強するため、高麗大の経営大学院に通っている。何よりも若者のように勉強をしたいという欲望が私を学校に導いたと言えよう。こうして歳月の悲しみを忘れ、人生の中年期に再び花を咲かせることができるようになるだろう。残った情熱を文化事業で燃やしてみよう。(1982 年)

文化外交通り仁寺洞

韓国人あるいは韓国を訪れる外国人観光客の中で、韓国の美術文化に対する関心を持っている人ならば必ず一度は立ち寄ってみたい場所が、まさにソウルの文化通り仁寺洞（インサドン）だ。

仁寺洞はもう世界的な名所として知られており、古代と現代が調和して息づいているというのが特徴である。ニューヨークのソーホーやLAのサンタモニカのギャラリーのように、ある一つのジャンル、つまり現代美術のみを取り扱う美術館が集まった場所ではなく、古美術と現代美術、そして各種の美術品材料や新旧工芸品に至るまで、一目で全部見ることができるというのが仁寺洞だけが有する特性として大いに誇れることである。

大小様々なギャラリーの展示会場で行われている画家の作品展、または韓国美術愛好家だけでなく、外国人コレクターにも我々の美術を紹介できる良い機会であり、文化交流の現場なのだ。それだけではない。仁寺洞通りを歩いて見物にへとへとになり疲れてしまった時、すぐに入ることができるお店も多数あり、食べ物文化まで添えられているのだから、どんなに楽しいことか。

仁寺洞には、私たちの先祖の知恵と精神が盛り込まれた美しい色の青磁、白磁がある一方、先祖たちの学問と思想が込められた古書がたくさん並んでいる。また、そこには孤高な姿を誇る朝鮮時代の木楽器とユーモアあふれる韓国の民話もある。どれをとっても懐かしい美術品ばかりである。

数日前のこと。ロンドンに住む英国人美術愛好家の一人が、知り合いの紹介で訪ねてきた。私の画廊にかかっている我が国の作家たちの現代美術作品を眺める彼の目は輝いており、感動した口調で作品についての賞賛を惜しまなかった。「もし作家が望むなら、彼らの作品展を自分の国で開くことができるよう手配したい」と素直な好意を見せたりもしてくれた。私は彼の思いを聞いて大変うれしく思い、自分の仕事にやりがいを感じた。それだけではない。彼は韓国古美術品にも多大な関心を持っていて、隣の店で妻にあげる贈り物として「12万ウォンの朝鮮白磁の茶椀一つを買った」と見せてくれた。「とても良いものを安く買えてよかったですね」と私が言うと、満足げな表情を浮かべる。もう一つの民間外交が仁寺洞で行われていることを実感する出来事だった。

「次回訪問の際には〈カササギと虎〉の民画を必ず買いたい」と言う彼の言葉を聞いた私は、ソウル市仁寺洞“ロータリー公園”造成計画が早期に実現し、快適で美しい仁寺洞通りを一日も早く彼に見てもらいたいと切実に思った。(1993 年)

光州（クァンジュ）人の芸術史

“光州ビエンナーレ”という言葉とともに光州が文化ニュースの焦点として取り上げられている。残酷だった光州抗争とは違って、この日の貴重な文化行事のニュースを見ると一層私たちの心は楽しくなった。隔年制で実施される世界的な美術文化行事が、光の街「光州」で開かれるというのは、世界の美術が光州に入って、光州をはじめとする韓国の美術が世界に向かって強く呼びかけているということだ。今回の行事はその準備資金だけでも 100 億ウォンを超える。韓国文化史上初めてのことで、光州市民が芸術を愛する人たちであることを世界に知らせる快挙と言ってよいだろう。

新しい文化創造の基礎を築きつつあった光州は、文化行事の認定をやりとりする市民たちの思いが熱く、親しみを感じただけでなく、芸術の都市に相応しい汚染されていない自然環境も誇っている。もちろん、今まで工場地帯があまりない、公害のない故郷として残ることになったのは、そこに暮らすの人々の言葉を借りれば、“抑止春香（無理やり事を進めること）”しなかったためだという。

5.16（光州事件）※以後、工場一つまともに許可せず環境汚染の機会を与えなかったパク・ジョングォン（朴正権）のおかげだと言える。とにかく公害のない都市を保存することができ、国際的な行事を行うのに最適な街になったのだから、災いが転じて福となったわけだ。

美術だけでなく、光州をはじめとする全羅道（チョンラド）地方では名匠たちがたくさん出たことでも有名だ。旋風的な人気を集めた［서편제（ソピョンジェ）］（1993）や［휘몰이（ウォモリ—追い立て—）］のような映画を見てもそうだ。その地方の人の芸術的な暮らしの哀歓と苦難を哀切なメロディーに乗せ、美しい景色とともに描いた作品として見る人の涙を誘った。

互いに温かい情を分かち合い、芸術を愛する心を育てていく芸術家たちの都市「光州」に私は最近特に関心を持っている。世界的な脚光を浴びている美術の都市に成長しているからだろうか、それとも心を一つにできる人たちがそこに多く住んでいるからだろうか。光州ビエンナーレを頭の中に思い浮かべながら、多くの世界の人々が光州に押し寄せてくると思ったら、心がいっぱいになってくる。以前には多くの人が光州の地に訪れる時、どのように素敵に彼らをもてなすことができるだろうとか、宿泊施設はどうしようなどと思いながら一人で心配をしてみたものだ。しかし、これは、光州ビエンナーレに愛着を感じている私一人の取り越し苦労であることが明らかになった。

芸術の都市「光州」には、代々受け継がれてきている画家たちが多くいる。周りの山河が美しく人々の情が厚いためだろうか。大きく分けて韓国画（東洋画）と洋画の二つの家系を選ぶなら、韓国南画風（東洋画）の伝統絵画作品の基礎を作ったホ・ソチ、ホ・ミサン、ホ・ゴン（南画風）、許百鍊（ホ・ペクリョン）氏の家系と、近代韓国美術の洋画の巨匠でこの地に印象派の絵の“オ・ジホ画風”を生み出し引き継いできた息子のオ・スンウ、オ・スンユンと孫の若い彫刻家と評論家のオ・グヮンウク、オ・サンウク氏の家系がある。

この５月にジュ・ドンシク文科体育部長の提案で、韓国ギャラリー協会による「一軒に一枚の絵を掛ける運動」の一環として全国的な展示会が開かれた。この美術の祭典（100万ウォン以下の作品祭り）行事には多くの国民が参加して多大な成果を残したのだが、国民のほとんどが美術愛好家であることを知り美術界では多くの人々が驚いた。音楽が好きな人はカラオケに行くのだけれど、同じくらい美術愛好家も多いということを今回の機会を通じてよく知ることができた。ところで、この“一軒一絵をかける”がすでに光州地方では当たり前になっていることを前回光州を訪問した時に見て感じた。

ある早春のこと、東西和合で団結しようという地域感情を解消するスローガンと青少年の指導を目標にして作られた団体がある。名前が“ハンカラムフェ”〔優れた才能を見出す会〕だ。私と同じ会員であるキム弁護士は昨年、ソウルを離れ光州で弁護士をされている方で、長い間の法律の世界で地位の高い官職を色々と経て公職を退いた光州出身の徳と才能を兼ね備えたエリートだ。光州での弁護士業務を開始した直後、我々の会員たちを招待してくれたその温かいおもてなしの心遣いに対して本当にありがたいと感謝した。

光州へ着いた翌日朝早く、キム弁護士の案内を受けて私たちはある10坪ほどの小さな食堂に入った。店内はとても綺麗で清潔だった。注文した料理が出てくるのを待ちながら、店内を見回していた私は眼を見開いた。食堂の中の四方の壁ごとに立派な山水画がかかっていたのだ。特定の金持ちの奥の間にだけ見られるような絵が、何点もかかっている。絵の中に込められた内容と言葉も風流で素敵なものだった。キム弁護士の言葉を借りれば、光州では昔からどこの家にも同じように1、2枚程度の絵が飾られているという。

果たして言葉では聞いていた芸郷・光州の一面をここで見るようで、心が非常に楽しくなった。やがて大豆もやしクッパがかっかとほてった熱い土鍋に入れられて、出てきた。もやしとご飯が入り交じってとろりととても味のよいおかゆのように、口の中ですっと溶けていった。絵を鑑賞しながら食べる味が天下一品であり、目と口が一つになって調和を作り出す楽しく幸せな瞬間だった。クッパはかなりの量だったのだが、私と一緒についてきた長男は自分の分だけでは足りなかったのか、私の土鍋も何の恥ずかしげもなく食べている。天下一品の料理と良い作品を鑑賞しながら楽しく食事できたことは、幸せこのうえなかった。

この文章を書いている今も、その時の香りが口の中に漂うようだ。話に聞いた芸郷・光州の人たちの芸術愛の精神を確認することができた、まことに喜ばしい瞬間だった。(1995年)

※ 5.16事件(光州事件) 全羅南道の道庁所在地であった光州市を中心として起きた民衆の蜂起。クーデターに抗議する学生デモが起きたが戒厳軍の暴行に怒った市民も参加。参加者は約20万人にまで増え、全羅南道一帯に拡がり、市民軍は武器庫を襲うと銃撃戦の末に全羅南道道庁を占領したが、5月27日に大韓民国政府によって鎮圧された。

宗教と芸術

ヨーロッパ旅行をしながら大きく感銘を受けたのは、ルネサンス時代に大きく花を咲かせたキリスト教美術に関してである。特に、バチカンのシスティーナ礼拝堂に描かれたミケランジェロの天井の壁画を見た時は、まるで一つの柱になってしまったように身動きもせず立っていたという記憶がある。その時の感激を今も忘れられない。それだけ西欧の美術は宗教と深い関係を持っており、美術を通じて人々に心の平和をもたらしてくれるという宗教的な意識を強く持つことができた。

仏教美術も同じだと思う。釈迦生存時“コサムピ”(BC500年インドで栄えた都市)という国には仏様を大変尊敬して慕っていた“ウダヤナ”という王がいたが、釈迦が遠くに去ったのを機に長く会うこともないままやがて病気で寝たきりになった。臣下たちが心配していたところ、彫刻家として名前が高かった“ミスカルマ”という臣下が、いぶきの木で釈迦像を作って王に捧げたという。王がその仏像に礼拝をし供養すると、病気がけろりと治ったという話がある。この時から仏像に関する風習が広まるとともに、あちこちに仏像彫刻が作られ始め、しだいにそれが仏の立派な人格と聖なる教えを慕う人たちの胸に信仰心を与える手段となったのだ。これが最初の仏像彫刻美術だ。

韓国でも宗教美術に興味を持って、作品を制作する方たちが多くいる。

私の画廊で展示した人の中に夫婦画家として知られた方がいるが、彼らは熱心な仏教信者として絵を描く前に必ず読経をし、敬虔な気持ちで作業に取り組んでいた。二人がそれぞれの個性で釈迦像だけを主題にして現代感覚に満ちた独創的な作品世界を作り上げていく。仲睦まじい夫婦の作品に熱い感銘を受けているのは言うまでもない。

今後、西欧のキリスト教美術のように、もっと現代感覚に合った新たな構図と技法に立脚した仏教美術品で韓国の美術館が一杯になる日を望んでいる。(1986年)

アジャンタ石窟

我が国を訪れる外国観光客なら、慶州（キョンジュ）の石窟庵を見て驚きを禁じえないことでしょう。そして一度や二度は賛辞と感嘆を惜しまないはず。それだけ仏教文化は韓国文化の歴史から切り離すことができない。しかし、これと似たようなことを韓国ではない外国観光で感じたことがあり、仏教文化の尊さが全人類的であることをもう一度悟ったものである。

昨年、インドに旅した時、アジャンタ石窟を訪れた。西インドのデカン高原の西北部にある馬のひづめの形の峡谷に、岩壁となった山を掘って作った29の石窟寺院のアジャンタ石窟がある。仏教美術の極致をなしている博物館でもあり、紀元前200年余りから紀元後700年に及ぶ900年余りの長い歳月の間、数多くの信者たちが命を捧げて築いたものだ。

1819年トラ狩りに出たあるイギリス軍将校がトラを追う過程で穴の中に入るのを見たおかげで、1千余年間隠れていた石窟を発見することとなった。6月から10月までは雨季となるため、季節的な不便を避けようと石を掘って寺院を作り出した深い信仰心は、昔も今も変わりがないのだと知ることができる。千年近い歳月の間に多くの信者たちが命を捧げて創り出したアジャンタ石窟は、輝かしい仏教文化の極致を誇っている。

法堂ごとの石造彫刻や壁画は、釈迦の前世の説話と前世の道を示している。29の石窟中4、50坪程度の広いホールの第1石窟の壁画に描かれた蓮華手菩薩像はあまりにも完璧な絵画作品だ。体と腰を反対方向に屈折させて三曲法のポーズをしているこの菩薩像は、左から見ると左肩が上がり、右から見ると右肩が上がっているように見えるのが不思議な、まさに生きて動いている菩薩像だ。その他、釈迦牟尼の前世の壁画を見ながら、仏教徒ではない私が鐘をつくだけのにわか信者として仏教を勉強できたというのが、芸術文化を通じて得られるもう一つの収穫であり、アジャンタ石窟を通じて深く仏教文化に敬意を表する。(1986年)

慶州　石窟庵
石窟庵と仏国寺（ソックラムとプルグクサ、석굴암과 불국사）は、大韓民国の慶州市南部にあるユネスコの世界遺産（文化遺産）（ウィキペディアより）

アジャンタ石窟の中で詩人パク・ヒジン、キム・ヤンシク、パク・ハヨン氏らとともに

作家と美大教授

近頃、有能な美術大学教授らが十数年以上携わった学校を去り作品制作だけに力を尽くす姿を時折見かける。そのたびに私は「わぁ！　すごい決心だ！」と感嘆しながら、内心、彼らを尊敬している。

米国の美術界では、創作活動に専念する作家と美術大学の教授を明確に分けている。そこで作家と言われる人たちは、もっぱらスタジオに籠って作品制作だけに没頭しながら画廊や条件に合った美術館で発表の場を持つなど、制作活動で得た収入だけで生活しているのだ。画家としての制作活動を全くできない美術大学教授らを作家とは呼ばない。美術に対する講義をしたり美術の実技指導をする人たちは、あくまで美術大学の教授であり、作家ではないということだ。しかし、韓国は違う。優秀な作家の大半が美術大学に所属する。彼らは片手間とは思えないような立派な作品を制作しているだけでなく、作品制作に劣らない情熱で後輩たちを懸命に教えている。描くために彼らがどれほど苦労しているか、いつもそばで見守っている私は、そうした事情をあまりにもよく知っている。

しかし、誰もこの慣行を変に思う人はない。美術大学教授の座をめぐっては熾烈な争いがあり、たまに生じるスキャンダルは神聖な教育界においてあってはならないことだ。美しく崇高な芸術家たちの人格を低下させる行為が美術大学教授たちの間で起こるのはとても悲しい。教授は教授として大学で学生たちだけを指導して、作家は作家として作品活動にのみ専念できる美術界の風土がないのは残念だ。作家はスタジオで熱心に製作して展覧会で評価され、月給ではなく売れた作品のお金で生活する。そんなゆったりとした暮らしと夢を実現できる文化社会が築かれたら、どれほど良いだろうか。

以前画廊で展示会を開いた数多くの美術大学教授たちの姿が、突然、走馬灯のように通り過ぎた。彼らは皆一様に一生懸命に教えて作品を制作する"二つの体"と"二つの頭"を一緒に持った勤勉な、いわゆる"作家先生"たちだ。彼らの展示会があるたびに私はそのカタログの序文の挨拶に、必ず欠かさず"…才能のある作家として後輩の指導育成にも特別な情熱で熱心に取り組んでいる…"と書いている。

韓国でも米国のように作家と教授職が区分されると良いのだが、環境はまだまだ劣悪だ。"作家先生"がみんな学校という垣根から出て作品制作に専念して不滅の名作を後世に残そうとするなら、政府の芸術行政に深い理解と関心が必要だろう。

そうして"美術の年"となる来年には、作家たちに彼らの作品を担保にして銀行から融資をしてもらい、多くのアーティストがスタジオを建てて生活もできるようになってほしい。そんな日が来たら、教授職を掛持ちしなくても制作活動に専念できる作家が多くなり、韓国でも世界的な作家たちが無数に現れ、我が国の美術を強く輝かせてくれることだろう。(1994年)

私の友人の美術愛好家

先日、米国に住んでいる友人が20余年ぶりに帰国した。飛行機から降りた彼女はあまりにも変貌した祖国の発展ぶりに驚いて、空港から呆気に取られていた。市街地が近づくにつれ、車窓の外を眺めていた彼女は目に涙を浮かべ始めた。米国人の夫を同行した彼女としては、懐かしい母国に帰ったので感激したり、祖国の発展した姿を誇らしく思うのだろう。夫にそうしたことを絶えず英語で説明していた。彼女が留学していた時代と比較して言っているようだった。

ホテルに着いた彼らは美術品収集家らしく、直ちに私の画廊を訪れ、「まず絵を見たい」と言った。私がニューヨークに行った時に彼ら夫婦は一生懸命に私を連れて複数の美術館を見物させてくれ、また、美術に関する多くのカタログやスライドなどをプレゼントしてくれた。

彼女の家はニューヨークのハドソン川を見下ろす景色の良い丘の上にあり、最新の建築様式で建てられた住宅なのだが、彼らが言うには建築雑誌の表紙にまで載ったそうだ。建築資材はドイツから輸入して、設計士は米国の指折りの優秀な建築家に依頼したという。膨大な資金をつぎ込んで家を建てたそうだ。

私は韓国ではそんな家をまだ見たことがなかったので、その家がいいかどうかはわからなかったが、印象的だったのは、その内部に飾られていたものすごい美術品だった。美術館や雑誌でよく見る、そんな作品が壁ごとに数えきれないほどかかっており、数千坪の芝生の庭園に米国の作家たちの彫刻が所々にうまく調和するように置かれていた。まるで彫刻公園を散策するようだった。セザンヌの静物、ルノワールの女性、そしてモジリアーニのかしげている首が長い女性などでいっぱいになった壁面をまだ忘れられない。今は富豪の妻になった彼女を見ながら、彼らの家庭に平和が満ちていることを祈っている。彼女の夫は富豪の息子として若い頃から美術品を買い集め始めたという。2、30年前までは、米国でも美術品がそれほど高くなかったので、ピカソをはじめ、ルネサンス、印象派の画などをそれほど高い値段でなく買うことができたそうだ。米国も今は美術品が非常に高くなって数十万ドルを超える作品ばかりで、彼女の所蔵品の価値も莫大なものになっているということだ。

コレクションの中でも美術品収集が最も健全で、貴重な趣味生活になると言われている。これからは各国へ行ってその国特有の美術品を買い入れて美しい美術館を作り、世界の美術のために美術品をすべて社会に還元させることが彼らの希望だという。また、彼らは美術学校も経営しており、ニューヨークの繁華街にある彼のビルで多くの若い画家たちを育て上げている。彼らは莫大な富を彼らなりに人類の社会文化の発展を願い、やり甲斐を感じながら使っているようだった。

画廊に立ち寄った彼らに、私は韓国の若い作家の作品1点を友情のしるしとして寄贈した。彼らのけなげな志に少しでも貢献できるようにと。（1982年）

絵の中に流れる音楽

絵を好きということ、これには古今東西の区別はないようだ。K画伯やL教授が展示をした時、「ワンダフル」を連発しながら鑑賞していた外国人のきらめく青い瞳が今も目に浮かぶ。また、我が国の作家の作品が非常に良いので、自分の国の画廊で作品展を開いてほしいと要請してきた米国人画廊のオーナーの顔も浮かぶ。

絵を好きな人なら、ソ連が生んだ独創的な作曲家ムソルグスキーの絵画的な色彩の旋律を持つ〈展覧会の絵〉をご存じの方も多いと思う。それだけ、この曲は美術愛好家たちに特別な愛を受けている。私も例外ではなく、私の画廊や家でFMラジオの電波に乗ってこの曲が流れてきたら、今にも大切なお客様を迎えるように明るい笑みを浮かべながら耳を傾ける。そして画廊のたくさんの絵を眺めながら、メロディーに合わせ目を移していく。たとえ、ここがムソルグスキーが訪れた展示会場でなくても。

この曲は1874年ムソルグスキーが生前に足を運んだ、画家であり建築家だった彼の友人ハルトマンの遺作展を観て楽想が浮かび、作曲したものだ。友人の絵に対する感動的な瞬間の心に合わせ、ムソルグスキーが絵画的な色彩で作曲したこのメロディーの中で、私はまるで彼が生きて展示会場の中を見物しているような錯覚に陥る。

昨年冬、偶然日本のNHKがオーディオグラフィック名曲アルバム24枚をセットにまとめて発表したレーザーディスクを購入した。LP版でメロディーだけを鑑賞していた時代とは異なり、臨場感あふれる画面に沿って生々しく展開される変化に富んだシーンには彼らが生きていて、自然の風景と美しく勇壮なメロディーを通じて一層音楽の尊さを我々の胸に刻んでくれる。数日、夜を徹して、私は夫とともに全曲を順番に鑑賞した。ヴィバルディを先頭にモーツァルト、ベートーベンそしてチャイコフスキーからムソルグスキーのアルバムに達した時、私は以前の名作曲家たちに劣らない、また別の軽快さと荘厳なメロディーに再び魅了された。また、画廊を経営する私としては楽章の変化を見ながらムソルグスキーの絵画的な楽想に驚くばかりであった。

レコード番号18-Aの最初のメロディーとともに展開されて出てくる

画面をちょっと紹介すると、一番最初はムソルグスキーの〈展覧会の絵〉とともに有名な〈禿山（はげやま）の一夜〉が息が詰まるほどの迫力あふれる曲となりモスクワの風景とともに流れている。

その次〈展覧会の絵〉のメロディーは軽快な曲で始まり、〈プロムナード、小人〉の絵のシーンを描く曲が流れている。同時にレニングラードの有名なピョートルの宮殿の美しい建物が現れる。画面いっぱいの広大な大地に建てられたピョートルの宮殿庭園の144個の噴水の水が噴く光景がまた壮観だ。まさに噴水の饗宴。天を突くような放物線を描く清潔な水の流れが、メロディと共に調和の極致をなしている。樹木の間で広がって見える144個の噴水が変化する場面は、ムソルグスキーの曲に合わせてまるで夢の中で踊る一枚の絵のようだ。

次は〈牛車〉だ。場面は変わってレニングラードエルミタージュ美術館の全景と一緒に内部に展示された作品が見られる。画面いっぱいに見られるロシアの有名なイコン（icon: 東方教会から降りてきたキリスト・聖母・聖人、殉教者などの聖画像）とともに、ヨーロッパの名画が画面に広がっている。ここにはゴーギャンをはじめとして数多くの印象派の絵がたくさん所蔵されていると聞いた。3年前、米国ワシントンのナショナルミュージアムでゴーギャンの遺作展があった時、多くの作品をエルミタージュ美術館から借りたという事実を私は記憶している。

ひきつづき〈馬小屋〉という絵を表現した曲が流れている。解説字幕では、ムソルグスキーがロシア音楽の中で特に独創的で絵画的な色彩の作曲家として有名であると称賛を惜しまない。

最後の場面の〈キエフの大門〉は建築家キエフの設計図で示されていた絵の大きな門を描いたシーンとともにその最後のフィナーレの勇壮なメロディーは、その濃厚さ希薄さ強さを表現し、さらに雄大に展開されていく。青い森の中を強烈な音色で画面を満たし、最後を飾っているのだ。

これでムソルグスキーが出した1874年度の展覧会を彼とともに鑑賞したわけだ。

ムソルグスキーは最初にこの曲をピアノ曲としてだけ作曲したのだが、その後ラヴェルがオーケストラ曲で編曲した。その時、ラヴェルは原曲を重要視しながら、実際には一番近づけた形で編曲したという。当時のパリで初演して大成功を収めた。ピアノ曲としてメロディーの切なさも独特な妙味を感じるのだが、やはりラヴェルの編曲によるオーケストラの雄大壮厳なメロディーの中で彼の独創的で感受性鋭い場面を融合的に味わうことができると思った。それは多分に、オーケストラを好きな私の好みのせいだろう。

私は絵を好きであるけれど音楽も併せて好きなので、私の画廊と家ではいつもムソルグスキーの〈展覧会の絵〉をはじめとするクラシックの旋律が部屋の中いっぱいに流れている。(1991年)

画商シドニー・ジャニス

「人間はただ年齢をとったからといって老けるということではない。ただ自分の理想を捨てる時に老いるのだ。歳月が流れると人の肌にはしわができるかもしれないが、心にしわができるのは人生に対する興味を失っている場合である」

これはダグラス・マッカーサー将軍の言葉だ。年を加え、時とともにますます私の胸の中に刻まれる言葉の一節である。

ところでこの言葉を大いに物語る記事を、数日前に読んだことがある。ピカソやシャガール、ダリ、そして韓国の故イ・タン、キム・ウンホ（金殷鎬）画伯など90歳の高齢で制作活動をした芸術家たちがいるとはいえ、昨年9月のニューヨークのモダンアートミュージアム（近代美術館）で大きく誕生パーティーを開いた91歳の世界的な美術文化事業家の画商シドニー・ジャニス氏がその記事の主人公だ。彼は高齢だがニューヨークのマンハッタン5番街にあるシドニー・ジャニス画廊で週6日一日も休むことなく働いているという

1896年にバッファローで生まれた彼は幼い頃、スケートで家に帰ってくる道すがら美術館に立ち寄って絵を鑑賞し楽しんでいた。その時から美術に興味を持ったことが、今日の大画商として、人類文化の発展に貢献できるようになった出発点だと幼少時代を回想している。彼はまだ現代美術が世間に知られるようになる以前、1920年代からすでにモンドリアン、カンディンスキー、ブランクーシなどと付き合い、前衛作品を収集し、前衛画家たちを助けていた。1948年、彼が52歳の時に多くの収集作品を持って画廊をオープンした。その後、ジャクソン・ポロックなどの世界的な作家の作品を発掘し展示会を開催するなど、現代美術の発展に貢献してきた。当時、絵が売れず何百ドルがなくて、何度も画廊を閉じざるをえない危機も迎えたという。その後、彼は自分の個人コレクションの中から数百点を無条件でニューヨーク近代美術館に寄贈して話題を集めたりもした。昨年90歳の時の近代美術館の誕生パーティーでは特有の素敵なマンボダンスも踊ってみせ、出席者たちを驚かせた。

韓国民にとって印象的な記事であったことはもちろん、美術愛好家にも良い手本と激励になる記事だったと思い、再びマッカーサー将軍の名言を思い返している。(1987年)

『私の文化遺産踏査記』を読んで

文化人なら昨年、数ある書店賞を総なめにした**ユ・ホンジュン**※(兪弘濬)氏のベストセラー『私の文化遺産踏査記』を知らない人はいないだろう。さらに、この本は著者だけの喜びであるだけでなく、韓国の美術界の自慢でもあり、美術界の人々は著者と同様にその作品に誇りを感

じ、自慢に思う本である。また、著者は私が発行していた雑誌“サン美術”の監修を務めた方でもあるのだ。

著者からこの本を頂いて即、家族みんなが耽読した。長男はこの本を読んで感心し、職場の同僚たちに勧めてみんなで読んだという。私も夜を徹して、嬉しい気持ちで読み終えた。本の冒頭に出てくる“我が国は全国土が博物館である。”とか、20年間、各地の文化遺跡地を踏査しながら一つ一つ史跡を探し研究して写真を撮って読者に見せた大変な努力はもちろん、彼がどれだけ祖先の文化遺産を愛しているかがよく理解できた。著者が記録した16箇所の文化遺産の踏査記で最も感動したのは、伝説の中に包まれている“**エミレーの鐘**※の神話と**新話**※”だ。彼は本でエミレーの鐘の製作当時の設置過程を詳しく説明しており、それまでベールに包まれていたエピソードが記録されていた。遺跡ごとにこのような興味津々の話が展開されるので、座ったままで韓国全土の遺跡を鑑賞できたわけだ。

これからはこの本を持って歩き回りながら、私も先祖の大切な文化遺産を鑑賞してみようと決心している。(1994年)

※ユ・ホンジュン(兪弘濬)

1949年ソウル生まれ。成均館大学大学院博士課程修了(東洋哲学科芸術哲学専攻)。美術評論家としてデビュー。民族美術協議会共同代表。第1回光州ビエンナーレコミッショナーなどを歴任。盧武鉉政権の時の文化財庁長官。現在、明知大学校美術史学科教授。主な著書に『私の文化遺産踏査記』『日本の中の朝鮮を行く』『80年代美術の現場と作家たち』『朝鮮時代画論研究』『再び、現実と伝統の地平から』などがある。

※エミレーの鐘

エミレーの鐘は国立慶州博物館の庭にある。正式名は「奉徳寺(봉덕사:ポンドクサ)神鐘」といい、8世紀前半に聖徳王(성덕왕:ソンドクワン)が作らせた鐘である。

奉徳寺は北川（북천：プクチョン）のそばにあったということだが、今その場所は不詳である。川原に転がる石を見てもわかるように、北川が暴れ川だったためである。鐘は、博物館に移設されるまでは、路東洞古墳群鳳凰台（봉황대：ポンファンデ）の脇に置かれていた。

この鐘が「エミレーの鐘」と言われる理由は、この鐘にまつわる伝説から来ている。鐘を作ろとして何回か鋳造したが、どうしてもうまく鋳造できなかった。そこで人柱を立てることにした。人柱に子供が選ばれて、子供を溶けた鐘の中に入れた。その子供は、「エミレー（お母さん）」と叫んで消えていった。その結果鐘がうまく鋳上がったが、その鐘は、突くと「エミレ～」と響いたというのだ。（Web ARENA より）。

日本の梵鐘学者筒井良平氏によると何年か前に NHK が世界の鐘の音を特集したことがあるが、エミレーの鐘の音が断然一番だったという。荘重ながらも清らかである音色のみならず、長い余韻を持つのはエミレーの鐘だけであったという。（『私の文化遺産踏査記』より）

※新話

1975 年に新築された慶州博物館へエミレーの鐘を運ぶ時の裏話で、『私の文化遺産踏査記』に記された当時慶州博物館長ソブル（笑仏）先生が語る「今や打ち明けるエミレーの鐘の移転ばなし」の中の話や、伝説が単なる作り話であり現実的にはあり得ないという話等、「エミレーの鐘の神話と新話」という言葉は『私の文化遺産踏査記』の見出しからの引用である。

カルカッタの天使マザー・テレサ

貧しくて飢えた者たちがたむろする都市、カルカッタ市にあるノーベル平和賞受賞者のマザー・テレサの孤児院を訪れたことがある。カルカッタ市は、路上に横たわって死んでいる難民たちでいっぱいの都市だ。韓国も訪問したことのあるマザー・テレサは、難民の救護や孤児院を運営している時、かわいそうな彼らに奉仕している。この功労で、マザー・テレサはノーベル平和賞を受賞したのだ。

私たち一行がその孤児院を訪れた時には、ちょうど修道女は難民村にボランティアの仕事で留守だったので彼女の神々しい姿は見ることができず寂しかったが、我々はまず、孤児院のその大きな規模やきちんと整備された施設に驚いた。孤児たちは明るくて清潔であり、天使のように平和だった。一人ひとりやさしく根気よく子供たちにご飯を食べさせている若くて美しい保母は、やはり天使のように美しかった。生き地獄のような街で、か弱い修道女が“愛の天国”をつくりあげたことは、ノーベル平和賞を受賞して余りある“自己犠牲”の賜物であると思われた。

我々一行の中には数人、感激のあまりその場を去ってから節約して残った旅費を孤児たちのために使ってくれと渡した人たちもいた。戻るバスの中で、テレサ修道女の聖なる業績は永遠に人類の歴史に輝くだろうと固く信じた。宗教人として人間に対する愛を福祉事業を通じて実現させていた。

この前、ある判事の訴える切迫した内容の書き込みを仏教新聞で読んだことがある。その時、もう一度マザー・テレサの犠牲精神を頭の中に描いてみた。内容は最近、10年間私たちの国の非行少年犯罪件数が次第に深刻化し、20歳未満の青少年犯罪件数が約2倍に増えており、そのうち学生の犯罪件数がなんと5倍に、強盗など凶悪犯罪は罪名によるが3、4倍ずつ増加しつつあるというのだ。

したがって、今の彼らには、関心を持って積極的な激励と奉仕で愛情教育をしてくれる多くの福祉施設が必要だと訴えていた。韓国の仏教界でも仏の慈悲深い説法の精神に立脚した福祉施設を色々な所に建てて、病人や身寄りのない人の保護はもちろん、非行青少年たちのための慈悲の先導事業に積極的に取り組んでほしいと強く願う。(1986年)

「ドンキホーテ」アーモンド・ハンマー

昨年冬LA国際現代美術祭に出席するため米国ロサンゼルスに立ち寄った時である。ホテルの部屋で朝のニュースを聞いて、私はびっくりした。国際的な企業家で世界の平和のために重要な役割を果たし、米国でハンマーギャラリーとして知られる大きな画廊経営をしているアーモンド・ハンマー（当時92歳）氏が死去したというニュースが流れたからだ。

ニュースキャスターは、ハンマーが熱心に収集し大切にした美術品を所蔵した美術館がオープンすることになり、これを祝う一方で、このハンマー氏の死に哀悼を表すると話した。常々ハンマー氏を尊敬してきた私はまるで祖父を失った気持ちだった。

4年前、私が初めてLA国際現代美術祭に参加するために米国に行った時、私に同行した在米作家K氏はたくさんのビルの中でも高くそびえたっているビルを指差し、あそこのあのビルがオクシデンタル石油会社（OXY）でオーナーが数多くの美術品を収集しており、画廊経営もしていた人だと教えてくれたことがあった。その後、昨年夏、K画伯の個展の時、しばらく帰国した彼は私に1冊の本をプレゼントしてくれた。それは『アーモンド・ハンマー自叙伝』で、通勤の道を行き来しながら車の中で彼の伝記を面白く読んで大いに感銘を受けた。

ソ連系ユダヤ人として幼い頃米国に移民した彼の父は、コロンビア医科大学を出た医師だったが、共産党という濡れ衣を着せられて刑務所に閉じ込められていた時、若い息子アーモンド・ハンマーは大学生時代にすでに奇抜なアイデアと奇知で財閥となっていた。その当時の1920年代、ソ連革命直後にソ連に渡り、レーニンに会って大企業家の基礎をそこで固めて帰ってきた。この時、彼はソ連で王朝の宝物を買って帰り、大金を儲けた。米国の新聞王ランドルフ・ハーストが倒産の危機を迎えた時には、彼の美術品を売って1千万ドルもの負債を返済し再起できるようにしてあげた。まるでドンキホーテのような人だった。その他にもこの本には読んだ人にしか納得できない興味深い内容があまりにも多い。それだけでなく、東西陣営間に解氷ムードが造成されつつあったが、決定的な役割を果たした彼の功労は、歴史を変えるほどのことだった。荒唐無稽な話を聞いているように思うかもしれないが、20世紀の歴史の中で最も重要な部分が書かれている資料集としても価値が高い。

ハンマーは彼の成功の秘訣について、このように述べた。「いつも機会を逃さずに利用し将来を見越していた」。また、彼はこんなふうにも話した。「私に引退はない。ただ、死ぬ日が引退する日だ」と。(1991年)

ある若い実業家の夢

数日前、以前から本が好きで、いつも車の中で読書を楽しむ若い実業家が私を訪ねてきた。

彼は米国留学を終えて帰ってきた後、父親の事業を受け継ぎ、着実に成長、発展させている30代の有能な2世企業家だ。美術を専攻した美貌の妻と2男1女をもうけ、幸せに満ちた家庭の家長でもある。その日は、3歳の誕生日を迎えるという末っ子の息子の誕生日プレゼントに安くてきれいな絵を探していると言った。ちょうどいつも子供だけをテーマにする作家(イギュソン画伯)の可愛い少女の顔の絵が1点あったから、それを推薦した。彼は非常に満足していた。彼は読書だけが好きなのではなく、美術品を見る目もかなり磨かれ、いわゆる偶然手にした優れた作品をかなり多く所蔵していて、今はれっきとした美術愛好家だ。

その国が文化民族か否かを決める尺度の一つは、言うまでもなくその民族がどれほど多くの文化財と遺物を所蔵しており、貴重な美術品を所蔵している美術館がどれほどあるかによると言っても過言ではないと思われる。

この4月、我々は個別企業トップの入念な努力で、宝物7点などを含む4千点の美術品が所蔵された東洋最大規模の**湖巖（ホアム）美術館**※を持つようになった。私財を投げ打ち40年余りの間、民族文化遺産を守るための執念と精誠で収集してきた4千点の重要な文化財と現代美術品は一個人の所有よりは国民みんなの共同財産として残すことで、韓民族の文化的自負心を高めることになった。

彼の崇高な精神は、何よりもこの美術館とともに永遠に国民一人一人の心の中に深く抱かれるだろうし、韓国の国家文化の発展に貢献した標本となるだろうと信じている。

血の汗を流し築いてきた個人の私有財産が社会に還元された例は、他にも多い。有名な米国の代表的な国立博物館であるワシントンのスミソニアン美術館もその一つである。スミソニアン美術館は1829年、英国のある裕福な科学者ジェームズ・スミソニアンが当時、50万ドルを寄贈し、設立された。歴史と伝統が短い米国は、他の国々のように王室の遺物や宮殿の伝来品、その他の外国の捕獲品がなかったので、経済を築き上げることと同時に自国の文化芸術作品も一つずつ蓄えていかなければならなかった。その後、スミソニアンの基金は今日の広大な規模の世界的美術館へと発展を遂げていくが、その時の彼の寄贈が、その大きな基盤となったのだ。

この他にも米国には有数の個人美術館が多数ある。ニューヨークにある現代美術の宝庫ソロモン・R・グッゲンハイム美術館、ホイットニー美術館、そしてフリック・コレクションなどがそれだ。韓国にも先に述べた若い実業家と一緒に夢を実現させようとする多くの有意義な美術愛好家が名乗り出て、韓国の文化発展に寄与してほしいと切実に思う。(1982年)

※ホアム美術館

ホアム美術館は「三星グループ」の設立者である故・李秉喆（イ・ビョンチョル）会長の美術館であり、李秉喆会長が自ら集めた文化財級の所蔵品を一般に公開し、展示する美術館です。著者は韓国最大の美術館と述べている。

画廊の賜物

歴史的な光州（クァンジュ）ビエンナーレ開幕式があった9月20日、式に出席した後、展示会場を見回わすだけで終えたのが残念だったので、ハンガラム会員たちと共に再び光州ビエンナーレを参観することとなった。多くの作家たちの立派な作品を鑑賞しながら、親交があったビエンナーレ組織委員の説明も聞き、地域感情の解消に向けたボランティアの会であるハンカラム会員たちにも展示された作品について話をしてくれたので、私たち一行は光州ビエンナーレを大いに楽しむことができた。それにしても難解な美術品を見る彼らの表情は面白かった。

私が美術界にいなかったら、果たしてこんな楽しみを享受できるかどうか考えてみた。1ヵ月ぶりに光州ビエンナーレ参観者の数が100万人を超えたそうで、このような最大の文化行事を見ると、自分が美術界の関係者という事実そのものに改めて感激する。

韓国近代美術展コーナーに立ち寄った時である。多くの観覧客たちの中でとりわけ注目を集めていた絵がある。目から鱗が落ちるほどの光を放っていた。10年余り前、私の家に掛かっていた25号の大きさのパク・スグン（朴壽根）氏の絵が、人々の愛を受けて展示されているではないか！　その絵を売った時は、まるで愛する子を送り出したようで寂しかったけど、今は人々の視線を受け、まるで出て行った子が大きな都市で自分のやるべき仕事を立派に果たしているのを見る親の気持ちだ。ただ一人で私の部屋に掛けて楽しむより、多くの人々が見て喜んでくれる方がいいだろうと手放したその時の切ない気持ちを思い出しながらも心温まる光景だった。

立派なコレクターが志を立てて作った美術館に私が推薦して仲介した作品、私が譲渡した作品が展示される時の喜び、それがまさに画廊の仕事のやりがいだ。良い作品を推薦してくれてありがとうという挨拶を聞くと、画廊の仕事をしていてよかったという喜びを感じる。“サン美術”賞を制定して授賞式を行い、作品展を開く際のほほえましさも同じだ。“サン美術賞”の選抜基準は商品性より斬新な作品世界と視覚だ。また、その努力が無駄にならず、サン美術受賞作家たちが一流作家の道を歩いている。美協理事を務めているイ・トゥシク氏、サンパウロ・ビエンナーレに選定されたキム・ヨンウォン、シン・ヒョンジュン氏など、多くの面で優れた活躍をしている。もちろん、これらすべてのことより大切なのは、私が好きな美術環境の中で自分の人生を継続できているということだ。(1995年)

彫刻家の隣人

私が知っている彫刻家の中にYという若い人がいる。彼は未来を嘱望される作家で30代前半の年齢だが、国展の推薦作家になるなど、誠実な人柄と力量を認められている。2年前に彼はローマに行って、世界的な彫刻家エミリア・グレコの弟子に入った後、熱心に勉強中だ。彼はこれまでローマで制作した作品を持って故国で個展を開くため、1カ月余り前に一時帰国した。そして今彼は、その仕上げ作業に熱を上げている。

数日前に彼が道すがら私を訪ねてきた。私は「いい作品を多く制作していますか？」と聞いてみた。彼は「さあ、よくわかりません。とても難しいですね」と、苦い顔をするではないか。「なぜ？　何かありましたか？」と私が驚いて尋ねると、「自分は大理石を使って作品を作っているので、いくら慎重に作業をしても自然に石を切る時は、音が出て石粉が飛んでしまう」ということだ。それでいつでも「申し訳ない」という謝罪の言葉を隣人に忘れないようにしているそうだ。しかしその隣人たちの中には、彼を見て「良識ある先生が、よくそんなことができたもんだ」(いつか彼が高校の先生をしたことがあり彼を指して「先生」と呼ぶ)とか、「すぐに作業を中止せよ」と怒鳴りつける人がいるようだ。彼がイタリアで作品を作る際は、隣人に迷惑をかけてすまないと思っていると、その隣人はむしろ笑いながら「どうぞ続けなさい」と言ってくれるのだとか。彫刻をしている隣人に対して、そんなことぐらい理解してあげて生きていくものではないかとイタリア人は思っているのだ。

彼らはこの貧しい外国人彫刻家に対するのと同じように誰にでも卵とぶどう酒などを持ってきてくれ、いい作品をたくさん作るように励ましてくれるわけではない。彼らが施している温情は隣人を思う心から出たのだが、それは芸術を何よりも理解して愛するすべを知っている国民性に起因するのではないか。私たちにもこのような温かい温情の交換ができないだろうか…。(1980 年)

メトロポリタン・オペラハウスのシャガール壁画

3年前、ニューヨークに行った時だ。親しい友人の配慮でマンハッタンにあるメトロポリタン・オペラハウスで、観賞できる幸運を得た。折しも世界的な名テノール歌手ルチアーノ・パバロッティが出演するヴェルディの歌劇「リゴレット」が公演中であったため、普通ならなかなか立ち入ることができないというニューヨークのオペラ観賞に出掛け、パバロッティの神の声まで聞くことができるとあって筆者の心は浮き立つしかない。しかし、これよりもっと私を感動させたシーンが、この建物の中であった。他でもない。なんと世界的な画家シャガールの壁画作品に会うことができたのである。

1千号大の大型壁画で作られた作品は、休憩時間にロビーに出ると出入口の両側から眺められる中央の壁面にかかっており、ほぼ1世紀を生きた彼（98歳で死去）だが、78歳の年に描いたと信じるにはあまりにも生動感あふれる作品として興奮なくして見ることができなかった。

この壁画は、普段チェロやバイオリンを作品の中に好んで登場させて幻想的で音楽的な雰囲気を醸し出したりした彼が、65年にメトロポリタン側の要請を受けて長い間の制作期間を経て完成したものである。彼としては一生の最高傑作だ。その建物の雰囲気と目的にあまりにも完璧な調和をなす造形芸術品であることにもう一度驚いた。瞬間瞬間が一生涯忘れられない感動の連続だった。2度、3度と魂を失ったように眺める観賞客みんなの気持ちが、筆者の心と同じだと感じた。

シャガールの作品に魅せられた多くの人たちが、席に戻ると今度は音楽を楽しむのだ。きっと彼の絵がその日の音楽鑑賞をさらに感動的なものに変えたに違いない。休憩時間が終わって名残惜しくも引き返して元の位置に戻りながら、ソウルのど真ん中にある周りの建物とはあまりにも似合わず、そこを通るたびに眉をひそめた一つの彫刻作品が頭に浮かんだ。また、ビルの中に似合わずかかっているわが国の何人かの絵画作品も思い出した。建物や造形物との長年の研究と検討の末によく選択された作家の作品がビルごとに調和を成している時、我々はもう一度、文化国民であるというプライドを感じることができるようになると信じている。

軒を連ねたソウルの立派な建物の中が美しい芸術作品でいっぱいになる日を待ちながら、私たちは芸術の殿堂の辺りまで下がって韓国の世界的な作家シャガールが現れることを期待している。（1992年）

国立現代美術館に行く道

1986年の美しさと威厳を誇り、果川（クァチョン）のソウル大公園の中に建てた韓国の美術文化界の自慢である「果川国立現代美術館」に一度でも行って見た人なら、誰でも感じられる点がある。人々が感嘆を惜しまない美術館の巨大な姿とその周囲をめぐる自然の美しさはもちろんだが、これまで元・現職の館長らの数千点（3千点余り）に達する作品の収集を見ると、さらに驚くことになる。

しかし、私たちはここを訪れるとすぐに問題があることを感じる。どんな建物でも入口があるものなのに、どういう理由か、ここでは入口を探すのが大変なのだ。案内板から美術館の中に入るまでに相当な時間がかかるうえに危険でもあるからだ。少なくとも案内板からは1～2キロメートルで建物に入ることができるはずなのに、6キロメートルもある長い回り道を通って入らなければならない。そればかりか、前から来る対向車と衝突する危険もあって、美術館に到着するまでどれほど緊張したことか。

美術館というところは、その国の立派な文化を訪ねて心の休息を兼ね、余裕をもって美術鑑賞をする場所だ。ところが長時間緊張をしながら、ほぼ毎日5倍の回り道をするという不便さといら立ちはいかに大きなものか。十数年前まで、韓国にはこれといった現代美術館が一つもなかった。外国からの旅行客が訪れても彼らに韓国の現代美術文化を見てもらうところがなく、困り果てて戦々恐々としていた時代があった。やがて、文化の重要性を認識した国家が数百億ウォンを超える莫大な予算を割いて世界中に自慢できる東洋最大の美術館を建てたものの、まだそこにはきちんとした入口がないので、それがどれほど国家的な浪費であり、損失なのかが理解されていない！　いくら良い展示会を開いても観客がスムーズに中に入ることができないのだ。

ソウル市に所管部署がないためかもしれないが、ソウル大公園は拡張開発して動・植物園をはじめ、ソウルランドという子供の遊び場まで取り揃え、市民ボランティアが先頭に立って行っているのに、この国の文化財が埋まっている国立現代美術館の重要性をまったく気にかけているようには思えない。美術愛好家の立場から見れば、ただ胸が痛む。

過去の政権時代、数回にわたって美術館の関係者たちに美術館に行く道を作ってくださいとお願いしたが、すべて無駄だった。どうか新韓国の創造の先頭に立っている現政権には文化の重要性に耳を傾けていただけることを切に願う。（1993 年）

愛の聖殿タージマハル

数年前、インドに行ってきたＫ画伯が描いた絵画の中で、私を大きく魅了した作品がある。それはとても幻想的でロマンティック、他ならぬ世界的に有名な愛の聖殿タージマハルを描いた作品だった。

彼の作品を見た時から、いつかぜひそこを訪ねてみたいという思いにとらわれていた。そしてそれが実現して、詩人の友人たちとともに夢に見たインドの地を踏むことになったのだ。今日のインドは世界的に最古の歴史を持つ国としてすべての東洋の精神の故郷であり、文化の根源として君臨している。彼らの祖先から譲り受けた遺産は実に莫大だ。いや世界一であると言っても過言ではない。広い国土に散在した多くの遺跡、紀元前、数百年前から始まり、紀元後中世に至るまで、彼らの祖先は実に莫大で輝かしい文化遺産を子孫に残してくれた。彼らは、今日の有形、無形の恩恵を大切に保存しているのだ。仏教遺跡地として広く知られたアジャンタ石窟の雄大な彫刻と、鮮明な壁画をはじめ、カジュラホ、エレファンタなどのヒンズー寺院、そしてニューデリー市のフマユン王宮、アグラ市の美しいタージマハル回教寺院など数え切れないほど多くの遺跡がまさにそれだ。そしてそこを訪れる我々はただただ驚嘆するばかりである。

インドの首都、ニューデリーに到着した初日の朝、カラスの鳴き声で目が覚めた。ここはどこに行ってもカラスの群れをよく見かけるが、我が国にはない光景だ。数百羽の群れをなして飛んでいるカラスの群れは、この世で叶えられなかった恨みが骨身にしみた魂の転生か！　早朝から赤い空でダンスを踊る。まるで死んだ魂たちによる競演のようだ。

世界で最も都市計画がうまくできているという、森が生い茂った公園都市・ニューデリーの静かできれいな美しい道（その道にそって乞食が多いが）や、汚くてうるさいオールドデリーのみだらな市街地を行き来しながら、私たちは2日間で数箇所の観光を終えた。

金を稼げるようにしてくれる国宝の女神像を据えたラクシュミーナーラーヤン寺院。避難先から帰ってきた王妃を迎えるため、急いで出た急な階段から自分の礼服のすそを踏んで転げ落ちて死んでしまったという王が埋葬されたフマーユーン廟、高さ75 mにもなるターミナル塔。“現代インド国民のバープー（父親）”マハトマ・ガンジーの墓、ラージガードの公園の参拝などスケジュール日程を終えて、そしていよいよタージマハルがあるアグラ市に向かう日だ。どれほど胸ときめく“瞬間”だったろうか。私は上気したままバスに乗った。

ニューデリーからアグラ市までは5時間かかった。アグラ市街から24キロメートル離れたヤムナー川の麓に美しい姿を現したタージマハルは遠くから孤高な姿を身振りで示しているようだった。世界7不思議の一つ、タージマハルはイスラム教建築の中においても最高傑作と言われている霊廟だ※。1633年ムガール王朝の5代王シャー・ジャハーン皇帝は、彼の愛する2番目の王妃が14番目の赤ちゃんを出産して死ぬと、彼女の冥福を祈るために建設したのだ。ムガール王朝はタージマハルを22年の歳月と4千万ルピーの巨額をかけて完成させた。38歳で亡くなった美しい王妃に対する愛の記念建造物であるタージマハルはその当時、世界各国から集めた宝石と16万個の大理石で作った彼女の墓である。

権能と愛が花開いた回教文化の栄光であり、王座である。古今を通じてこの世の男性が愛のためにこのような歴史を作ることができた都ということを考えると、私はシャー・ジャハーン王の王妃に対する愛を称賛するためにここを訪れたかったのかもしれない。

正門をくぐり中に入ると、真ん中に広い庭が真っ直ぐ建物の前まで気持ちよく延びている。両側にはよく整備された木々が植えられており、その横に広がる緑の広い芝生がミルク色の代理石の建物をさらに引き立たせた。建物の一番上を見上げると、真ん中は大きなドームだった。その周りには4つの小さなドームがある。テラスの四隅には真っ直ぐな塔が高くそびえており、完璧なバランス美も立派だが、建物に隙間なく刻まれた精巧な彫刻の美しさは何とも表現しがたい。

一瞬、私の頭の中には私を魅了させた絵が通り過ぎた。そして今見ているこのタージマハルとあまりにもその雰囲気が似ていたことに、もう一度驚いた。“なんといい絵だ！”と、心の中で一人で呟く私の心はさらにわくわくした。

イスラム教の特徴ある様式に従って神像や動物像はなく、入口ごとに花とコラーンの柄が象嵌(ぞうがん)されている。白い大理石の壁面ごとに青、緑、煉瓦色、そしてオレンジ色など様々な色の花と葉が大理石で象嵌されており、様々な宝石も打ち込まれていた。青は中国、緑はイエメン、赤は、ペルシアから、黒い橙色はインド産だ。そして大理石は400キロメートルも離れたジャイプルから持ってきたものだ。一枚が10メートルと正面の大理石を指しながら案内の人が自慢する。懐中電灯で照らしてみると、大理石にはめ込んだ宝石の花びらが色とりどりに幾重にも輝いている。

他の寺院のように、韓国人は靴を脱いで中に入った。霊廟中央に王妃の墓があって、すぐ隣に王の墓があった。しかし1階のものは偽造で、本当の墓は地下室にあるという。同じ位置の地下にあるお墓は大理石の花模様の冠となっており、正門の直線上に置かれていた。

満月が上った時、月とともに、前庭の水面に映ったタージマハルの華麗な姿は世界一の調和をなす浪漫の極致として有名だ。これはむしろ墓というよりは荘厳な王宮としてこそよく似合うようだ。

シャー・ジャハーン王はタージマハルを完成させた後、ヤムナー川を渡ってタージマハルの向かい側にもう一つ自分の墓をこれとまったく同様に建てようとした。そして、川の上に雲橋を架けて魂と魂がその雲の橋を行き来しながら、この世での愛を来世も継続したかったのだ。しかし、それは単に彼の夢だっただけで、彼の1番目の妻から生まれた息子アウラングゼーブによって阻止された。タージマハルの向こう側アグラ城に幽閉されたまま、愛した王妃の墓を眺めながら78歳でこの世を去った。そして彼は王妃のそばに埋められたのだ。こうして華やかな彼らの愛は幕を閉じた。しかし、世界で最も美しい不思議な建物「タージマハル」は、今日まで人類に数百年間大切にされ続けているのだ。

今日もその周りを飛ぶカラスたちの鳴き声は、死んだ彼らの魂の合唱のように大理石の窓越しに私の耳元で聞こえてきそうだ。美しい愛の聖殿タージマハルを目の前にして、再び静かに空想を膨らませている。(1984年)

※ウィキペディアによると、1631年6月7日死亡、タージマハルは1932年着工、1653年竣工とある。

人類の聖殿タージマハルの前で

3. 絵画を地図として世界へ

“世界はソウルに、ソウルは世界に”

のスローガンを叫びながら、

“ソウル・インターナショナルアートフェア”

という看板を市役所前広場に

高く大きく掲げて、

シカゴやバーゼルのように

国際美術祭を開催する日は

いつだろう。

ニューヨーク　ピカソ展

前回ニューヨークに行った時のことだ。ニューヨークに到着すると、ホテルの私に電話がかってきた。出てみると女の声だった。相手は繰り返し私の名前を呼びながら喜んでいる。私は見当がつかず「誰ですか？」と言いながら首をかしげていると、彼女は自分の名を名乗った。

大学３年生の時に米国に留学した後、お互いに連絡が途切れていた女学校時代の友人だった。彼女が米国のユダヤ人億万長者と結婚し、ニューヨークで裕福に暮らしているという話を風の便りで聞いてはいたのだが、突然のことで驚いた。こうして久しぶりに私たちは顔を会わせることになった。

私はその日の夜、彼女の家に招待された。彼女の家の壁には写真などで見る有名な印象派の画家たちの作品が飾られていてびっくりした。夕食後、友人から話に聞いたピカソ展がニューヨークで開かれているという話を聞いてすごく喜んだが、入場券は１ヵ月前に売り切れたということだ。私が残念そうにしていると、彼女はどうにかしてチケットを手に入れてみると言ってくれた。

友人の真心のおかげで、翌日、私に切符１枚がやってきた。１千余点を超える作品展なので、ある方が二度に分けて見てみようと買っておいたチケットだったようで、事情を話してやっと手に入れてくれたのだ。

ピカソ展が開かれているモダンアートミュージアムの中は、人の行列が延々と連なっていた。入口にある14歳の時の絵から始まり、写実画、青の時代、キュービズムに至るまでピカソ一生の力作が網羅されていた。各種の版画、陶磁器、彫刻、タピストゥリなど彼の幅広い芸術世界が広がっていた。特に多くの話題を残しているゲルニカは息詰まるような感動を私に与えた。４時間５キロメートルを超える距離を、一人歩きながら興奮の中で全作品を観ることができた。

現代美術の代名詞であるピカソの醍醐味を一目で鑑賞することができたのは、これまでの私の生涯でたった一度の貴重な機会であった。驚くべきことは、展覧会の入場券が売り切れたという事実だ。我が国も西洋の有名画家の作品展が開かれる時には長蛇の列をなしているが、ニューヨーク市民の美術愛好熱はさらにすごくて、人波が総延長5キロメートルの展示会場を満杯にするほどだった。

韓国画家の中にも世界的な人物が出現し、いわゆる“韓国のピカソ”としてニューヨークで入場券が完売するような展示会を開くことができないだろうか、と夢見ることがある。(1980年)

先進国の美術政策

芸術家を助けて文化芸術を大切にする国として知られているフランス。外国から来た貧しい画家にもアトリエを提供し、うまくいけば家まで与えるという芸術の都市パリに向かって、多くの画家たちが先を争って出発する。

文化大国に命名された国フランスでのことだ。20年余り前、今世紀最大の画家ピカソがこの世を去った時に、フランス政府は遺族から受けなければならない相続税問題をめぐってとても苦心したという。理由を言えば遺族が相続税を納める費用を調達するには、持っているピカソの絵を一度に売らざるを得ず、そうなればピカソの作品の価格が暴落するはずであり、それだけでなく、また作品が海外に流出するかもしれないという懸念があった。そのために政府は悩んだ末に妙案を見出した。

現金の代わりに作品で相続税を払ってもらうことにしたのだ。その結果、憂慮した作品の価格の暴落と海外への流出を阻止できるようになり、その代わりに遺族が所有した作品の中で最も優れていると思われる作品だけを選んで、国の所蔵品にしただけでなく、最も立派なピカソ美術館をまた一つ誕生させることができたのだ。

政府は遺族に作品を一度に販売して経験するすべての困難を軽減し、同時に美術品を愛する心を植え付けた。また、作品の価格の暴落などによる国家的な損失も阻止したという点でも大きな意味があるのだ。

1988年、ヨーロッパ旅行中にパリにちょっと立ち寄った時のことである。在仏韓国人である作家の案内で、新しくできたというピカソ美術館を訪れた。先のような理由で建てられた美術館だと後で知ったのだが、パリの名物が誕生したのだ。今まで画集や他の美術館にはなかった新しいピカソの未公開作品がずらり並んでいるのに驚き、どこにこのような多くの作品があったのかと首をかしげるばかりだった。

フランス政府は、相続税の代わりに譲り受けた作品でこのような美術館を作って世界の人たちに文化大国の威容を誇っている。我が国では夢にも見られないだろう、あまりにも相反する文化政策に敬意を表するばかりだ。200余年の短い歴史の中で4600も美術館を建てたと自慢する米国や、既に100年前の明治維新から世界の美術品を買い集め今は1千個を超える美術館を持ったと自慢する日本などを考えてみると、この頃目立って不動産投機家と同じように押し寄せる波に傷心する韓国美術文化界が浮かび上がってきてもどかしい。(1993年)

フリック・コレクション

ニューヨークに行った時だ。

案内してくれる友人について、これまで一度もその名前を聞いたことのないある美術館を訪れたことがある。ニューヨークの中心地であるマンハッタン5番街に位置した同美術館は、フリックコレクションというとても小さくて静かな個人美術館だ。友人の言葉によると、この美術館はピッツバーグで石炭と鋼鉄で大金を稼いで財閥になったある美術愛好家が建てたもので、ニューヨークの美術愛好家たちから愛を受けているそうだ。友人の米国人の夫は、ニューヨークを訪問する美術愛好家たちに必ずここに行くことを勧めるという。

この美術館を建設した人の名前はヘンリー・クレイ・フリック（1849～1919）で、その名前を取ってフリックコレクションと名付けたという。若い頃から40年間かけて集めたルネサンスと印象派の絵画をはじめ、各種の彫刻、陶磁器、ルイ14世風のロココスタイルの家具など、多くの収集品で14室の展示場をいっぱいにしたという。

友人が運転するリンカーンコンチネンタル車の中でこうした内容の大筋の予備知識を聞いた私は、どのような理由で友人が熱を上げているかが気になった。車は、ある小さくて優雅な9世紀風の建物の前に止まった。すぐ前は青い木の森のセントラルパークという公園だと教えてくれた。その横にはジャクリーン・オナシス夫人も住んでいる200坪以上の豪華マンションがあるという。ちょうど黒いワンピース姿に真珠のネックレスを長くぶら下げたある中年のおしゃれな夫人が、私たちの前を通り過ぎた。彼女はひときわ大きな丸い形のイヤリングを片方だけつけており、とがったハイヒールを履いてミス・ユニバース風に体つきを自慢しながら軽やかに歩いていた。その女性の顔は今は亡きジーン・セバーグにそっくりで、ショートカットの髪型まで間違いなくジーン・セバーグスタイルそのままだった。

友人は「多分映画俳優だった女性だろう」と言った。その付近には、このような貴婦人のスタイルをした女性たちがたくさん住んでいるそうだ。

複雑な都市文明の先端を歩いているニューヨークのど真ん中とは信じ難いほど静かだった。その黒いワンピースの女性が消える時までぼんやり眺めていた私を急かして、友人はある玄関のドアを開けて中に入った。

入口で必ず一人ずつ入ることができる十字路になった回転棒を通り、

年老いた老人に切符を渡して建物中央廊下の中に入った。すぐ中央には室内庭園が上品につくられており、美しい花が色とりどりに咲いていた。そのような室内庭園をまだ一度も見たことがない。天井から降りてくる照明装置の自然光はその効果もまた優れたもので、室内とは信じ難いほどに展示会場の中を明るくし、良い雰囲気を演出している。一切の人工照明は使わず自然光のみを使用している。なんとなくその雰囲気が18世紀の味を出しているので、その時代に行ったような錯覚さえ感じた。柱一つ一つに刻まれている彫刻はルイ14世時代のロココ風の繊細なものであり、所々に置かれた家具がまた、古風なロココスタイルだった。フリック自身が美術館を念頭に置いて建物を設計したということだ。だから、彼はすでにこの家を建てる時から、自分のすべての収集品である絵や彫刻、陶磁器すべてをよく展示できるように設計を行い、邸宅兼美術館に作ったわけだ。彼が死んでから20年後にすべてのものは社会に寄贈され、彼の希望どおり美術館が建設されたのだ。

静かで優雅な雰囲気を醸し出した同美術館では、20世紀の困難な世の荒波の中に生きている自分のことを忘れ、長いタイムトンネルを通って18世紀の昔に入って住んでいるように、幸せな雰囲気に浸っていた。そしてルノワール、レンブラント、モネ、ゴヤなど無数の名画作品に接するたびにひたすら感嘆と興奮で一貫している自分自身を感じた。行ってみなくてはその孤高な雰囲気と優雅なハーモニーの展示会場の中をとうてい言葉で説明できないだろう。

いくつかの古典派と印象派が分かれた展示室を過ぎ、昔フリック自身が書斎として使っていた展示室に入った。ど真ん中には、ワシントン大統領の肖像画とともにフリックの肖像画がかけてあった。ちょっとそれに黙祷した。私を楽しませてくれた彼の功績に感謝の意を示したのだ。幸福感に浸って湧き出た行動で、そうせずにはいられなかった。彼が生前、使用していたやや褪せたような緑と白いレースのカーテンが、昔と変わらずかけられていると案内の人が説明してくれた。そして彼の肖像画の下には彼が普段使っていた大きな机がどっしりとした彫刻と一緒にそのまま置かれていて、その雰囲気をさらに丁重に作ってくれており、彼の胸像を通じて息遣いが聞こえるようで、ハンサムな顔だった。

レンブラントの絵がかかっている応接室を経て、彼の夫人が使用したというダイニングルームに入った。ルノワールの女性像がまた私の心を魅惑させた。食堂にはセザンヌの絵が、廊下に繋がる手すりにはモネの田園風景をよく表した風景画が飾られていた。その他にモネの絵が多いことから、彼は田園生活を愛したようだ。

ある富豪の上品で美しい趣味で築かれた同美術館こそ、何よりも感銘深い場所であった。永遠に自分自身の洋画を大切にできる美術館を建てるのは賢明なことだと思う。米国人富豪フリックは明らかに最も才覚のある人だったし、高い品格の持ち主だったと信じたい。

私もフリックのような富豪であれば必ず彼のような美術館を建てたい。一介の凡人である私にはそんな夢は見られないかもしれないが、お金持ちの富豪に個人美術館建設を望む気持ちは大きい。

この頃、わが国でも個人美術館を建てている富豪がいることを私は聞いて知っている。そして、その方たちに感謝している。どうか韓国でも多くの財閥が個人美術館をたくさん作って、後世にいい文化遺産を残してほしい。切実な思いでフリックコレクションを後にして外に出た時、いつのまにかニューヨークの陽は静かに西に傾きかけていた。(1980年)

ベニスのペギー・グッゲンハイム・コレクション

数年前、ある日曜日のことだったろうか。おじいさんについて連日混雑して大盛況だった“スキタイ黄金展”を見てきた6歳の孫が、出社する私を見ながら「おばあさん、スキタイのネックレスしてるね！」と言った。その時、私は金でデコレーションしたネックレスをしていたが、おそらくその子はスキタイ黄金展で見た金の鎖を思い出したのだろう。

2500年前の燦爛たる文化が、彼のように幼い胸にも感動をもたらしたのか、博物館に行ってきた後は祖父にちょろちょろつきまとい“黄金の彫刻展”で見た話をよくしている。

人生は短く芸術は長いというが、孫の様子を見てそれを実感した。数千年の歴史が流れても芸術は残り、幼い孫の胸を揺さぶったのだ。私は芸術の尊厳性を感じざるをえない。私も孫と同じ気持ちからだろうか？美術館や博物館を訪ねるたびに、情熱と真心で収集された美術作品を鑑賞しながら作品が噴き出す息遣いを感じ、興奮と感動の中にとらわれたりする。美術館の有名、無名に関わらず、感じることはいつも同じだ。

もちろん、特別に感動させられる美術館はある。その近くを訪問する時には必ず入って、一周してから設立者の姿の前で頭を下げて敬意を表す。ベニスの大運河に接している美しいペギー・グッゲンハイム美術館。

1990年、現代画廊のパク・ミョンジャ会長とともにサザビーズ社の招待でロンドンに寄り、ちょうどベニス・ビエンナーレが開かれるのを知って観に行った時のことだ。サン・マルコ広場のロマン溢れる光景よりも、国際現代美術祭が開かれているジャルドニ公園内に広がる美術品に心を惹かれて夢中で駆け回った。米国、イタリア、ドイツ、日本、フランスなどのパビリオン（国家館）を行き来しながら、その壮大な規模やレベルの高い作品を鑑賞し、無限の感動と興奮にうもれた。

しかし、その時心が痛んだのは我が国のパビリオンが見えないということだった。あちこち探し回ってなんとかイタリアローマ館の片隅にあるのを発見した。そのみすぼらしい展示会場を見て一日も早く韓国のパビリオンができなければならないと考えた。感動の国際美術の現場を後にして、有名なペギー・グッゲンハイム美術館に立ち寄ってみることにした。

格調の高い美術館に向かい目に入ったのは建物の前にある庭園の中で優しく観覧客を歓迎するように腕を広げている〈都市の天使〉という名前の彫刻作品だった。

マリノマリーニ作「都市の天使」（1948年作）

一人の男が裸のまま馬にまたがって太陽を眺める姿だ。この作品を作ったマリノマリーニ（1901-1980）は、最初は画家として活動を始めたが、後に彫刻家に転身した。1952年、ベニス・ビエンナーレでは大賞を受けたことがあるので興味を持っていた。好きな作家の作品だったため美術館での初めの印象が良かった。

玄関のドアを中に開けて入っていくと、ロビーの壁には〈市〉というタイトルのキュービズム形式のピカソ（1882-1963）作品や、同じくキュービズムの〈クラリネット〉という作品もあった。他には、ベルナンド作〈都市の中の人たち〉やマルセル・デュシャン（1887-1968）の〈ヌード（汽車の中の悲しげな青年）〉、ワシリー・カンディンスキー（1866-1944）の〈赤い点がある風景〉、ポール・クレー（1879-1940）の〈魔法の定員〉、コンスタンティン・ブランクーシ（1876-1957）の〈空間の鳥〉、マーク・シャガール（1887-1985）の〈雨〉、ペギー・グッケンハイムの夫であるマックス・エルンスト（1891-1976）の〈キス〉、サルバドール・ダリ（1904-1989）の〈エクチェ欲望の誕生〉、フアン・ミロ（1893-1983）の〈オランダ風の室内〉、アルベルト・ジャコメッティ（1901-1966）の〈女の歩き方〉、フランシス・ベーコン（1909-1992）の〈チンパンジーのための勉強〉、そしてペギー夫人が一番大事に思って、積極的に助けたジャクソン・ポロック（1903-1970）の〈月光女性〉、ウィレム・デ・クーニングの〈無題〉という作品などなど。

まだ現代美術が定着する前の20世紀初めに彼女が直接画廊を経営しながら、当時は貧しくて名前もなかった現代美術家たちを直接選び、展示会を開いて彼らを助け、有名になるように作品発表の場を開いたりしたのだ。

上品で美しい容貌を持っていたペギー・グッゲンハイム女史は特別なサービス精神により、作家たちを激励して一生を美術品とともに生きる、今日の重要な美術館を設立することにあらゆる真心を尽くした。第2次世界大戦が起きてナチスのパリ侵攻の数日前に彼女が名作を収集していたことは、歴史的に有名なエピソードだ。

1938年1月、ロンドンで“グッゲンハイム・ジュンヌ”というギャラリーを開いた時、彼女は40歳でありながら戦後の芸術界に深刻な影響を与えた。この時にサミュエル・ベケットは現代美術が生きていると主張して興味を盛り上げてくれたことがあり、マルセル・デュシャンは彼女に抽象と超現実主義の美術の違いを悟ることができるように教えてくれた。

1939年に彼女はロンドンに近代美術館を開くことを決心していたが、この時**ハーバード・リード**※をディレクターに指定した。最初からその美術館は歴史的原則を基礎に置いて形成された。彼に関係する美術家やコレクションはリードとデュシャン、そしてハンデス・バーグによって徐々に枠組みが作られた。戦争が続いた1939～40年頃、絵をたくさん買うことになるが、ピカビアやブーラク、ダリ、モンドリアンのような彼女のコレクションの傑作たちは、その時期に購入されたものだ。ヒトラーがノルウェーを侵攻したその日も彼女は危険を冒してレジェの〈都市の中の人たち〉という絵を買って、レジェを驚かせた。

ドイツがパリを攻撃した時、彼女はブランクーシの〈空間の中の鳥〉という作品を購入した。それからニューヨークへ戻ることを決心した。1942年10月にペギー・グッゲンハイムは「アート・オブ・ディス・センチュリー」(今世紀の芸術) という画廊 (ミュージアムギャラリー) を開き、そこにすでに持っている立体、抽象、超現実の作品を一望できるように展示した。

開場した日の夜のパーティーに関してこう書いている。"私はタンギ (Yves Tanguy: 奇怪で非論理的な絵で超現実主義の原則をもっとも忠実に守った美術家) が作ったイヤリング1対とカルダー (Alexander-Calder: 米国の彫刻家であり、画家で、バランスの取れた針金枠に彫刻的要素がぶら下がっているモービルを発明した) が作ったイヤリングの片方をそれぞれつけた。これは私が超現実主義美術作品と抽象美術作品を偏見なく接していることを示すためだった" と。

彼女は、主導的役割をしている欧州美術家たちの展示会をはじめ、無名の米国作家の中で今日の巨匠となったロバート・マザウェル (Robert Mothewell) やロスコ (Mark Rothko)、ヘア (David Hare) などの展示会も開いてくれた。そして彼女が長い間、助けたジャクソン・ポロックの展示会は開館の時を含め、1942～1947年にわたって11回も開いた。ポロックなどは米国の抽象表現主義の開拓者だった。これの主な基盤の一つが超現実主義であり、画家たちは彼女のギャラリーでこれに向き合うようになった。ペギー・グッゲンハイムは超現実主義作家として代表されるマックス・エルンストと結婚したことで、超現実主義の画家たちにはもちろん、抽象表現主義作家たちに至るまで多大な影響を及ぼしたと思う。

1948年にベニス・ビエンナーレで自分のコレクションを人々に見せようと思うようになった彼女は、ベニス運河に接しているフォラジョベニエル　レオニの大邸宅を買ってそこで実際1949年に庭園で彫刻展を開催するのを皮切りに、自分の美術館を世に知らせた。

彼女は1979年に死ぬまで絵を買い続けていた。1969年にはニューヨークにあるソロモン・R・グッゲンハイム（ペギーの叔父）美術館で彼女のコルレクションを見せるため彼女を招待した。それは実にその時にグッゲンハイムが彼女の大邸宅とコレクションをソロモン・R・グッゲンハイム財団に融合させるような決定的な契機となったのだ。ニューヨークの美術館は再び遡って1937年にペギーの叔父であるソロモン・R・グッゲンハイムが創立したのだが、ソロモン・R・グッゲンハイム財団が、いま両美術館を運営している。つまりアンヘトゥンにあるグッゲンハイム美術館とベニスのペギー・グッゲンハイム美術館がまさにそれだ。ニューヨークのソロモン・R・グッゲンハイム美術館は1959年以降にフランク・ロイド・ライトによって5番街に有名な螺旋形の構造物として建てられた。たとえグッゲンハイム・コレクションはそれぞれ独立的に行われていても、2つとも20世紀の美術史で重要な位置を占める作品を所蔵しているのだ。

去年の夏に95年度ヴェネチア・ビエンナーレ100周年記念行事と韓国の美術史上初めて建立した韓国館記念行事を見るために再びベニスを訪ね、言うまでもなくもう一度グッゲンハイムのコレクションを訪れた。ベニス・ビエンナーレ行事期間中にジャコメッティの彫刻作品展をヴェネチア・ビエンナーレの付帯行事として開催しているからと。久しぶりに私の好きなジャコメッティの作品を一点でも多く見られるようになったことにたいへん感謝した。

きれいで上品なペギー・グッゲンハイムの写真をみて、再び頭を下げて敬意を表した。私がこの立派な美術品を鑑賞することができるのは先輩画廊であるその方の眼目と活躍のおかげだから。1階の廊下を突き当たりに設計図面をいっぱいに展示しておいたのを見て、私はもう一度驚いた。いつか雑誌で読んだ記憶があるのだが、ソロモン・R・グッゲンハイム財団ではびっくりするような美術館の建設を計画中としている。それも平地ではなく岩盤洞窟を売って建てた芸術館で、モーツァルトの生家があるザルツブルクの岩山を売却する計画だという。地下美術館の構想はメンヒスベルクの特殊な地形と構造を生かして岩山を削り、中央に塔と同じアトリウムを設置してその上に巨大な天井を地面と同じ高さになるように覆って積み上げて壮麗な内部空間を作ろうというものである。ファサードを持たない建物、周囲の環境と機能性を兼備した展示空間を持つこの地下美術館の構想は、ライトの建物と一緒に芸術性が豊かな美術館の建築のモデルになるだろう。

40代に画廊を経営し、晩年に美術館を建ててすべてを社会に還元してから世を去ったペギー・グッゲンハイム女史。ベニスを訪問するたびに一番先に思うところが、ペギー・グッゲンハイム美術館であり、その中に展示されている格調高い作品である。ベニスを訪れる人々には、必ず一度は立ち寄って観覧してみてほしいと勧めている。(1995年)

※ハーバード・リード(サー・ハーバード・エドワード・リード、1893-1968)
イギリス・ヨークシャー生まれの詩人、文芸批評家(ウィキペディアより)。

ソウル・インターナショナルアートフェア

昨年9月、画廊たちの団体である韓国ギャラリー協会ではソウルアートフェアという名の下、大々的な美術展示会を行った。最初の画廊美術祭だ。元国立現代美術館の場所である美しい徳寿宮の中の西館すべてが展示場として準備されたこの画廊美術祭は、半月間のお祭りの雰囲気の中で5万人余りという観覧客を動員するなど成功を収め、内容面でも好評を受けた。これは韓国の美術史上まれに見る観覧客動員数と言える。

全国から集まった会員画廊大多数（38）の積極的な参加で行われたこの行事は、パリ FIAC 展（国際美術の見本市）形式を真似た展示会としてそれぞれ画廊が推薦する斬新で才能ある若い作家たちの作品を与えられた10坪余りの空間に個性ある演出をしていた。観覧客たちは「まるで一つの場所で全国の画廊を一度に見て回る気分」と言って、画廊を持つ私たちも大変楽しかった。愛好家たちと美術界の関係者らから新しい展示形態を成し遂げたという良い評価を受けた時は、会長としてやりがいを感じることができた。

昨年に続き今年も、9月1日から10日まで、ホアムアートホール全館を利用して再び韓国画廊協会展を行う予定だ。日々発展していく韓国美術文化を代表する良い展示会に仕上げるために、画廊協会会員全員が熱意と誠意を尽くして努力している。

これを機に、韓国でもシカゴやバゼルのように国際美術祭を開催してほしい。そうなれば、世界のすべての画廊が先を争ってソウルアートフェアに押し寄せ、自然な美術交流が行われるだけでなく、韓国美術の優秀性とすばらしさを全世界に知らせ、主導権を握ることもあるのではないか。“世界はソウルに、ソウルは世界に”のスローガンを叫びながら“ソウルインターナショナルアートフェア”の看板を市役所前広場に高く、大きく掲げたのだ。(1987年)

’87 LA 国際現代美術祭に参加して

アートLA87とは、1987年12月10日から14日までLAコンベンションセンターで行われた国際現代美術祭をいう。

86年度に引き続き、実施された2回目の行事には、計21ヵ国で170

の画廊が参加しており、1千名の作家の作品が厳選され、展示された。

米国をはじめとして韓国、英国、フランス、ドイツ、オーストラリア、オーストリア、オランダ、日本、そしてアフリカのジンバブエなどの参加国から集まった画廊の中には、現地LAの代表的画廊とも言えるカールポンスティン画廊、LAルーブルギャラリー、さらにワークスギャラリーを含めて、フランスのルロン、英国のフィッシャー、ドイツのハンス・マイヤーなど世界屈指の画廊が入っていて、その品位と権威を高めた。

ここには世界的に名声を博しているラディ・ジョン・ディル、ジャスパー・ジョーンズ、ヘンリー・ムーア、アルマン、フアン・ミロ、アンディ・ウォーホル、デビッド・ホクニ、そして永遠にその光を増していくピカソなど世界的な作家の作品が展示され、名実ともに国際現代美術祭の真価を誇示した。

アートLA87は今回で2回目という短い年輪を持つイベントでありはしたが、その規模や組織、運営面だけでなく、販売実績も相当で、パリのFIAC、シカゴのアートエキスポ、バーゼル（スイス）のアートフェアなどとともに四大美術市場としての地位を固めた。国際現代美術の提案のシンボルとして遜色がないという現地のマスコミの評価だった。

ここに私たちの国ではジン画廊（代表:ユ・ジン）、現代画廊（代表:パク・ミョンジャ）、サン画廊（私:キム・チャンシル）が共に参加し、3社の画廊の経営者がすべて女性だという点で、地元で人気を集めたようだ。

筆者がアートLA87に参加するため韓国を離れたのは、昨年12月3日午後3時30分、絶えず続く展示会など、忙しいことをしばらく後にして出かけようと画廊のドアを開けた時、初めて国際美術祭に参加するというわくわくする気持ちで大韓航空機に乗った。ちょうど大韓航空機爆破事件が起こった直後であるため、飛行機が上空に浮かび上がると多少緊張はしたが、初めて参加する国際美術祭に向けた私の心を整えることに気を使った。

今回のアートLA87の参加が、サン画廊の開館10周年を記念する行事ということもあり、私の胸はときめいた。

14時間という長時間飛行の末にLA空港に到着したのは、現地時刻3日午前9時30分。今回のアートLA87に出品するサン画廊の作家でもあり、世界的な作家として名声を得ているだけでなく、一時、出品作すべてを売り尽くしたことのあるグヮクフン氏が迎えに来てくれていた。

ソウルから大田までの距離ほど広いLAは、米国東部のニューヨーク市とともに西部では一番規模が大きくて、文化施設を備えた米国屈指の美しい都市だ。

砂漠で奇跡が起きたのではないかと思うほど、米国人はLAをはじめとした西部カリフォルニアを文化の宝庫に変えつつある。数多くの美術館と画廊、そして5千人を超えるという美術関係仲介人などの従事者たちがそれを物語っている。8年前に欧米一周の旅行で初めてここを訪問した時は、これといった美術館巡りもあまりできず、当時盛んに有名だったディズニーランドをなんとか見物して帰ってきただけだった。

スーツケースを開いたところはLAのコリアタウン、オリンピック会場の付近に位置した韓国人経営のニューソウルホテルだ。近くには東亜（トンア）日報、韓国日報、中央（チュンアン）日報などのLA支社があり、我が国のアートLA87参加状況の広報と連絡などにも楽そうなジン画廊のユ・ジンさんと一緒に宿泊することにした。

私が到着する数日前、ユ・ジンさんは先に来てホテルに泊まりながら、韓国で参加した三つの画廊に対する詳細な広報活動を展開したために、私たちは報道に迅速を期することができ、展示期間中多くの在米同胞らの観覧と声援を得ることになった。外国でお互いに助け合いながら韓国画廊間の友好が一層厚くなり、故国での出会いよりももっとずっと嬉しくて優しく、貴重に思われた。

韓国の秋の天気と同じようにさあっと抜けるような高く青い空、大きな規模の都市に比べて比較的静かで穏やかな街、言葉なく黙々と働く人たち、このすべてがかみ合ってLAは経済的に急速に発展しており、これにより、美術文化が徐々に東部から西部に移っているとLA市街地を案内してくれながら、グヮクフン氏は言った。

風のない暖かで高く青い空がすでに郷愁にひたる私の心を慰めてくれる。

現地新聞（東亜（トンア）日報、韓国日報、中央日報）の連続的な広報と温かい激励に支えられ、数日間の準備作業の後、待望のアートLA87の前夜祭パーティーの日になった。9日夕方8時、夕暮れから押し寄せたおしゃれな美術愛好家の中で私たち三つの画廊の女主人は、それぞれ持ってきた韓服できれいに化粧してくり出した。薄いピンクのチマチョゴリに同じ色のハンドバッグと白のショールをそっとかけた私の姿に惚れたか、ある米国人老婦人がドアの前から付いて来ながら「ビューティフル！」を連発する。「写真を一枚一緒に撮って」と言っている。一緒にポーズを取ってあげた。

暖かい天気なのにもかかわらず、趣を出すためにミンクコートを着た女性たちがかなり多かった。

1千人のアーティストと美術関係者、そして招待を受けた多くの美術愛好家が3千人ははるかに超える人数だったと、現地マスコミは大きく報道した。アートLA87の前夜祭の実況は大々的にTV画面を飾った。政界、文化界の人はもちろん、ハリウッドの有名な俳優の何人かも来たという話を聞いた。

女性を立たせて、全身にペンキを塗っていく、ボディーペインティングハプニング、前衛芸術とともに変な楽器で、前衛音楽を演奏する音楽家たち、そしてたくさんの米国式パーティーのお菓子と果物、飲み物など…私たちが想像することもできないほどシステマティックで、かつ合理的そして、一件の不祥事もなくパーティーは無事滞りなく終わった。

韓服を着た私に近づいて話かける一人の米国人紳士がいた。韓国で、イ・ビョンチョル氏のビル（三星ビル、東プラザ）を設計する時、我々の画廊にも立ち寄ったことがあったと、なんと私に気づいて嬉しそうに笑って握手を求めてきた。ベケット（Becket）会社の副社長であるミスター・ドン・コーラ・アイア（Don Kohlor Aia）氏だった。彼は私に韓国から参加したことを歓迎します。私に会えて、さらに嬉しいと話した。

絵画、彫刻、版画、デッサン、写真などの現代作品が展示会場の中でみんな生きて動き出すようだった。すべての人々が現代美術の心髄を、この目で見ることができるという幸福感を膨らませているようだった。100ドルもするチケットを持った人だけが（画廊のオーナーと作家は除外）参加できるこの展示レセプションパーティー会場に、そんなにも多くの人がお洒落をしてやってきたのだ。これは美術品を心から愛する人たちだけが、楽しい人生を享受できる特権だとも考えた。

チケットを何枚か買ってLA駐在韓国総領事に送って差し上げたら、忙しい中、忘れないで参加してくださり、そのことが大変有難かった。他国で同胞愛を感じることができ、また励みにもなり、展示期間中にたくさんの同胞が訪れて観覧してくれたのが本当に有難かった。

ジン画廊が選出した13人の作家ナム・クァン、ソ・セオク、パク・シボ、キム・ボンテ、ベ・リュン、ソン・ゲグヮン、イ・ユンセ、ファン・ジュリ氏などの作品がサン画廊の作品とあわせて並んで掛けられた。

20メートルほどの近い距離のブースに現代画廊の現地作家アン・ヨンイル氏の作品、その中でも大作だけが明快に展示されていた。

中央に位置する現代画廊のブースは行き来のあるところで、場所がよかった。後で知ったことだが、「ビジュアルアート」11月号の記事で、参加画廊の一代表的画廊を取り上げる中で富士ギャラリー（日本のフジテレビ所属の）など、日本の画廊たちを差し置いて韓国の現代画廊が含まれているものを見た時、同じ韓国の画廊として非常に誇りに思い嬉しかった。

三画廊の皆が満足するほどの販売成果を収めており、人気も高かったものと考えられる。多くの観覧客たちが韓国コーナーを訪れ、ジン画廊とサン画廊は一番最後の端に並んだ位置ということもあって、あまり良い場所ではなかったが、常に観覧客が絶えることがなく、有難くて楽しかった。

想像以上に韓国作品に対する人気は高く、韓国から持って行ったカタログを取り出しては「ビューティフル！」を連発しながら近くからも遠くからも熱心に観覧する彼らの真摯な態度に驚いた。1点ずつ買ったのだと話をしてきた時は胸がどきどきして興奮してたまらなかった。

現代画廊ではアン・ヨンイル氏の大作が、そしてジン画廊コーナーではファン・ジュリ氏の作品が特に人気で売れていた。

韓国コーナーでは初日ブリュッセルのキミヨ画廊という欧州有数の画廊のオーナー、フィリップス・キミヨ氏が三度真剣に見て行った後、また来て中央に掛かった150号を1点買うと言ってきた時は、画廊人という点を勘案し、作家と相談して20％割引してあげた。その後、継続して多くの米国人たちが来てはすでに5年前からグヮクフンさんの絵を購入したり、集めたりしていると言いながら、それぞれ1点ずつ買ってくれた。

フィリップス・キミヨ氏はグヮクフン氏に自分のギャラリーで招待展を開きたいと提案してきた。グヮクフン氏は彼が専属されている米国の画廊と相談してみると話した。現地で知った事実だが、米国人作家たちと同様に、グヮクフン氏はすでに世界的な作家の評価を得ていて、米国西部地域ではかなり広く知られており、専属のいくつかの画廊でも彼を特に大切に保護してくれていた。彼はすべてのことを彼の専属画廊たちと相談しなければならないと言っていた。

まさにこれが私たちの国の実情とは異なる現象だ。外国の画廊には専属制度があって、その画廊の専属作家の作品は絶対にその画廊の了解なしには作家自身が勝手に販売や展示活動をできないのだ。これは良い制度だと思う。韓国でも一日も早く作家と画廊間の専属制度のようなものができ、美術流通秩序が健全に確立されるべきだと思っている。

もう一つ見逃せないのは、在米韓国人たちの美術品収集に関してである。今回知った事実だが、彼らは移民生活20年余りが経ちすでに経済的な面でも生活面でも安定していたので、文化面でもすでに関心を持ち始めていたのだ。

参加した韓国の他のギャラリーと同様に、韓国ブースにも大勢の同胞の観覧客が訪れ、激励とともに作品も3点も彼らに販売された。いや、決して気を使って買ってくれたのではなく、それなりに気に入った作品を選んで収集していったのだ。同胞たちに、今後、さらに多くの我が国の作家の良い美術品を紹介しなくてはという思いだった。

ある米国人弁護士事務所ビルでグヮクフン展示室があるほど、彼の芸術を好んでいるという言葉を聞いた時は、筆者はもちろん、作家自信も少し驚いた様子だった。彼はこれまで米国全域に売り出された自分の作品たちが、どこにあるのかその所在をよく知らなかったが、今回の機会に知ることができて喜んだ。韓国人作家の中で絵だけを描いて生活する作家があまりいないと言ったが、グヮクフン氏は絵だけを描いて画家として安定した生活を外国でしているという事実が、今回明らかになったわけだ。

我が国の作家の作品が日増しに世界の中に入り込んでいって、そのいかなる美術市場でも人気を増していることを確認できたことも今回の大きな収穫の一つだと感じた。今後さらに多くの優秀な韓国人作家たちの作品がFIAC、シカゴ、スイスのバゼルアートフェア、そしてLAアートフェアなどの国際美術市場で、さらに多くの人気を得て、大きな成果を収めるだろうと確信する。そのような面から、今回LAアートフェアに韓国が参加したことは、様々な形でその意義が大きいと思われる。

朝早くから数百メートルの長蛇の列を作って展示会場のドアが開かれることを待ちながら立っている米国の美術愛好家たちの真剣な姿で改めて彼らの文化国民としての趣を理解することができ、どれほど現代美術に関心を傾けているかを知ることができた。それだけでなくアートLA87を主催したモンゴメリー会社にも深い敬意を表したい。

展示会に参加した作家、ギャラリーと職人たちに現代美術に対する高い見識と知識を与えた組織的かつ緻密な計画、講座の日程はもちろん、午前中の美術館と有名コレクション訪問などすべてのものを合理的に処理することにもう一度驚いた。我が国も訪問してイワンさんなどの作品を購入して行ったことのある、その有名なフレデリック・ワイジュメン・コレクションの訪問はさらに印象的だった。

同行した米国人女性の案内で富豪たちだけが集まっている町のある大邸宅に到着した時は、多くのギャラリーの関係者らが先に来て観覧していた。門の前から彫刻作品で出迎えているワイジュメンのコレクションは文字通り現代美術作品の集合場所だった。花と彫刻や絵、そして工芸品の芸術作品で室内を韓国の日常生活の中の道具のように装飾して、使っているもののように置いてあったのが異彩を放った。寝室のベッドやテーブル、椅子、生活用具たちがすべて作品であった。

足が向かう所ごとに、手に触れるものことごとく芸術品に満ちたこの邸宅には、ピカソからペク・ナムジュンのビデオアートに至るまですべての現代美術品があった。

特にペク・ナムジュンのビデオアートは、私たちのため、観覧の前の日に設置していたのだと案内人が話した。多くの観客の中でその話を聞いて、我が国の作家という自負心で得意な気持ちになるのを感じた。参加の意義や販売面で大盛況を博した今回の韓国3社の画廊のアートLA87活動は、韓国美術の国際化時代が望まれる現時点でいろいろと大きな意義を賦与したと見ている。

第一に優秀な我が国の作家たちの世界的な地位と人気度を考え合わせると、決して他の国の作家の作品に比べて遅れをとらないという確信をし、またもっと多くの作家を進出させて韓国美術が世界の中で根づくようにしなければならず、活発な国際交流をできるよう、政府レベルでここでもっと一生懸命に押してくれることを求めたい。

第二に、アートLA87を機に、画廊たちがもっと研究、健闘する姿勢で外国の画廊との接触を活発に持って慎重に国際的な活動を広げていかなければと思う。そんな意味で"88年ソウルオリンピック"という歴史的な行事を控え、画廊の立場としては民間レベルの文化五輪に参加する意味で、LA有数の画廊のザ・ワークス・ギャラリー（The Works Gallery）と共同主催で"米現代美術5人展"を開くことを相互同等の位置で契約を結んで帰ってきた。出品作家のリストは我が国でも知られているラディ・ジョン・ディル（Laddie John Dill）、エリック・オーレル（Eric Orr）、ジョージ・カイオ、マイケル・ハイドン、そして在米作家グヮクフン。良い展示会になるものと信じている。以上で私のアートLA87参加記を終えようと思う。(1988年)

日本の国際現代美術祭

国際現代美術祭とは、世界の現代美術が一堂に集まった美術の見本市の場であり美術博覧会をいう。

長い歴史を持った競売とは違って、1960年代後半に初めてドイツのケルンで現代美術を普及させるため、17社の画廊が集まって始めたのだが、良い反応を得て今日に至ったのだ。

これまでの主要美術祭（アートフェア）を年代順に列挙してみると、ドイツのケルンメッセ（67年）、スイスのバーゼルフェア（70年）、パリの国際現代アートフェア（74年）、シカゴ国際アートエキスポ（79年）、マドリード、現代・アルコ（82年）、ロサンゼルス国際現代アートフェア（86年）、フランクフルトの新国際アートフェア（89年）、マイアミアートペイ（90年）などだ。

また、日本の東京で、90年に開始し92年3回で終わった東京アートエキスポと昨年日本の横浜で開かれ、今年に2回目を迎え、19日から23日まで続いた日本国際現代美術祭（NICAF）が挙げられる。

今回のNICAFには欧米の有数な画廊たちをはじめ、韓国など32の外国ギャラリーと59の日本ギャラリーが参加し、世界的な不況にもかかわらず300人の作家たちの作品3千点が展示されて盛況裏に終わった。

1万平方メートルの展示会場に満ちた世界的な現代美術作品の中には、韓国では珍しい世界的な作家デビッド・ホクニの作品も目立った。ニューヨークのエミリッチ画廊で出品された作品だ。

日本のある貿易統計によれば、90年、日本の美術品輸入額は5966億円（4兆1762億ウォン）だったという。91年には1321億円（9247億ウォン）、92年には経済不況で600億円（4300億ウォン）に減ったとはいえ、我が国と比較すると莫大な数字である。そこに自国作家たちの作品購入費まで合わせれば、韓国としては想像もできない金額だ。

芸術品を愛する国民性には敬意を表したくなる。NICAFの実行委員長でありスポンサーでもある前田（前田福三）氏は若い実業家で、日本電波塔株式会社（東京タワー）社長である。36年前、彼の父親が日本の21世紀を見通して東京タワーを建て、今日のTV文化を創造することにしたように、自分は共通の文化・芸術を通じて日本の孤立を防ぐことができると思って、日本の国際現代美術祭を設立したという。日本の現代美術発展は美術市場の育成から来る道であることを彼は力説していた。我々もこの国際的な現代に美術愛好企業家が誕生することを切に願う。（1993 年）

美術品の社会還元

毎年開かれる国際現代美術祭に参加するため米国ロサンゼルスに行く途中、ニューヨークに立ち寄ったことがある。友人の家があるハドソン川沿いの住宅街は晩秋の趣たっぷりで非常に美しく静かだった。「韓国でギャラリーをする友人が来るということで、数軒の隣家に私を紹介しておいてくれたので、必ず訪問すべきだ」と言うから、アメリカ人が住んでいる家の見物も兼ねて、短いスケジュールだったが従うことにした。

最初に訪問した家では、10 年前にヨーロッパ旅行中マドリードのプラド美術館で見て大きな感銘を受けたゴヤとエル・グレコの作品など、ルネサンス時代の美術品が飾られていて驚いた。

2 番目に行ったところは家全体が最初から“国宝級”になっており、家の修理をするにしても政府の許可を受けてこそ可能だということだ。この家はノーベル医学賞候補者の家だったが、家そのものが美しい芸術作品でまたまた驚いた。

しかし、本当に私の胸を興奮でどきどきさせたのは、ある老夫婦の家を見物した時だ。

夫が大学教授を務めたこの家の女主人は地味な外見で家もそれほど豪華ではないが、きれいに整頓された家の雰囲気に似合うように隅々まで多くの美術品が置かれている。20 坪余りのリビングと廊下、そして寝室などにまでぎっしり満ちてきている現代美術品は、まるである個人美術館に入っているような感じがした。ミロ、シャガール、ダリなどをはじめとしてジャスパー・ジョーンズ、ジャクソン・ポロックそしてヘンリー・ムーア、ルイーズ・ネヴェルソンの彫刻作品など20世紀の現代美術を代表する貴重な作品だった。時価を考えれば、そのうちの20種余りあるヘンリー・ムーアの彫刻作品だけでも莫大な金額だ。その瞬間、私は、この作品をすべて我が国に運んで韓国の美術愛好家たちとともに鑑賞したらどれほど良いだろうかという気がした。

後で知った事実だが、これらは30年前、米国でも現代美術がよく知られていなかった時代にたったの数十ドル、何百ドルずつ支払って買い集めたということだ。およそ500点にはなるとして整理が終わり次第、ある大学の美術館に寄贈することに決定して嬉しいと語った。

美術品収集ということは東西を問わず、結局は社会・文化の発展に寄与するのに大きな功労を伴うのだ。欧米の個人美術館がその数を数え切れないほど多く、多くの観光客の文化に対する欲求を満たしてくれるように韓国美術品収集家らももう自分だけで所有するのでなく美術館を設立するなど美術文化の発展に貢献しなければならない時が来たと思っている。(1990年)

貧しくても豊かなインドの人々

かつてマハトマ・ガンジーが“数多くの貧民街がゴミの山のようだ”と言ったカルカッタ市を訪れたのは、今から5年前のことだ。詩聖タゴールの故郷に行ってみるためである。普段から詩を好きで、できたいくつかの詩人友達たちのおかげでかかわるようになったタゴール文学会で東洋の偉大な詩人タゴールの文学的才能と彼の優れた絵、歌、舞踊など、全般的な文学芸術の世界を探求しようと1984年2月初旬にインドへ行くことになったのだ。文学家でない私はタゴールの詩に対する関心より、むしろ彼の絵画世界に多くの興味を持って向かった。

七不可思議の一つ、タージマハル回教寺院、数百の女体彫刻を石で削って作って立てたカジュラホの塔、そして実に千年ぶりに岩壁山を掘って石を削って作ったという29のアジャンタ石窟寺院など、どれをとっても驚異的でないものがなかった。多くの遺跡の文化遺産を鑑賞して最後に訪れたところは、乞食たちがたむろする都市カルカッタだった。

いや、都市というよりもむしろ博物館、美術館がある難民収容所という言葉がよく似合うような雰囲気だった。車道を除いては家族単位の家のない貧民たちがつまっていた。足がないのだろう、死んで行くヘンリョ病患者、やせ細った子たち。彼らを眺めながら、韓国に住んでいることを私はどれくらいよかったと思ったことか！

タゴールの絵が展示されている現代美術館を訪れた。タゴールの絵はすべて国宝に指定されており、インドの外に一歩も持って出ることはできないという美術関係者の話を聞きながら、詩的な絵を幻想的に描いたタゴール氏の生まれもったすばらしい絵の腕前に深い敬意を表したい。

最後に、韓国の一行はテレサ修道女が経営していた“天使の家”孤児院を訪問した。孤児院のその大きな規模と施設、クリーンできれいに整頓された部屋ごとに、私たちはマザー・テレサの崇高な奉仕と再生の精神をうかがうことができた。明るくて平和な孤児たちの表情を眺めながら、まさにこれが人間が作った“天使の家”だと感じた。

文化と貧困と愛情が入り混じって共存しているカルカッタ、すべての人に一度は訪問することを勧めたい都市である。(1989年)

1988 五輪特別企画展

スポーツ五輪とともに高い関心を集めている文化五輪行事は、すでに私たちの前でその華麗な幕が上がった。

この8月17日、果川（クァチョン）国立現代美術館で開かれた国際現代絵画展、韓国現代美術展を先頭に音楽、舞踊、演劇など文化全般にわたって、国民全員の熱狂的な支持の中に広がっている。今我々はそうした文化の祝典をソウルで行うことになったことの幸せをかみしめているのだ。たとえば音楽部門の世界でも最高のラスカルラオペラ団の〈トゥーランドット〉公演がそうであったし、またスペインの〈マリア・ロサ〉公演団の情熱的な舞踊が韓国人たちの心を魅了した。

歴史上規模や内容において、その他に類を見ない国際現代絵画展と韓国国内美術展の開幕日から数多くの美術愛好家たちが真摯な眼差しで鑑賞する姿を見た。このようなブームが、私たちが文化オリンピックを通じて得られる喜びとともに、韓国文化の発展のための一つの大きな道しるべになりうることを信じる。これは国民一人一人に与えられた文化の祝福であり、天からの贈り物である。

これに歩調を合わせてサン画廊では、民間レベルの小さな行事とはいえ、最善を尽くそうという思いで五輪開催期間に特別企画展を設けた。さらにこの7月、政府が、これまで禁止してきた外国作家の作品を韓国美術愛好家たちに見せてあげようと、米国で活発に活動している在米作家グヮクフン作品展をはじめとしていくつかの外国人作家展示会を開催した。チャン・メサジエ展、グヮクフン展、現代美術5人展がそれだが、五輪という世界的な祝典とともに厳選して用意した展示であるだけに、美術愛好家や一般人、また、韓国画壇の期待に反していない新鮮さをもたらすと確信する。

チャン・メサジエ展（8月19日～8月22日）

仁寺洞のサン画廊で展示中であるチャン・メサジエ作品展はすでに誌上とTVを通じて紹介されたことがあるが、彼はフランス叙情的抽象表現主義の先駆者として50年代からヨーロッパで名を馳せ活躍してきた作家であり、現在フランス画壇の大家として君臨している。

1982年にはパリのグラン・パレ国立美術館で大規模の回顧展が開かれ、ポンピドセンター、ニューヨークのグッゲンハイム美術館など世界有数の美術館に彼の作品が所蔵されている。

150回余りにわたった個人展を世界各国で開き、今回の国際現代絵画展に招待されて来韓した。特に、美術評論家のユ・ジュンサン氏など何人かの評論家たちは彼らの留学時代の30年余り前からその名声を博してきたと言うほど、彼はフランス画壇の重鎮で有名だ。

さらに、彼は今回の文化五輪行事である国際現代絵画展でフランスの作家に選ばれ、彼の作品が現在、果川国立現代美術館に展示されており、特に、五輪野外彫刻公園の水辺ステージに60メートル幅の大型七宝壁画を製作するなど、永遠にその名が韓国国民の胸に刻まれると信じている。

グヮクフン展（9月6日～9月19日）

昨年サン画廊は、世界各国から集まった1,000人余りの画家たちの作品が展示されたLAアートフェアに出席した。出品作家は在米作家グヮクフン氏だった。その時まで、国内にいた私としては外国での彼の作品に対する評価がどのようで、世界美術市場での彼の位置がどれぐらいなのかはよく知らなかったが、その時在米作家グヮクフン氏の作品が世界から集まった各国の美術愛好家及び画商から招待展の約束を受けたのを見た。韓国国民として自慢と誇りを感じることができたので、その時の感激を生かして世界的な作家に成長した韓国人作家グヮクフンの展示会を開き、韓国美術愛好家とともに、その喜びを分かち合うために意味深い五輪期間にグヮクフン展を準備したのだ。

米現代美術５人展（9月22日~10月10日）

昨年のLAアートフェアから多くの外国の優れた画商たちに会う機会があった。特にLAにあるカールホンスティンのギャラリー、ワークスギャラリー、サンフランシスコのイアネティランチョニの画廊がそれだ。その中の一つとして若くて覇気のあるワークスギャラリーの主人であるマーク・ムーアという人が気に入った。彼に、米国で活発な活動をしている立派な作家たちを韓国で展示できるように紹介してくれることをお願いした。そうして彼からそれぞれ作品世界が違い現在、米国、特に西部で最も活発な作品活動を展開している作家たちを紹介された。ちょうどアートフェア期間中なので、そこに出品された彼らの作品を直接見ることができ、幸い、初めて経験する彼らの現代美術が私にはいずれも不思議で驚異的に感じるほど立派だった。そうして彼らの作品展を開くことを決心して、数回にわたる協議の末にワークスギャラリーとの共同主催という条件の下、サン画廊での五輪特別企画として展示するようになった。

出品作家たちを簡略に紹介してみると次の通りだ。

マイケル・ハイドン（Michael Hayden）

眩しくて美しい光の彫刻の創造者と呼ばれるほど純粋な光のプリズムを絵画化した作家だ。60年代半ば以降、彼の芸術に導入された光という素材に数多くの画廊と公共機関に彼の光の彫刻が設置されて、光の巨匠と評価されている。ヨーク大学、ヨークデール地下鉄駅、ロサンゼルス国際宝石センター、バッファローハイアットリージェンシーホテル、ケルコリ舞台芸術センター、ロサンゼルスセキュリティパシフィック・国立銀行などに彼の作品が所蔵されている。

ラディ・ジョン・ディル（Laddie John Dill）

彼はセメント、ガラス、ブロンズ、紙などで多様な実験作品を作ってきた作家だが、彼の作業は多様な材料自体が持つ本質を失わず、できる限り多くの材料を完璧に絵画的に昇華されることができるようにした作業だ。彼の作品はコルコランギャラリー、シカゴアート・インスティテュート、ニューヨーク現代美術館、サンタバーバラ美術館に所蔵されている。

エリック・オーレル（Eric Orr）

彼の職業は化学研究に基づいた光、純粋な光の創造が彼の主材ある。鉛（基礎金属）、金（純粋な金属）、そして特殊処理したキャンバスの上に純粋な光を発するようにすることで、見る者の神秘的な人間の霊的な世界を感じさせる。キャピトルグループ、チェイスベンヘトゥン銀行、ケミカル銀行、パンジャコレクション、・ワイズマン・コレクション、エール大学、アーク　ミュニシパル美術館などに彼の作品が所蔵されている。

ジョージ・ゲイアー（George Geyer）

彼の作品は金属や木、そしてガラスと金属の組合せを利用したもので、非常に構成的であり、大胆で動的な作品だ。各材料の絶妙な均衡と配列、密接な関連性で彫刻を美的なオブジェに変形させ実際的に楽しむようにするというのが彼の作品に対する評価だ。作品の所蔵先ではセキュリティパシフィック国立銀行、サンホセ州立大学、カルポリ大学などがある。

グヮクフン

グヮクフンはすでに述べたように米国で韓国人として世界的な作家と

して、足場を固めている。彼の作品は今日の人間社会が失われた原始的な生命の根源的な力を絵画的に表出してみようという絶え間ない努力であり、それが彼の作品から感じる喜びの実体であるという評価だ。

4. 国を輝かせた芸術家には誰が花束をかけてあげるのか

韓国には美術館があまりない。

4,600 もあるという米国や、

2,200 あるドイツ、

そして 1,000 近くある

近い国、日本に比べれば

わずか 20 に過ぎない美術館数。

最初からないと言っても

過言ではない。

文化大統領たち

フランスの有名な現代美術を見るためにポンピドゥーセンター国立近代美術館に行って来た人なら、改めて文化の国フランスを羨ましいと思わざるを得ない。

ポンピドゥー美術館は80年代初め、ポンピドゥー大統領が退任する時、一生をかけて妻と一緒に集めてきた現代美術品を国に寄贈したのを記念して、彼の名前をとってジスカールデスタン大統領在任中に作った美術館だ。この美術館は今日、世界現代美術の集大成の場所に数えられている。建築物もまた、工場の煙突のような現代式建物で有名だ。

韓国の世界的な作家ペク・ナムジュン氏の作品がすでに開館と同時に展示されたことがあり、世界の人たちを驚かせた。また、ドイツ現代美術の先駆者ジョセフ・ボイスをこの世に紹介した場所もまさにポンピドゥー美術館だ。

ここで言いたいことは、退任した大統領の美術品に対する愛をいつまでもたたえて彼の名を取って美術館を建てたという事実だ。子孫たちに文化の遺産を大事にできるように美術館を作ったというのは、その国の国民と指導者の美術品への愛がどれほど大きいかを立証している。韓国で美術品収集がぜいたく品や浪費と認識されてきた時期と比べれば、想像もできないことだ。

フランスは文化の国だ。また、彼らが今得ている文化を通じた財産的価値はその付加価値だけ見てもかなり大きく、現在のミッテラン大統領はピカソの死後に遺族として相続税を受けるために数年間悩んだ末にお金の代わりに現物の作品で税金を収めてもらったという。高価格帯のピカソの作品だけを先に選んで国で所蔵できるようにしており、その莫大な相続税を支払うために家族たちが作品を売った場合に発生する絵の価格暴落による国家的損失を予防するようになったという利点があった。

そして、税金の代わりに受け取った作品でパリにまた一つ名物のピカソ美術館ができるようになったのだ。

このところしばらく韓国美術文化の発展を懸念し、美術家たちの間で心配している美術品譲渡所得税問題を改めて考えてみると、我が国とはあまりにも対照的だ。（1992 年）

生活の中の芸術空間

韓国には美術館があまりない。

90 年、文化部が発足されると、当時政府では文化政策 10 ヵ年計画を作成、大小の美術館 1,000 個をつくると発表したことがある。また、この 6 月 1 日に美術館・博物館振興法を改正したことで政府の協力が得られ、美術品収集家なら美術館振興法によって誰もが簡単に能力の限り美術館を作ることができるようになった。

収集家の話が出たので、以前にも書いたことがある米国のある老夫婦の美術品収集に関する話をしてみようと思う。

夫は大学教授を務めており、今は引退して本を執筆中だそうだ。この家の女主人は地味な外見で家はそれほど豪華に装飾しなかったが、きれいな家庭雰囲気に似合うように隅々に多くの美術品が置かれていた。

20 坪余りのリビングと廊下、そして寝室に至るまで埋め尽くされた現代美術品を眺めていると、まるで小さな個人美術館に入っているような感じさえする。シャガール、ミロ、ダリなどをはじめ、ジャスパー・ジョーンズ、ジャクソン・ポロック、マティス、ピカソの小物そしてヘンリー・ムーアやルイス・ネベルスンの彫刻作品に至るまで、20 世紀を代表するような現代美術の貴重な作品の数々を一度に見ることができる。その中、大小のヘンリー・ムーアの彫刻作品だけでも少し計算してみたら数千万ドルにもなり、唖然としたものだ。

後で聞いた話だが、これらの作品のすべては、人々が現代美術に目を覚ます30、40年前の50年代に画家たちを助ける意味でギャラリーの勧誘もあり、わずか数百ドルで買い集めたものだそうだ。そしてこれらをどこかの大学美術館に寄贈することに決まり、とても嬉しいと語った。

すでに米国では美術品収集の社会還元が常識化されてきてから長く、若い企業家たちの間には自分が住む住宅を建てる時、初めから後に美術館にできるように構想し、設計するそうだ。

韓国にも、このような日が必ず来るはずだと期待し、大小の美術館が設立される時を夢見てみる。(1992年)

銀行の美術館

この冬の寒さが非常に猛威を振るったある日の午後、作品制作の性質とその世界観が独創的であり好評を受けている画家の一人が、訪ねてきた。展示会場に入ってきた彼の顔は青ざめて見え、しきりに時計に目をやる表情は何かに追われているようだった。

挨拶を交わす間もなく彼は「キム社長、私は今苦しい立場に置かれている。一刻を争うことだからちょっと手伝ってください」と言う。いぶかしむ私に彼は「ある親類の就職財政保証人になったが、それが誤って今日の午後5時までに一定の金額を支払わないと家を追い出される羽目になる」と言うのだ。あちこちでいくらかは求めており、作品も売ってほとんどは工面したが、まだ若干足りないという。

ちょうど現金があったので慌てて必要額を渡し、急いで彼を返した。一体どうしてそんなことを引き受けたのだろうか。執行官たちは情け容赦ないらしい……彼の心理的苦痛を思ったら私の心さえ心細く、落ち着かなかった。

そして、このような考えをしてみた。経済発展のために企業家たちは数千億、数百億ウォンずつ銀行融資を受けるが、“国家と民族の魂”を代表して文化の発展のために努力する芸術家らは、なぜ困難な時にそのような支援を受けられず、不便を強いられて生きなければならないのだろうか。

10年前に比べれば、国が多くの支援を文化界に打ち出していることを私たちは見て知っている。新たな美術品が私たちの都市空間において建物とよく調和するように建築法を見直したりもしているし、奇麗で威厳のある果川（クァチョン）の国立現代美術館も新たに建てられ、世界屈指の施設としてよく整えられている。

しかし、もう少し作家たちが安心して制作活動をできるようにするため、必要な時に彼らの創作品を預けることで銀行が一定金額を貸し出し、また外国のようにそれぞれの銀行が美術館を建てて彼らに特別の配慮をしてあげることができないだろうか。私の空しい妄想だろうか？（1987年）

サービス精神

サービスとは、人のために何か力と心を持って相手を有益にしてあげるという意味の言葉だそうだ。日常において、私たちは“他人のために仕事をする人になろう”というような言葉をよく使ったりする。そうして今頃になれば、大学生たちは夏休みを迎えて様々な形で農村活動を展開している。

彼らがショベルなどを使って農村での作業を行い汗を流している光景をTV画面を通じて見ていると胸が一杯になり、この国の若い世代は頼もしいなと感じる。

私たち大人と若者が力を合わせ、この国の繁栄と発展を願う祖国愛に富んだボランティア活動は、韓国が必ず中進国から先進国の仲間に突入しているという証拠であり、誇らしい気持ちになる。

サービス精神とは、国家や民族を論じる大げさな仕事にだけ用いられるわけではない。一個人に施すことが、この社会を明るくすることにつながるのだ。

2年前、パリ空港でのことだ。世界的な美術品の宝庫、プラド美術館を訪れるため、パリからマドリードへ向かっていた時だった。同行した友人と私は朝7時、その日一番の飛行機に乗るため急いでパリ空港に到着した。

友人は搭乗手続きをしていて、荷物を運んでくれたポーターにチップを与えるためによそを向いた瞬間、空港職員が我々の荷物をみな自動運搬機の上に載せてしまった。

そこには私が直接機内に持って乗ろうとした開いたままのショッピングバッグがあった。間違いなく無防備状態のそのバックの中のものは他の荷物の中でばらばらにちらばってしまったり、扱う作業者の不注意で中身が壊れてしまうのではないかと心配になり、すごく不安だった。そうして手続きを担当している人にそれを見つけて来てもらうことはできないかと聞いたら、彼は一言「NO」と言った。手遅れでどうにもならないということだ。

その中には美術品スライド写真などの小物が入っている。大事なものはなかったが、失うには惜しい品物が多かった。飛行機に乗るため、タラップに上がる直前、飛行機の前で私は荷物を運搬する作業員にもう一回、身振り、手振りでお願いしてみたが、「そのショッピングバッグだけを選んで出すことはできない」と言われた。

パリからマドリードまでは1時間かかった。とても心配したが、マドリード空港に到着した私たちは少し前の心配が杞憂に過ぎなかったことを知った。

そして、自分のしたことを恥ずかしく思った。パリ人の責任感とサービス精神を無視していたようで…。

私の前に帰ってきたショッピングバッグは徹底的に二重三重の接着テープで封がされており、中も外もすべて無事だった。趣やロマンを楽しむパリ人のもう一つの“サービス精神”が、今も私にパリへの再訪を思う気持ちを感じさせてくれる。（1982年）

美術と国威宣揚

ここ数年、韓国文化界は他の分野と同じく、レベルの高い活動をしている。数日前に行われた世界的な名指揮者カラヤンとベルリン・フィルハーモニー管弦楽団の歴史的な来韓公演をはじめ、国内外の有名音楽家たちの演奏会、客席がぎっしり埋まるという演劇公演がそうだ。

特に、美術界は肌で感じており、より実感できる。毎日送られてくる展示会案内状だけを見てもそうだ。大型展示会場と言えば、4、5年前まではソウルの国立博物館と現代美術館、慶州博物館などがすべてであり、外国客が訪れた時はあまり見せてあげるようなところがなく残念であったことを思い出す。

ところが近頃は、国家はもちろん、企業、マスコミなども大型展示空間を作って美術館を設立したり、または計画中である。なんとも満たされた気持ちだ。数日前、新たに作られた美しい姿の晋州（チンジュ）博物館をTVで見た時には、晋州が故郷の友人にお祝いの電話をした。

この2日は忘れることのできない充実した日となった。昨年米国人男性一人が訪ねて来たが、私の知り合いの洋画家の紹介でお願いがあって来たのだという。彼は現在東京に住んでおり、極東地区、米国メリルランド大学総長として働いている美術愛好家だという。彼は特に我が国の元老洋画家のチェ・ヨンリム（崔英林）画伯の作品を好きで、彼の作品も所蔵しているそうだ。今回、在韓米8軍基地でチェ・ヨンリム画伯の作品展を開き、米軍にチェ画伯の作品を見せてあげたいとのこと。それを私にちょっと手伝ってほしいというので、快く承諾した。

1年後に彼の願いが叶って2日から3日間米8軍司令官家族など多くの外国人らが出席した中で、チェ・ヨンリム画伯の作品展が開かれた。「ワンダフル！」という賛辞が贈られた。病中の身をおして立っておられる老画伯の姿を見て"国威宣揚とはまさにこのようなものだ。"と感じた。(1984年)

国を輝かせた芸術家には、誰が花束をかけてあげるのか

いつからか夜明け5時になると自ずと目が覚める。夜明けを待って首の長い芝はさみを持って外に出る。日々草むしりをし、よく育ったせいか、前庭が青い絨毯のようになった。芝生をそっと踏んで立ってみれば、昨夜降った露が肌をさわやかに濡らす。

両手を広げて赤く染まった東の空を眺めてみる。円かな火柱を通して映し出されるその向こうの山のあたりが、絵のように美しい。やがて紫の空に金色の太陽がまぶしく輝き始め、じっと目を瞑る。すがすがしい朝の青い空間の中で肺活量を育てる。ただ風船のように私の胸がふくらむ。あちらの庭先のカリンの間にそっと見える1点の白い肌。その大理石の女性が、今日に限って親しみを感じさせる。私の姿と似ているのか。丸みのあるお尻にかけて流れるようなシルエットで慎ましやかにはにかむように座っているあの姿は、確かに素朴な私たちのおばさんの姿だ。それは私の家の彫刻の中で庭に立つたびに、一番先に私の注目を集めるのだ。

ちょうど5年前だ。未来を嘱望される有能な彫刻家の一人がローマで活動していた。彼が一時帰国して国内展を準備している時だった。展示の準備のための作品に使われる大理石を購入しなければならない。外国

から帰国したばかりの彼としては材料を購入する十分な余裕がなく、非常に心配していた。
はたで見ていると気の毒で、計算は後にすることにして若干の必要金額を貸して作品を制作できるようにしてあげた。彼は昼夜問わず、石を削ってついにその独特の芸術性を盛り込んだ洗練された作品を創り出した。彼の展覧会は成功裏に終わり、国内の多くの彫刻愛好家たちから好評を得たようだった。
私も喜んで（自分の画廊で行った展示会ではなかったが、）貸した金額を計算して作品数点を買ってあげた。そして数日後、彼がローマへ発つために挨拶に私の画廊に立ち寄った際、彼は大理石の女性像一つを持ってきて「いろいろ助けてくださってありがとうございます。感謝の気持ちですのでお納めください」というではないか。彼がプレゼントしてくれたのだ。
瞬間、私は驚きながら恥ずかしい思いさえした。ほんの少し気遣っただけなのに彼には大きな負担になったようで、お金を支払うという私を振り切っていそいそと立ち去ってしまった。「あなたの温情に対する恩返し」だと言って。
普段、口数が少ない彼の人柄を知らなかったわけではないが、一升で一斗を得る（少しあげて何倍ももらう）格好になり、今もそのことを考えると恐縮してしまう。

それからこの素朴な大理石の女性像は、私たちの庭で家族と一緒に細やかな愛情を分かち合いながら共にいるのだ。
私の芝刈りは休むことなく思いを巡らせながら、どんどん前に進む。考えてみれば、韓国にはまだまだ厳しい環境の中で創作活動を続ける才能ある芸術家が多い。
どんな縁であったとしても美術界に携わっている限り、人として彼らの希望どおり十分な役を与えられずにいることに対して、いつも私は心を痛めている。

ある美術評論家が某日刊紙に提言したように、独立した文化部の下、スポーツ活動に劣らない十分な年金などの支援策を用意してあげられたらと切に願っている。

国際的な美術展で金賞を受賞し、世界を舞台にした芸術活動で国威宣揚して帰ってくる芸術家たちの首に空港で花輪がかけられ、彼らが花束の中に埋もれるほどの国を挙げての歓迎パレードが始まる日はいつ訪れるのだろうか。爽やかなこの朝に手を止めてそんなことを改めて考えていた。(1984 年)

貧しい隣人のために

近年、新聞やテレビを見ると、大手企業のトップから小学生に至るまで各界各層の人たちが突然、災難を受けた被災者のために大小の寄付金を出すという情報が伝えられている。突然の水災で家族や財産を失った隣人の苦しい立場にいる人たちに対して、みんなで一緒に温かい愛の手を差しのべようという動きだ。

しかし、私は放送局や新聞社を訪ねていくということがなんだか照れくさく感じられて迷ってしまう。

そうこうしているうちに、文芸振興院で会員に送る大韓民国音楽祭の会員券が配達されてきた。“イタリアのオペラの夜”に行ってみようというので決心し一緒に行く人を探してみたが、秋夕（チュソク）前でみんな忙しいせいか、誰にも連絡が取れなかった。音楽会に一人で行くというのが多少気まり悪かったが、久しぶりに一人だけの時間を持ってみることも良いことだと思い、そのまま出かけた。

開始時間より少し早く世宗（セジョン）文化会館に到着した。閑散としたロビーを余裕たっぷりに入った瞬間、普段とは違い私の目を引くものがあった。募金箱だった。プログラムを買った後、静かに募金箱の方へ近づいて小さな誠意を入れた。誰かが見ていそうできまりが悪かったのでさっと隠れて席を移しながらも、予期せぬ天災地変で不幸を受けた人たちに対する切なさがいまさらながら胸に込み上げてじんとした。

天災地変、飢え、家を失った人々。そして次の瞬間、心の底にあった一つの場面が映像のように目の前に浮上した。それは2月、インドのカルカッタで見た光景だった。カルカッタは他でもなくインドが生んだ詩聖タゴールの故郷だ。当時のインド訪問が普段タゴール氏を好きで研究する集いであるカコル文化会で行われたものだったため、カルカッタ旅行は必須であった。

カルカッタのダムダム空港に降りて空港の近くのエアポートホテルに荷物を置いた後、一行とともにタゴール氏が設立したタゴール大学を訪問するために向かう途中の道端で見た光景は今も忘れない。

火焚窯を連想させる熱い街頭にぼろをまとったまま横になったり、座っている人たちの姿、親の懐に折り曲がって座ったくぼんだ目の子供たち、血がついた足の傷をさらしたまま意識がないように倒れている患者たち——。それは実に生き地獄のような光景だった。

私たちが乗った観光バスが停車したら、道で死んだように頭を垂れていた彼らがどっと窓の横にやって来て、手を出しては何かくれとつぶやいた。

しかしなによりももっと驚いたのは、案内員の態度だった。彼らにお金を与えようとする私たちをとめるのだった。もう慣れっこになっているのか、同じ国民なのに彼らには車窓の姿が少しも哀れに思わないようだ。

瞬間、マハトマ・ガンジーがカルカッタの飢えた人々を冷遇する金持ちに「分けあたえないものは盗むようなものだ」と大声で叫んだという話を思い出した。彼とともにタゴール氏の詩〈キタンジャルリ〉の一つが浮かび上がった。

神がいるところは
農夫が硬い土地を耕しているところ
道端で働く人たちが石を削っているところ
晴れた日や雨の日に
神は彼らのそばに一緒にいる
服は、土埃に覆われているのだ

あなたもその衣服を脱ぎ捨てて
ほこりたつ地上に降りてきなさい。

宗教と身分制度によって金持ちは金持ち、貧乏人は貧乏の状況から抜け出すことができない国民に対してうたった部分だ。タゴールの詩はすべてが読むほどに心の深くへと近付いていくのだが、この部分は特に私の人生の指標を示してくれて忘れることができない。

イタリアのオペラ歌手たちの歌が続く間にも、私にはずっとカルカッタの光景とタゴール氏の詩、そして、カルカッタを離れる前日に立ち寄ったテレサ修道女の孤児院が頭の中をかすめ通り過ぎた。物乞いする者とそれを無視する者の渇いた人情の片隅に、まるで地上の楽園のような愛と懐かしさがあった。

音楽会が終わり一人ロビーに出て思わず募金箱に視線を向けると、隣人に心を伝えるために列を作っている美しい人々の姿が見えて、いっそう足が軽くなるのを感じた。(1984 年)

経済発展と美術投資

3年前、日本の埼玉県立近代美術館の開館式に招かれて行ったことがある。我が国でいうなれば、"区"単位ほどしかない小さな区域に"県立"という名を掲げたこの美術館は、まずその最新施設と大きな規模で私たち一行を驚かせ、高い水準の世界的所蔵品が私たちを興奮させた。ずらりと並んだ高価格帯の印象派の画はもちろん、ピカソなど現代にいたる多様な美術品が展示された会場を羨望のまなざしで一周する私たち一行に、本間館長が自分の国にはすでにこれよりはるかにいい国立や私立の美術館が300以上はあると自慢した。

もっとも日本は、今のように世界一の経済大国となるずっと以前から彼らの先祖が私たちの百済文化を取り入れて日本流の文化を作り、明治以降には欧州の貴重な美術品を買い始めるなど、同分野に高い関心を傾けてきた。それだけだろうか。彼らはわが国を侵略するとともに一番先に私たちの貴重な文化財を奪い、自分の国の宝物とした。思えば心が痛いことである。

大きな経済発展を成し遂げた今日、彼らは英国ロンドンのクリスティオークションでゴッホの〈ひまわり〉を高い値段で落札して世界を驚かせるなど、欧米各国を回りながら絶えず美術品を手に入れ、金の威力を誇示している。

4千万ドル（320億ウォン）という法外な値段で、それも同じ日本人同士で競合し安田火災海上保険創立100周年記念事業の一つとして購入したというから、まだ外国作品購入がまともに開始されなかった私たちの国の状況を見ると夢のようなことだ。

日本ばかりではない。最近、ニューヨークのメトロポリタン美術館新築の話を聞いたり、他の現代美術館の建物を見ても、文化芸術の面でわが国との差を感じてしまう。韓国にも奇跡のように行われた政治、経済、

科学などの発展と同じように、多くの美術館を設立できる文化の発展が一日も早く実現するよう切に願う。(1987 年)

近くに来たサザビーズオークション会社

一昨日、新聞の文化欄では、一斉にサザビーズオークション会社の韓国支店開設に関する記事が載った。数年前までは、サザビーズオークションを云々する外国の絵の値段に関する記事があれば、我々には関係のない遠い国の話だとしか思わなかった。それが 88 年ソウル五輪文化行事以降は韓国で外国作品を鑑賞できることはもちろん、世界的な美術品のオークション会社まで近くに置くようになったので、私たちの美術文化環境が良くなったことだけは事実だ。

ニューヨークサザビーズオークション会社はクリスティ社と双璧をなす世界二大美術品流通機構会社として年間 180 億ドル（88 年度）の売上高と世界の主要都市に 100 あまりの支店を持つ大きな会社である。この 3 月初め、米国のカリフォルニアにある有数の美術館であるポール・ゲッティ美術館に 6 千万ドル（420 億ウォン相当）を少し超えるゴッホの有名な絵〈あやめ〉を売ったということを LA タイムズの記事を通じて知った。

一作品の売買価格がこの程度だから、すごい会社に違いない。それだけでなく、この会社では例えば、ピカソのある作品を買いたいのに競争入札の際にお金が不足して自分が希望する絵を落札させることができない場合には、予め依頼をしておけば、その作品の価格の半分を融資し落札させてくれるという。

韓国にはまだ大規模の競売制度を備えている会社がないので、これから私たちの前に現れたこの会社をうまく利用して文化の発展に利益をもたらすように、多角的に気を使って努力するつもりだ。

「世界に散らばっているわが国の高級文化財など美術品を、再度韓国に持ち込むことができるように手伝ってください」と述べているマイケル・エインスリ米国本社社長の言葉が気に入り、「韓国の作家たちの作品が国際市場に多く進出できるように手伝ってください」と言った言葉も有難い。今まではいくつかの画廊が国際美術の見本市場であるパリFIAC、シカゴアートエキスポ、LA アートフェアなどに一部の作家たちの作品を出品したり、部分的に外国の展示会を開く際に作品の販売が行われた。しかし、この会社を通じて今まで国際市場で正しく評価を受ける機会がなかった我が国の作家たちのすばらしい作品が、国際競売市場で堂々と世界的なコレクターたちの賛辞を受けながら公正に評価を受ける日が近付いてきたということは幸いなことだ。(1990 年)

共存の調和

現代と古典が共存しているのが韓国社会だ。音楽を見てもそうだ。バッハやモーツァルト、ベートーベンの古典音楽が好きで連日びっしり立ち並ぶ世宗(セジョン)文化会館のクラシック音楽会や、少年の歌手たちで構成された米国のグループ「ニュー・キッズ・オン・ザ・ブロック」のポップミュージックを聞くために全国からオリンピックの体操競技場に群がり、パニック状態になった青少年音楽ファンを見れば、見当がつく。

美術でも同じだ。超写実主義の表現技法で数十回見ても感嘆を禁じ得ない古典のルネサンスや印象派の絵を鑑賞するために、パリやイタリアなどヨーロッパの美術館を埋め尽くす美術愛好家たちの真摯な姿を見る時には、まだ古典が生きているのだと知ることができる。

その一方で去年の夏、先端美術家のペク・ナムジュン(白南準)のビデオアートを鑑賞するため連日超満員になったという国立現代美術館の関係者の言葉を借りるなら、今日の現代美術が想像以上に多くの人気を得ていることを実感させる。

音楽、美術分野のように、世の中のすべてのものがやはりそのように存在し手入れされ保存され、且つ新しいものを創造しながら生きてきたし、また、生きていくのが我々人類社会の人生だが、これは個人の家庭でも例外ではない。

我が家を例にとれば、10年以上住んでみると暖房のパイプが爆発して扉が壊れるなど、それぞれ手をつけないといけないところがとても多く、引越しをすることにした。お嫁に行った娘が引越し荷物の梱包を手伝いに来て「お母さん、これも捨てて、あれも捨ててください」などと言いながら隅に積んでおいた使い古しの衣類などを「捨てて」とイライラしてる。しかし、私はそれらを捨てることができない。

私たち6・25世代にはつらい過去の苦しい人生があり、物がなくて苦労した時代を忘れられないからだ。避難する時に1着の服だけで着替える服もなく、夜もそれで寝て、洗って着た涙ぐましい時代がいつも記憶から消えないのだ。

積んでおいた服類の中には私個人の歴史があり、生活の痕跡が立ちこめている。まだ捨てるにはもったいない人生の郷愁を感じながら使い、しまってはまた見つけて着る。うんざりするまで着たら処分していたが、捨てることを躊躇しない現代の若い世代がある一方、つまらないものでも直して使う昔の世代があるのだ。まさに韓国社会はこのような共存と調和の中で、新たな発展を遂げる社会に変化していくのではないかという思いがする。(1992年)

美術品譲渡所得税の遺憾の意

この1989年、不動産投機が盛んに行われた時期に、政府はその抑制策として不動産譲渡税法を作った。不動産投機に傾く心理をなくそうとする方法の一つだったと思う。それではその金は一体どこに行くのかと考えた末に、美術品に向けることができると判断し、その法条項付則の最後（所得税法第23条第1項参照）に再び美術品譲渡所得税法を新設して課税することとなった。

しかし、当時、美術界の時期尚早という申し入れを受け入れ、1990年12月31日施行することになっていたのを1993年1月1日からの施行として、2年の猶予期間を与えたことがある。しかし、2年という猶予期間、韓国の美術界は発展どころか、景気低迷により多くのアーティストが展示会を放棄し、美術界の景気は最悪の不況の中に貧しているだけでなく、美術館・博物館振興法改正が通過して6ヵ月が経っても、1件の美術館開設申請もないのが実情だ。

美術文化の重要性は、あえて画廊経営人の言葉を借りなくても国民が皆よく知っている事実だ。

その国の歴史と文化の足跡を見分けることができ、民族の精神を知ることのできるところが美術館であり、博物館である。どの国へ行こうと、観光案内では当然のごとく美術館や博物館を先に案内する。その美術館や博物館が、わが国では数も少なく展示品も貧弱だ。

全世界の美術館、博物館数は約4万というが、米国が4,600、ドイツが2,200、旧ソ連が1,500、フランスが1,400、イタリアが1,300持っており、日本の場合も博物館が400、美術館が500に達しているのに対し、韓国は博物館が60、美術館が20に過ぎない。

韓国の博物館というものは資料館、記念館、植物園、水族館、子供大公園までを含むものであり、純粋な博物館、美術館は、指で数えられるほど非常に貧弱な数字である。純粋な個人美術館は、この年に慶州（キョンジュ）に建てられた慶州現代美術館をはじめ、わずか5、6ヵ所程度に過ぎない。

こうした我が国の美術文化の劣悪なありさまを聞いて、近年、美術界では、来年度の1月1日から施行するようになる美術品譲渡所得税法を10年間延長留保させてくれることを関係機関に提言しており、国会にこの切迫した美術文化界の実情を参酌してくれることを懇願する請願書を提出した。

まとまりのある美術文化政策とともに世界的な作家を輩出させるには、政府の支援と援助がなければならないだろう。

証券が暴落すれば証券市場のてこ入れ策を講じ、企業が難しい時には資金を支援し、企業の発展に役立たせているではないか。

文化の発展も、わが民族の重大課題の一つだということを忘れてもらいたくない。租税公平原則を守るべきであるのは当然だ。だからといって、美術品収集家を不動産投機家と同じように取り扱う法は間違いなのだ。

美術品は絶対に個人の致富のための投機目的として収集するのではない。いくらお金があっても、美術品に対する愛情や関心がなければ絶対に美術品を買わない。彼らは、いくら良い作品を安値でくれると言われても簡単には買わない。なぜなら、銀行や投資会社で美術品を担保に取ってお金を貸してくれないからだ。不動産が投機の対象となるのは、それを持って銀行に行ったらお金を借りられるからだが、韓国銀行では外国のように美術品を担保にお金を貸してはくれない。作家たちにもお金を出して助けてくれたり、スタジオを建てたりしてくれる制度が用意されていないのだ。

美術愛好家たちは彼らの情緒涵養を最重要に考え、愛情を持って一つ二つ買って集めるものであり、かつ、それが作家に創作にかける情熱を覚えるようにする道だと信じている。多くの美術品を所蔵し韓国の文化を代弁する美術館を建てて社会に還元する美術品コレクターには、表彰状を与えるのが当然だ。

文化の月10月を迎え、文化の重要性を経済発展とともに深く考えてみる時だと感じている。(1992年)

傷を受けた文化の月

10月は文化の月だ。3日の建国記念日に始まり9日のハングルの日、20日の文化の日など、国で主管する文化行事だけでもいくつかある。

行ってみるに値する大小の音楽会や美術展示会をはじめ、必ず参加しなければならないお祝いの宴まで合わせれば、招待状が山盛りになるくらいだ。生きる楽しみの一つと思って、夜も昼もなく見て回るのだが、全く疲れを感じない。

ある時、忙しく過ごしていたらうっかりして重要な席に出られなくなり、招待状を送ってくれた人にとてもすまない思いをした。芸術に触れて精神的に豊かになり、良い旬の果物や穀物が味を高めるこの10月の季節。誰が嫌だと思うだろうか。

ところが今年の10月は様子が違う。なんとなく韓国の美術界の人々を憂鬱にさせ、不安な日々を過ごすことになっている。厳しい不況の中、景気は低迷し、作家たちの展示会放棄など、相次ぐ悪条件に見舞われながらも地道に働いている国民を失望させることがまた発生したのだ。

先月9月24日、国務会議では美術品譲渡所得税法、実施保留延長に対する建議の黙殺を決定している。これが私たちには大きな打撃となった。

美術品を収集する彼らに経済不況の中で譲渡所得税まで賦課させるなら、私たちの美術文化は注目されることなく今後長い間後退の道を歩むことが明らかであるからだ。

美術品譲渡所得税法は、89年、当時の美術界の時期尚早という申し入れを受け入れ、2年の延長を経て、93年1月1日から実施する予定だ。

しかし、現在美術界の劣悪な実情と美術館の建設不振などを勘案し、さらに延長することを韓国の美術界が提案するに至ったのだ。韓国ギャラリー協会会員一同はこれを貫徹させるべく10月7日、一斉に画廊を終日閉鎖した。すべての顧客と美術愛好家たちに不便をかけたまま…。

文化の月10月に画廊の扉を閉じたことは、傷ついた文化の月であることに他ならない。韓国も他の国のように大小の金額の美術品を安心して収集し、数千の美術館を建てて私たち民族の精神が盛り込まれた歴史の足跡が刻まれている美術館を見学し、外国の友人に自慢できる日はいつ来るのだろう。秋の空は高いけど、そんな考えをしていたらしきりに憂鬱になる。(1992年)

政治と美術文化

この頃にぎやかな政治界と同じくらい美術界も盛んにマスコミに取り上げられている。偶然の一致だろうか、どちらも緊迫感を感じさせる。

一方は国を愛する心からの安定した政治に対する希望であり、もう一方は芸術を愛する心から出た文化の発展の望みである。

千変万化した最近の政界の行方をどの時よりも関心を持って見守りながら、韓国美術文化界全体の死活がかかっている美術品譲渡所得税の留保に関する請願書の議会の決定が正しく行われることを、合格者発表を待っている受験生のような気持ちでやきもきしながら待っている。

閣僚会議でない会議活動にまで持っていかなければならないようになったことは、すでに紙面を通じてみんなが知っている事実だ。美術界の深刻な不況やそれに伴う作家たちの士気も深刻に低下し様々な制作活動の延期や放棄などが起きており、韓国美術文化界が50年後退するであろうことを知らせたい気持ちでいっぱいだ。

政府が企業や証券市場の不況を打開するために彼らに有利な条件を作ったように、文化遺産を子々孫々に渡すことに先頭に立って頑張っている美術家たちのために善処してくれることを願うだけだ。

ここで美術文化を愛した外国の偉大な政治の話が思い出される。第二次世界大戦後、毛沢東の共産党に押されて祖国中国の本土を離れ、台湾に避難するようになった極限状況の中で、自由中国の蔣介石総統は当時の悪条件を押し切って数万点の美術品を船に乗せ、台湾へ彼の同志らと共に避難したのだ。

彼が台湾に自由民主の国家を建設して自由中国の総統となり一番初めに作ったのは、本土から持ってきた数多くの美術品を大切に置くことができる美しい美術館だった。

今も台湾を訪問すれば、彼らの美術文化の驚くべき水準をその故宮博物館を通じて私たちは推測することができる。今、台湾は輸出大国の経済国家に成長し、彼が建てた故宮博物館を世界に誇っている。我々はいつそんな指導者に会えるだろうか。うらやましいばかりだ。(1992年)

文民時代と文化

文民時代の大統領として初めての年頭記者会見というので、気を使って耳を傾けた。大統領は今年の国政目標を“国家競争力強化の年”と宣言し、その内容として第一に持続的な変化と改革、第二に経済の国際競争力の強化、第三に画期的な農漁村対策、第四に教育改革、第五に社会全般の国際化、第六に北朝鮮核問題の解決や南北関係の改善など、六大国政運営案を提示した。

企業人にはより多くの投資と開発を、農漁民にはより賢明に世界化・開放化に対処してほしいと要請し、公職者には事なかれ主義を打破して改革の一線で元気に働いてくれることを強調した。

今の現状にぴったり合った内容だった。大統領の意志通りに一日も早く国際競争力でしっかりと勝つことができる国民になって、安定した経済生活ができるようになったらどんなにいいかという希望に胸を膨らませた。しかし、次の瞬間何か残念な寂しさを感じるのだった。

記者会見中に“文化”という二文字がどこにも見られなかったからだ。国家が備えるべき分野は政治・経済・文化・社会にその基本を置いていると聞いてきたが、大統領の国政演説では文化分野が抜けていたのだ。

理念と社会制度が変わった国々でも文化は永遠に生き残ることを、我々は旧共産圏諸国を通じてよく知っている。そのため、韓国文化界の関係者たちは先日、文化・芸術の人たちを引き連れて来韓したミッテラン大統領の「文化との恋愛」についての話に花を咲かせたりする。私たちの大統領も、国家的なレベルで文化芸術界に役立つことを願いつつ、来年の年頭記者会見では“文化”という二文字を聞くことができるように再び期待する。(1994 年)

文化発展の主役たち

最近、企業を経営する経済人たちが、以前と違ってむつかしい文化行事を行わなければならないたびに、何の躊躇もなく後援者にもなってくれたり、美術館建設のニュースなどが聞こえてきたりする。日増しに文化分野に関心が高まっているようだ。

しかし私たちの周りを見れば、まだまだ多くの文化芸術人たちは発表の機会を準備しつつも経済的には苦労しているのがわかる。美術分野では 70 年代以降、画廊の出現によって発表の場を得る機会が多少出てきたとはいえ、音楽分野はやや違うようだ。知人の中に非常に優れた美声を持つオペラ歌手がいる。彼は早くからドイツで勉強をし、韓国オペラ界で独特な存在として活躍しているオペラ団団長だ。

彼はもう10回余りのオペラ公演を成功させるなど、無限の情熱を持って韓国の音楽文化の発展のために活躍しているが、公演をするたびに経済的な難しさの中で彼が苦労しているのを見てきた。

残念な思いでそれなりに一度や二度支援もしてみたが、微力ではかなわないことだ。彼の夫人は生計を立てるために喫茶店を始めたが、不振だという。彼の家が銀行からお金を借りるための担保になってから長いようだ。

オペラ公演の資金を調達するため企業人の中をさ迷う彼を眺めながら、韓国の文化発展の担い手の苦痛を肌で感じ胸が痛い。韓国の文化発展に向けともに参加協力する人が多くなればと願う。(1994年)

企業と文化発展

文化体育元教育相がキム・ヨンサム(金泳三)大統領に報告した今年の業務内容を見ながら、新しい文化の発展に関する文民政府のより進取的かつ実質的な事業計画について、文化界の関係者らは有難い気持ちで拍手を送った。文化界全般にわたった新政府の事業計画は今までになく具体的な内容だった。国立中央博物館建立の国際公募がそうで、映画金庫の設立など映画振興法の新しい内容もまた、映画人たちの長年の願いだったと思う。定都600周年を迎え、文化全般にわたる国際的行事のため政府の積極的な後援はもちろん、企業家たちに文化暢達(ちょうたつ)の参加意識を植え付けるための企業文化後援協議会の構成などは、諸手を上げて歓迎するところだ。

大統領が文化の国際化・世界化を積極的に推進していかなければならないと強調し、特に「企業も文化に投資することが生産性を高め、利潤を多く納める近道ということに気付き、これから文化と企業の協力を産学協同のような様態に発展させていかなければならない」と述べたことに、多くの感銘を受けた。

社会全般にわたった企業の偉大な功労は、外国の例だけでなく、最近、わが国でも行われていることをよく知っている。米国で黄金を発見することにより大金持ちになったあの有名なスタンフォード大学の創設者スタンフォードや、今日の米国新聞を主導した新聞王ハーストの家は、富の蓄積を文化遺産に社会に還元することで今日の米国文化と一線を画した。また、イタリアメディチ家の有名なメディチ美術館の建設は、彼らの子孫万代に残した永遠不滅の世界的な自慢の種だ。

韓国でもこれに劣らず多くの企業家が大統領の強調通り文化の調達部門に惜しみない投資をし、企業人がすなわち、文化産業の担い手となり、子孫万代永遠に生き残る文化遺産の後援者になることを私たちにもっと確実にみせてほしい。(1994 年)

韓国訪問の年

政府は今年を"韓国訪問の年"に決め、より多くの観光収入を上げるのに総力を傾けるべきだと訴えた。そして、各分野では国際的な行事を準備するなど、慌ただしい動きを見せている。そのためか、年初から外国人観光客が以前より結構目立つような気もする。

ところが、残念なのが通りの清潔さだ。土塀のあちらこちらに貼られている各種ポスター、道端にやたらに散らばっている紙くずとタバコの吸殻が目につく。我が国の道が比較的きれいだと外国人の間で噂されていながらも、まだ足りないことは事実だ。清潔この上ないシンガポールの市街地を見て、大きな感銘を受けたことがある。

シンガポールではタバコの吸い殻を 1 個そのまま捨てたら莫大な罰金を払わなければならない。しかも、タバコは健康にも良くないので一石二鳥の効果を得ることになるわけだ。観光収入を上げるため先に快適な環境ときれいで美しい道を作ったシンガポール、我々にも必ず必要な政策であると考えさせられる。

私たちは、観光収入がきれいな街をつくることから始まるということをもう一度記憶しなければならない。

ちょうど外国人観光客の話が出たので、数日前のことを話さざるを得ない。この前の1日夕方6時、「謀臣作家」の創刊5周年記念行事に出席するため、市役所前広場を通ることがあった。ちょうど押し寄せてくるデモ隊に押され途中下車して、会場であるLホテルに走って入った。ロビーには多くの外国人観光客が溢れ、混雑していた。数時間後、行事を終えてロビーに出てみると、あちこちでくしゃみの音が聞こえた。

催涙弾のガスのせいだと思われた。目が痛くなり、痛みが始まり涙が止まらず、急に“涙の女王”になった俳優の気分になった。フィリピンから来たというある観光客はホテル側が躊躇することなく出入口を開けてくれることを待ちながら、ずっとくしゃみをして涙を流していた。外国客に対する礼遇がないと感じながら、一日も早く安定した生活の中でデモがないもっと快適な環境を提供していきながら、お客様を迎え入れなければならないと感じた。(1994年)

韓国ギャラリー協会会長を務めながら

この2月8日に開かれた91韓国画廊協会定期総会で、画廊協会全会員は次第に振興発展していく美術文化界で画廊が占める位置と役割の重要性を再認識して、より公益的な姿勢と使命を確立するため、社団法人の設立に向けて意見を集めていた。そして、文化部の設立認可を受けて、この5月1日に社団法人韓国ギャラリー協会が正式発足し、私は親愛なる会員の皆様とともにこれを祝う。

韓国ギャラリー協会はより積極的かつ公益的なレベルで作家を助けて、

美術愛好家に正しい作品を鑑賞できるように架け橋を与えることで、国民生活の文化的水準を高めることを目的に結束されていることが、これまでの会員画廊の活発な各種企画展示会などを通じてうまく立証されている。

ご存知のように、韓国美術界は海外先進国のそれと変わらず多くの発展を重ねている。毎日開催される大小の国内外作家の展示会案内の冊子や新たに生まれる画廊の数が、またそれを意味している。

最近、超現代的施設の私立美術館が新設されたり計画中であることは、韓国の美術界の明日を見つめる希望に満ちた良い兆候と言えるだろう。

これからは新しい美術館法の国会通過とともに生じる多くの美術館の設立を期待しながら、今後、ギャラリー協会の会員たちに求められる任務と役割、ひいてはその責任も重大だ。私たちは良い美術品だけを選んで紹介し、また所蔵できるよう助けなければならない。

これまで蓄積された経験と専門知識を備えた私たちの力が、文化の発展に向けて正しく発揮される時、ギャラリー経営人の地位はさらに高く評価されるだろう。私たちは単なる画商でなく文化発展の担い手として、また韓国の美術文化界が必要とする人としての責任感と使命を持って、それに尽くすことができるよう最大の努力を惜しんではならない。しかし、韓国には国際開放化による無分別な美術品の輸入と流通、また、新設画廊の乱立などに賢明に対処していくべき課題が山積している。それだけでなく、立派な作家の立派な作品を世界の美術市場に進出させて、世界の中に韓国美術の位置を確立する仕事も、担わなければならない重要な任務の一つだと思う。

我が国の作家が世界の中で決して劣っていないという確信を、私は何度かの海外展での経験を通じて感じてきた。多くの国際的な作家を私たちの手で輩出しているため、私たちは画廊であるという誇りと自負を持てるようになるはずだ。このために、国内美術市場の正当な流通秩序が守られるべきだと思う。

今回、韓国ギャラリー協会の社団法人の発足は、私たちにとってより高い真の画廊としての矜持と自負心を抱かせる一方で、一致団結して公益レベルの活動を展開していくために、自ら努力する姿勢で韓国の地位を確立していく決意をもう一度固くする契機になると信じている。

政府当局や作家、美術愛好家の皆様の多くのご協力とご指導のほどをお願いしたい。(1991 年)

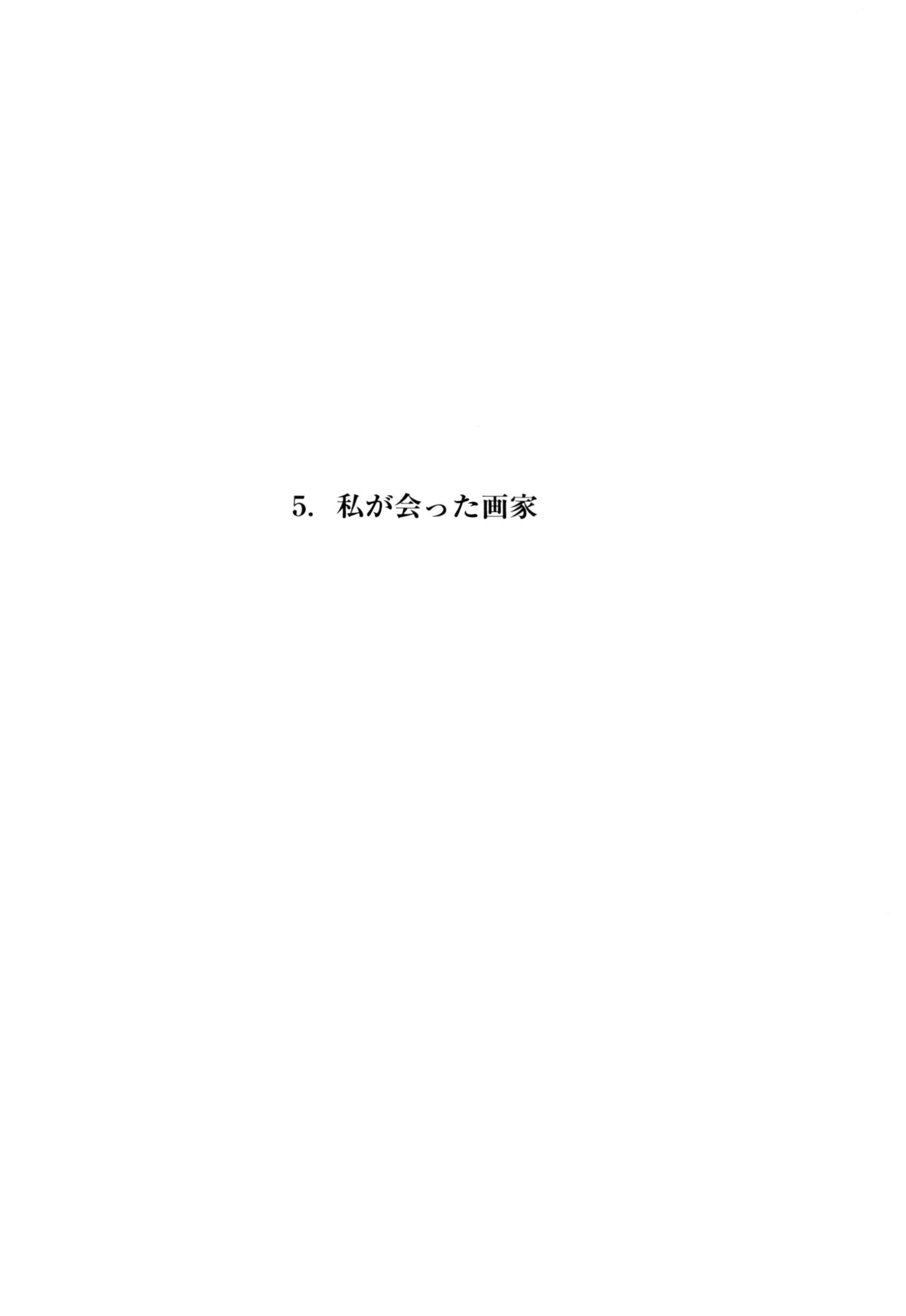

5. 私が会った画家

ある日、

キム・ギチャン（金基昶）先生が

このような提案をされた。

画廊をするためには

どうしても見る目がなければならない。

世界各地の美術館を

見て来るのはどうかと

美術館巡礼を勧められた。

光州（クァンジュ）の星、オ・ジホ画伯

光州には美術が好きな人たちが多いが、作家たちも他の都市に比べて遥かに多い。特に、韓国の美術文化に大きな足跡を残したオ・ジホ画伯について話さずにはいられない。彼は明らかに光州の大きな星であり、韓国の文化全般にわたる指導者的人物だったに違いない。

私があの方に初めてお会いしたのは1979年、ある暑い夏の日だった。美術評論家であり、サン画廊の主任だったユ・ジュンサン氏の提案で「サン美術」（3号、秋号）に彼を特集作家として取り上げるため、光州を訪れたのだった。私はユ・ジュンサン氏と夫と三人で、光州行き高速バスに乗った。老大家との出会いを何度も頭の中で想像していたら、どういうわけか車窓の外に展開される美しい風景もまともに目に入らなかった。

ついに光州高速バスターミナルに到着した。タクシー運転手に「芝山洞に住まわれているオ・ジホ先生のお宅に行ってください」と言ったら、「はい！」と一目散に走った。タクシー運転手に場所の説明をする必要もなかったのだ。オ・ジホ画伯がどれほど光州の人々の心に深く根差している有名な人物かおわかりになるだろう。

先生は今でもわらぶきの家に暮らしていたが、オ・ジホ先生の草屋はとても有名だった。**セマウル運動**※のブームが全国的に広がり、すべての人たちがわらぶきの家を壊したが、先生は最後まで抵抗して自身の家を守ったのだ。200坪ほ

どの家庭菜園を過ぎて葦屋門の中に入ると、老大家は待っていたというように5尺の単身の体格で軽く飛ぶように走りながら喜んで迎えてくれた。顔にはいっぱいの笑みを含んだまま「よく来て下さった」と言いながら挨拶をされた。わらぶきの家の中は涼しく、飾らず素朴な客人用の部屋が気に入った。先生が勝手口を開けながら「あの山が**無等山**※です」と手で指し示す。登山に険しい山ではないけれどその姿は雄大だ。山の青い精気が小さな部屋に一気に押し寄せてくるようで、部屋の中には生気が漂っている。

席に座ったらオンドル部屋の床が冷たくて気持ちよかった。扇風機をつけて回して下さる老大家の姿が優しくて、白い麻のズボンと半そでの上着の身なりがさっぱりして見える。画家である前に、心優しい町のおじいさんのようだ。終始温かく私たちに気を使ってくれる。彼の口ひげが全羅道方言とともによく似合って調和しているようだった。実家の父といった"安らぎ"があり、彼と安心して接することができた。これは私だけでなく、彼を訪ねるすべての人々が感じる共通の気持ちであろう。

自宅前のビニールハウスの中

※セマウル運動

セマウルとは「新しい村」という意味。1970年4月22日朴正熙大統領が全国地方長官会議で提唱したのが始まり。農民の生活の革新、環境の改善、所得の増大を通じ、それまで経済開発から取り残されていた農村の近代化を、主として政府主導で実現した。(ウィキペディアより)

※無等山(ムドゥンサン)

韓国光州市東北部の山、自然豊かな国立公園になっている。

美しい若い女性がお茶のテーブルを持って入ってきた。オ画伯の二番目の息子の嫁だった。美しい光州（クァンジュ）女性との初めての出会いだった。クセのないストレートの髪を自然にすいてあげた彼女の顔は、よく磨いた彫刻のように美しかった。白いブラウスに黒のズボンを着た彼女の地味な身なりとおとなしい態度は、都会人の洗練美を凌駕する自然そのままの趣だった。「私の次男の嫁ですよ！　学校の時、私の弟子だったんだが、おとなしい娘だったので嫁にしたんだ」とおっしゃった。母について来た男の子をオ画伯は撫でて「こいつも私の二番目の息子の孫だが、絵がとても上手なんだ」と孫の自慢をしている。老大家の子供への愛も私たち普通の人たちと同じなのだと感じ、再びその方の温かい人間味に打たれた。

やがてお昼ご飯がきた。食膳が全部来た後にオ画伯は立ち上がり、棚の上に置いたナポレオンコニャックを開けて私たちの前に出してお酒を勧める。男のグラスが何回も行き来する間、私は温かいご飯にサンチュの葉を肉を添えてとてもおいしくいただいた。老夫婦が自ら自宅の家庭菜園で栽培した新鮮な野菜だから、サンチュも菊菜もとても柔らかかった。「絵を描いた後にはいつも野菜畑に出て妻と野菜を育てているんだ」と言った。「新鮮な野菜をたくさん食べなければならないので、毎年キムチもここで作り自給自足をしてる」ともおっしゃった。

楽しい食事が終わると、先生は一つに束ねた書類と本の山の中から1冊の本を広げて見せてくれた。

よく見たら“国民学校三年生用国語教科書”と書かれていたが、その本には、漢文がたくさん混じっていた。それは直接漢字教育のために個人的に製本した国民学校の実習用教科書だった。「今我が国では国民学校で大学に行くまで漢文を教えないが、それが大きな問題だ！　漢文を知らなければ知識は滅びてしまう。まともに漢文教育ができない状態では韓国の教育は発展しない！」と私たちの前で漢字廃止論に関して、強く反対意見をおっしゃった。

その言葉の終わった後、しばらく考えてから「これは誰にも見せない貴重なものだが…」と言いながら縁側を出て庭の片隅に位置する鎧のような倉庫の錠を開けて中に入り、しばらくたって10号の作品1点を取り出して再び縁側に上がってこられた。オ画伯が持ってきた絵を見た瞬間、私は驚いた。それは遠く見渡せる霧の立ち込めた港の絵で、ちょうど朝が始まろうとするかのように、大小の船が霧のかかった海の上を動くような生動感にあふれている。近くでは白色のぽんぽん蒸気船が1隻汽笛を鳴らして漁に出ようとするかのように青い海の上を力強く走っていた。私自身ちょうど今海辺にたたずみ、その光景を眺めているようだ。

青と白の色の調和が本当に生き生きとしていて、実際に霧が立ち昇る朝の海に来ているようだった。“やっぱりオ画伯は誇らしい韓国の画聖だ”と大御所と絵の間を行き来して何度も感嘆した。「この絵はね、私が家内とドイツに住む末娘に会いにハンブルクに行った時、ハンブルクの港の朝の海の風景を描いたのだよ！　あー、私が海辺に座ってイーゼルを置き、絵を描いていたら鼻が大きくて背が高い人たちが私の回りをずらっと囲んで何かひそひそと言っているんだ。多分小さい東洋の老人が来て絵を描いているのが珍しかったのだろう」と言いながらおかしそうに笑っていた。

オ画伯は20年余り前、まだ我が国から外国へ出るのがそれほど容易でない1974年に夫人とともに念願だったドイツなど欧州旅行に出発したことがある。この時にドイツで看護婦として働き、結婚して住んでいる末っ子の娘さんに会うためにハンブルクに行った時、そこの海を見ては毎朝、海辺に出てスケッチを重ねて完成したのがまさにこの傑作である。徹底したデッサン力とよく組まれた構図、種々の表現力、そして色の魔術師らしい色彩の調和、そこに闊達な筆遣いなどが感じられ、印象派の真髄が作品にあふれていた。

表紙になったオ・ジホ画伯の
ハンブルグの港の絵

この日、私はオ先生にせがんで絵を購入するのに成功し、1ヵ月後すぐ「サン美術」第3号の秋号の表紙にした。今も私が発行した50冊を超える「サン美術」の雑誌の中でオ・ジホ画伯の特集記事が入っていてオ画伯のハンブルク港の風景を表紙にした「サン美術」3号の秋号が大好きだ。そして、私は10年余りの月日が流れた今も、この本を取り出して15年前にあったことをタイムマシンに乗ったように回想しながら、今はこの世を去ってしまって、いないオ画伯の姿と私たちに施してくださったその日の愛情のこもった厚意を再び感じている。

本の中にはオ画伯に関する貴重な写真などの資料が多い。オ画伯が18歳で結婚された時に撮った花嫁の身長より少し小さいか、ほぼ同じ婚礼服姿の2人の結婚式の写真、東京美術学校在学時代、美しい女性モデルと一緒に撮った写真、スタジオ全景、わらぶきの家の玄関前の200坪の野菜畑のビニールハウスの中で撮ったパジチョゴリとベストを着た口ひげおじいさんの様子、1977年大韓民国芸術院賞を受賞した時、息子の孫、嫁と一緒に集まって喜びを分かち合いながら撮った全体家族写真、身体を鍛えようとオ画伯が乗馬を楽しむ写真、1974年欧州旅行の際、夫人とともにパリのベルサイユ宮殿の前で撮った記念写真、今は亡きキム・ウォン（金元）画伯の広州の展示会で杯を交わす様子、そして私と夫に何かを一生懸命説明されている姿など。

1905年オ・ジホ画伯結婚式

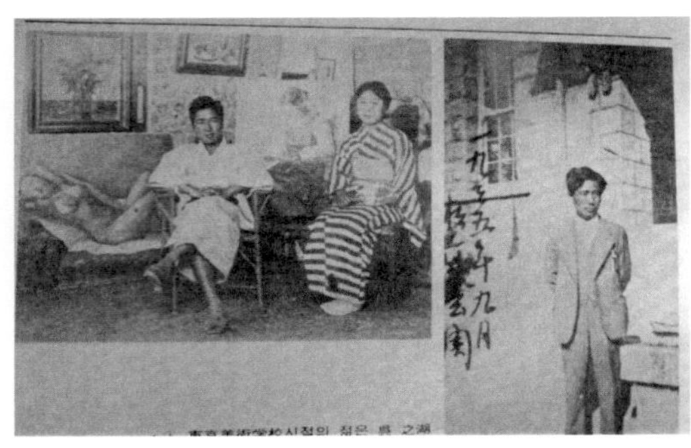

東京美術学校在学中

大韓民国芸術院賞受賞日

乗馬を楽しむオ画伯

ベルサイユ宮殿の前で　オ画伯夫妻

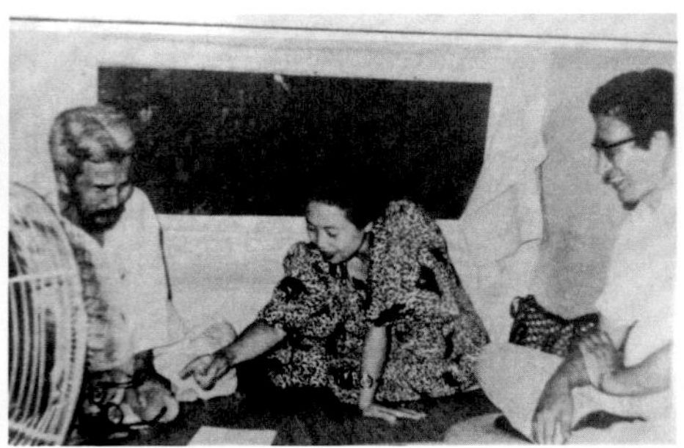

左からオ画伯、著者、夫イ・ホヒョン氏

「オ先生は1950年5月、東洋古美術研究会の招請講演で“芸術の創造活動は徹底して個人的なものです。しかし、その結果である芸術作品は、また徹底的に社会的な存在です”と自分の芸術観を明らかにしたことがある。彼の芸術観は純粋に絵画の自律、それは技術的で専門家的であることから制限されるのではなく、まさに人間の問題から喚起されたことが分かる。だから彼の芸術観は史観、社会観、人間観へと広がり、芸術を一つの文化現象に成就しようという遠大な希求があった…」というユン・ジュンサン主幹のオ・ジホ画伯に対する学問的な論評を例にあげずとも、私たちはオ・ジホ画伯の“神秘的な芸術世界”に対する考察に誰もが接してみる価値があると思っている。

私財をはたいて韓国国民教育の発展のために努めた子孫に向けた愛、文化の発展をために自分の画業に燃える情熱を注いで制作活動に生涯を捧げられた作家オ・ジホ画伯の崇高な芸術精神などを胸に秘めたまま帰路に就いた。日差しはすでに西に傾いていた。「見送らなくて大丈夫」と言ったのだが、「車に乗るところまで案内します」と追いかけてきた先生は「この道が近道です！」と私たちをとても狭い裏通りに案内された。

私たちがいち早く路地を出て、大きな道端でタクシーを掴まえようとしていたところ、いつのまに後から付いてきたのか奥様が私たちに「これ受け取ってください！　海苔なんですが、とても味が良いですので」と私の手に握らせてくださった。海苔1束（100枚）を私たちにプレゼントしようと持って慌てて追いかけてこられた、奥様のその優しい心、夫唱婦随とも言えようか。その細やかで素朴な人間味がとても懐かしい。私たちに向かって手を振っている老夫婦を後にし、車の中で私は思った。オ・ジホ画伯は確かに光州（クァンジュ）が生んだ大きな星であることに違いないと。(1995年)

雑誌「サン美術」を読まれているオ・ジホ画伯

韓国画家の巨匠「雲甫※」（ウンボ）、キム・ギチャン画伯

聴覚障害者として困難を乗り越え大画家になった雲甫、本名キム・ギチャン（金基昶）先生を知らぬ人はいない。韓国を代表する画家の中でも国宝のような存在だ。その方を私たちは大人と呼ぶ。気骨壮大な風貌がまるで将軍のようであるためでもあるが、大地のように豊かで余裕のある心がもっと大きな理由だ。その方の広く大きい心は誰が真似できるだろうか？

天賦の才能を生まれつき持った彼の卓越した芸術世界を、今ここで改めて紹介する必要はないだろう。私はここで彼の人間的な魅力、つまり大人の人間味について話してみようと思う。

自分の絵を売って聴覚障害者を助けておられることは広く知られている。展覧会を開いたり絵が売られると、それはすべて聴覚障害者のための基金として使われている。江南区論硯洞（カンナムグ・ノンヒョンドン）にある聴覚障害者福祉会館がそれで、清州（チョンジュ）に建てた美術館もそうだ。

また、それだけではない。頑丈な体つきに比べ、細心で優しく、彼は自分の手が届くすべての人に手を差し伸べようとしていることに気づく。

画廊を経営する人なら、キム・ギチャン画伯と親交を持たない人はいないだろう。誰にでも優しい心と人情で接し、人の気持ちを楽にしてくださる。私も例外ではない。画廊を始めた頃、取引のためにお目にかかる機会があった。それが縁で先生は、様々な面で未熟で足りない私に多くのことを教えてくれた。絵に対する解釈からスタートして、美術界全般に渡る知識と情報などを教えてくれたかと思えば、韓国の画廊の課題と役割に関しても真心のこもったアドバイスもしてくださった。また、画廊が韓国美術発展の原動力になることができるよう詳しく文字で書いて見せてくれたりもした。耳が聞こえないため、話す時はいつも筆談でやり取りをした。

絵を描いていたある日、先生がこのような提案をされた。「画廊をするには目が高くなければならないはずだから、世界各地の美術館を見て来るのはどうか」と先生から世界美術館巡りを勧められた。夫と相談をした末に、先生の勧めに従うことにし、日本と欧米各国の美術館を巡る計画を立てた。

しかしその時は勝手に国外へ出るのが大変な時であり、また、外国に出たければ訪問する国の国民が送ってくれた招待状が必要だった。そして、外国の美術館を巡礼するためには、旅費もかなりかかった。しかも1970年代末、1980年代初めには所持できる通貨の金額が少なかったので、いろいろな所を回ることができなかった。

先生のおかげで、その問題を解決できたのだった。先生はニューヨークにある画廊に私を紹介して、そこの招待状を受け取れるようにしてくださり、旅行に必要なあらゆる便宜を計って面倒をみてくださった。それで、1980年春、欧米各国や日本などの様々な美術館を訪問することができた。

先生の慧眼のおかげで、私は多くのことを学ぶことができた。先進国の美術館を回りながら“韓国を発展させるには、一日も早く美術館をたくさん建てなくては”と思うようになっていった。外国人が探してもまともな美術館一つない韓国の現実を見て嘆いたりもした。その時の気持ちを忘れず、記事を書く機会があれば“文化大国になる道は立派な美術館を建てることだ”と力説した。

また、先生は私が“サン美術”誌を発行することを非常に立派なことだと言ってくださり、画廊に来られた時にはに1冊ずつ買って行かれた。「どうぞ持っていってください」と言ったら「そのまま持って帰ることはできません。どうやってできた雑誌であるか考えると、買わなければなりません」と。多くの人々は「どうぞ持っていってください」という言葉に「ありがとう」と礼を言って、そのまま持っていくのが普通だが、先生は必ず購入してくれたのだ。たった1,500ウォンの売り上げに過ぎないが、これほど感激したことはなかった。また、後輩の作家たちの展示会もよく鑑賞し、買う作品も探しておられる。他の作家たちはたいてい買うのを躊躇するものだが、先生は若い作家たちを激励する意味で作品を買われるのである。

展示会をすれば数十万人の観客を動員させられるキム・ギチャン画伯、財産を寄付し身障者の人たちを助けられ、太陽のような先生。私に超能力があるなら、先生をいつまでも健康にしてあげたい。もちろん、孝行な息子さんと美人で多芸なお嫁さんがいつも面倒を見てあげているのですが、どうぞ先生、これからも健康な体で韓国画壇をしっかり守ってくださいと心から願うばかりだ。(1995年)

※雲甫

本名キム・ギチャン（金基昶）。1914年－2001年。ソウル生まれ。韓国を代表する画家であり、近代韓国芸術の中興の祖である。聴覚障害を持っていた。1万ウォン札の世宗大王の肖像画を描いたことで知られている。彼が住んでいた家は、韓国ドラマにも使われている。隣には美術館も運営しており、彼の生前の絵画を見ることができる。

운보キム・ギチャン画伯の作業室にて

蘭の植木鉢の贈り物

画廊の門を開けた直後だった。十数年間作品を収集してかなり多くの作品を持っていたが、趣味で収集に没頭していた立場のものがギャラリーを運営しなければならないためには、あれこれと整えなければならなかった。その時、私は自分が好きな作家チョン・ギョンジャ氏（千鏡子）の絵を購入しなければならないということで頭がいっぱいだった。しかし、その時も今も同様に、チョン・ギョンジャ氏の作品は誰でもが容易に手に入れることができるものではなかった。そんな時、うちの姪に当たる子と彼女の２番目のお嬢さんが友達という縁のおかげで、お宅に訪問する約束を取ることができた。

誰が訪ねて行っても作品を簡単に出す方ではないということを知っていたが、一度チョン・ギョンジャ氏にお会いしたいという思いが強かった。今も、チョン・ギョンジャ氏のお宅の庭園の片隅に咲いていたタマノカンザシが記憶に残っている。多分、チョン・ギョンジャ氏の長い首に似ていたからかもしれない。

アフリカなどいろんな国を旅行しながら集めた異国情緒のあるコレクションが勢ぞろいしている応接室で、しばらくして私は本題を切り出した。反応は予想したとおりだった。

画廊にかける作品数点を購入したくて訪ねてきたという私の言葉に最初は出してあげる作品がないと、断固として拒絶した。私は個人的な計画を詳しく具体的に語った。美術を愛し始める画廊だから助けてほしいと訴えた。これは単純な商売でなくて、先生の絵をとても愛していて隣に置いておきたいだけだと申し上げた。

その話に説得力があったかどうか、チョン・ギョンジャ氏は「それなら１点お出ししても良いが、それは私たちの小さな娘をモデルにして描いたもので…」と言いながら言葉を濁した。その様子から、自分の作品を分身のように愛する芸術家の切ない姿を発見することができた。作品を売って金を作るよりは、自分の芸術それ自体を愛する純粋さを表情から読みとることができたのだ。なるほどそれで、チョン・ギョンジャ氏の作品を市場で見ることができなかったのだ。

しばらくためらった後、チョン・ギョンジャ氏は絵を１点持ってこられた。綺麗なバラの花の冠をかぶった少女像だった。当時、アメリカに行っていて、一緒に暮らしてはいなかったご自身の娘をモデルにした絵だという。見た瞬間、私は魅惑的な芸術性に惹かれて気を失うほどだった。「ではこの作品を持って行ってください。小さな娘を描いたのですが…」と言いながら出してくれた。今も生々しく記憶しているが、その日が私の美術品収集の絶頂の瞬間だった。それほど嬉しくてうっとりとした。

そして一晩が過ぎた。驚いたことに朝早く、チョン・ギョンジャ氏が私を訪ねてきた。彼女の顔は蒼白で、乱れた髪の様子から彼女の焦った心理状態を読むことができた。「すみませんが、昨日お渡しした作品を返してもらわなければなりません。昨夜一睡もできませんでした」彼女はきっぱり言い切った。「その絵がそばにないと耐えられません」その瞬間、私は面食らってしまった。絵を頂戴した時はどれほど幸せだったか。その胸がいっぱいになる瞬間を思い出したら、私の手に入ったその絵を先生に渡したくなかった。どっと涙があふれてきた。

今考えてもその時なぜそんなに泣いたのかわからない。ただ、涙が溢れてがまんできなかったのを覚えている。チョン・ギョンジャ氏は早く絵がほしいと催促する。複雑な気持ちで表具師に預けた絵を取りに行って渡した。自分の作品を自分の分身のように大事にする作家の心を理解しないといけないという気がしたのだ。それがまさに芸術家気質だろうとも考えた。それは人為的に学ぶということではなく天から授かったものかもしれない。

幸いに先生に会う機会が再び訪れた。私が作った"サン美術"で、チョン・ギョンジャ（千鏡子）氏を特集で取り上げた後、サン美術特集作家展を主催することになり、それが縁で先生の絵もプレゼントされることとなってお互いに友愛で仲良く過ごすことができた。一緒にお茶を飲んでいろんな話も交わした。旅行に行ってきた話、先生がかわいがっていた子犬が死んだ話、そして子を持った女性として感じることなど、師匠と弟子のように、姉妹のようにその情は格別だったと記憶している。

そうした1991年、私が画廊協会会長を務めた時のことだ。今から訪問するという電話とともに、新たに赴任した国立現代美術館の展示課長が画廊に来られた。

一行3人と一緒に訪問された展示課長の姿は非常に硬直しており、手には小さな額縁を持っていた。

「会長が持っているチョン氏の絵と、この絵を比較して見てください」とおっしゃる。その方たちの話を聞いた後に、10年間大事にしていたチョン・ギョンジャ氏の絵を取り出した、私が持っていた絵と彼らが持ってきた絵は違いがあった。私の絵はバラの冠で飾った婦人像だったが、それはそうではなかった。「ああ、助かった」と言って、彼らは戻っていった。

翌朝、私は朝刊を広げて驚いた。私が持っていたチョン・ギョンジャ氏の絵が前日見たあの絵とともに並んで大見出しで載っているではないか。記事を読んだ瞬間、最初の節からもう一度驚いた。"国立現代美術館が偽絵画所蔵"というタイトルだった。その方たちが持ってきた絵が私が所蔵している絵を真似て描いた贋作（がんさく）という内容だった。私はいぶかっており、一方では、画廊協会会長として使命感も感じた。私が所蔵したチョン氏の絵は、制作年度が1981年度であるのに対して、国立現代美術館の所蔵品は1977年度作だったからだ。私の絵は1984年"サン美術特集作家展"が終わった後に所蔵することになったのであり、偽の事件に巻き込まれた絵は元中央情報部長キム・ジェギュ（金載圭）氏が持っていて、財産が国に押収され、国立現代美術館に入ることになったものである。

結局、画廊協会で鑑定を実施した結果、オリジナルだという結論が出た。先生と親交を深めていながらその鑑定の結果がどれだけ先生に傷を与えるか知りながらも、鑑定の結果に従うしかなかった。

当時、彼らが数日会議を重ねて慎重に下した結論であることを知っているためだった。

私は今もたまに人たちから「チョン・ギョンジャ氏のニセ美人図事件はどうなのですか？」という質問を受けたりする。あまりにも、チョン・ギョンジャ氏の美人図事件は世間を騒がせたために人々が容易に忘れないようだ。その度に困惑する。まだそれははっきりとした回答が出ないまま保留になっているからだ。作家自身は偽物だというのだが、様々な条件と状況判断のもと、画廊協会鑑定委員たちの鑑定結果は本物と出たから、画廊協会会長に過ぎない私がどうやって正否を判断することができるだろうか？　今は、国立現代美術館が所蔵しているその作品〈美人図〉が本物であるかどうかは神のみぞ知るという考えだ。

しかし、作家自身の判断や画廊協会鑑定委員たちの決定に関係なく、それはすべて不完全な人間の考えであり、全知全能の神が下した判断がないためにその誰の判断が正しいかを私たちは永遠に知ることができないかもしれない。ひとえにこの世があまりにも険悪で、偽物を本物のように作ってお金を得ようとする人たちが多いからだと思いながら、外に向けての言及を避けている。

個人的には一時、美人図によって受けた傷がまだ私の胸の中に根ざしているため、その時のことを考えると、皮肉な運命に苦笑いを浮かべたりする。何度も断ったのだが画廊協会会長に推されて就任した直後、その事件が起きたのは、運命のいたずらとしか思えない。

チョン・ギョンジャ氏と私の間に、なぜ何度もこのようなことが起こるのか。“美人薄命”と言うけれど、私が美人でないため、せめて〈美人図〉でもそばに置きたいという欲に対して罰を受けたのかもしれないと感じた。

1991年に起きた偽の美人図事件は、チョン・ギョンジャ氏と私の関係を気まずくした。その後、先生は傷心を癒すため海外旅行へ行かれて描くのを中断したりもした。そんな話を聞くたびに私の心は苦しく、先生にお会いして一部始終と自分の心情を申し上げたかったのだが、なかなか勇気が出なかった。

そうしていたところ今年、チョン・ギョンジャ氏が再び展示会をするようになった。そのことを一番喜んだのは私だったかもしれない。誰よりも心からお祝いして差し上げたい気持ちで、レセプションの会場を訪れた。主人公であるチョン氏は笑って私を迎えてくださり、「昨日、蘭の植木鉢を受け取りました。ありがとうございます」とおっしゃった。その時初めて気持ちがすっきりした。この瞬間をどんなに待っていたか、長い間なくしていた私だけの宝石を再び見つけた気分だった。国立現代美術館長を務めたイ・ギョンソン先生も、その時の鑑定委員たちも席をともにし、彼らすべてが展示された絵画に賛辞を惜しまなかった。長かった傷心の時間を耐えて再び我々の前に現れた大御所の芸術に接すると、ジンとして涙ぐんだ。先生の変わらぬ精進に拍手を送るだけだ。

(1995年)

私と本当の姉妹のように過ごしたチョン・ギョンジャ画伯（右）と一緒に（1979 年）

（1989 年）

夕焼けで燃え上がるタペストリー

横糸と縦糸の交差で創造される繊維素材の質感を通じて無限に広がる大地の空間の中に燃える“夕焼け”の美しさを満喫する。そして明日のための休息のトンネルの中に浸ってくる。ソン・オクヒ氏の作品である。タペストリー作家ソン・オクヒ氏。誰かか彼女を指して“糸の詩人”と呼び、また、全身で表現する“糸の芸術家”と言う。私たちを詩想の世界へ導いて行った彼女の作品のうち、〈空を飛ぶ鳥たちの群れ〉、〈夢見る白鳥〉などに多くの感銘を受けた。

特に私は浪漫と詩想を与えるこの〈夕焼け〉を「お嬢さんの嫁入り道具に入れてあげたら…」と友人に勧めた。その友人はこの作品を買っていった。「詩人でないので、一行の詩も詠むことはできないけれど、しばらく眺めていると、気持ちは詩人のようになって夕焼けがただ赤く燃え…」と言いながら。

いつか私は彼女について、“容姿も心もともに美しい人”と書いたことがある。美しい自然を素材にして作った作品は、まさに彼女自身の世界であり、生活なのだ。私たちの先祖の女性たちが灯をつけて織機の前に座って彼らの人生を表現したように、ソン・オクヒ氏のタペストリーは今日を生きる時代的感覚の上で“韓国女性の粋と精神”を編み続けている。そして、堅実さを世の中に植えつけている。

彼女が自ら入れてくれるもう一杯のシナモン、ショウガ茶の味がより一層味覚をそそる。(1983年)

国外の韓国の美術家を探して

飛行機はハワイを発ち、退屈な飛行を終え夜10時ロサンジェルス空港に到着した。夜空から見下ろした米国の大都市、ここロサンジェルスの夜景は、数多くの星を振り撒いたように限りない光の波に繋がっていた。始まりと終わりがわからないほど広い土地。特に私たちに耳慣れているのは、多くの韓国人が移民して生活活動をしている所だからだ。

ロサンジェルスに到着した翌日、ここで活躍している画家キム・ボンテ氏に電話をかけた。以前、明洞（ミョンドン）の画廊とジン画廊で数週間帰国展を持ったことのある洋画家であり、版画家としてもよく知られた彼に会うためだった。評論家イ・ギョンソン氏の紹介状を持って行くと約束した。

しばらくして赤いスポーツカーを運転して訪ねてきた彼と私は、互いに挨拶を交わした。彼はすらりとした背に金縁眼鏡をかけており、ブルージーンズに赤いＴシャツ姿が本当によく似合っていた。

作品に対する私の感想も聞いてくれた。プレゼントとして持っていった海苔一束を「奥さんに渡してほしい」と言った。

私の宿舎で昼食を一緒にした後、私は彼の車に乗せてもらい、ここに移住している我が同胞が経営する“ハンフ画廊”に案内された。展示場まで兼ねたかなり大きな規模のきれいでこぢんまりした画廊だった。展示室の壁には、韓国の東洋画家たちの作品がたくさんかかっており、南川のソン・スナム氏の作品も展示されていて非常に嬉しかった。米国でも我が国の優秀な作家らの作品は比較的良く売れているという。

画廊のオーナー、ハン・ウソク氏も洋画家として熱心に作品を制作されている。私たちは数時間後には再びキム・ボンテ氏のスタジオに向かって車を走らせたが、車の中は狭苦しく暑かった。彼のスタジオはロサンゼルスの北のスタジオシティという所に位置していた。

スタジオ内に入ると、外から見えるのと違って、いくつかの部屋と広い空間を持った建物だった。そこで彼は「2人の米国人女流画家とともに数年間お互いに助け合いながら作業をしている」と言った。二つの部屋はそれぞれ米国人女流画家の作業室で、それらの作品はキム・ボンテ氏の作品に比べて色調の面ではるかに明るく、華やかに見えた。
キム・ボンテ氏の作品はその独特の幾何学的形態が対称を成している作品で現代感覚がよく表現されている。〈陰〉、〈影〉、〈湖〉、〈響き〉、〈こだま〉など作品のタイトルも非常に印象的だった。
小品よりは110号ほどの大きさの大作を多く制作する彼の活動領域は、米国全域だけでなく欧州にまで及び、様々なグループ展などにも参加していた。彼の作品は英国のエリザベス女王の皇室、米国のボストン空港をはじめとし、数ヵ所に所蔵されているという話だ。
私たちは再びロサンゼルス市内の真ん中にあるパシフィック・デザインセンターに向かった。そこにキム・ボンテ氏の作品が展示されているためだった。黒いガラス窓の大きなビルの中に入って立つと、まず目に付くのは新しい現代的デザインの家具だった。4階の一室に各国の画家の作品とともにキム・ボンテ氏の作品も2点かかっていた。
キム・ボンテ氏は釜山高等学校出身で、ソウル美大絵画科を出て1963年にロサンジェルスへ渡り、そこでオーチス大学院を卒業しロサンジェルスに定住する間、64年には南カリフォルニア韓国人美術家協会を組織し、初の作品展を開くことに大きな役割を果たした。12回にわたって展覧会を開きその間10年間会長職を務め、イ・ギョンソン氏を招待し、昨年7月下旬に美術史の講義を米国で初めて開いた。

イ・スジェ — シカゴ

ミズーリ大学院に通う甥に会うためにカンザスシティで、1泊滞在した時、ホテルで、シカゴのイ・スジェ女史に電話をかけた。
非常に気さくで親切な声の彼女は私に会うため、教え子とのレッスンの時間を変更してシカゴ空港まで迎えに来ると約束した。“犯罪の都市”という先入観のために最初は旅行スケジュールから抜こうと考えたが、彼女に会うために旅程を変更して飛行機で1時間の距離のシカゴ空港に降りた。事前に身なりでお互いの姿を説明していたために約束した時間に空港にいたイ・スジェ女史を私は容易に見つけることができた。初対面だったが、年来の知己のように嬉しく手を取って、空港バスに乗り約40分ほどかかるダウンタウンにあるヒルトンホテルに行って荷物を解いた。

休む間もなく私たちはシカゴアート・インスティテュート（シカゴ美術館）に走って行ったが、そこではイ・スジェ女史の連絡を受け、在米韓国人デザイナー、イム・イソプ氏が待っていてくださるという約束をしていたためだ。約束に支障が生じイム・イソプ氏には会えなかったが、初めて見るものすごく大きな規模の美術館と、その中に所蔵された美術品を目にした瞬間、私は驚きと喜びで興奮してしまった。特にルネサンス前後の作品と印象派の絵、その恍惚な色彩と驚異的な構図にすっかり魅了され見とれてしまった。旅行中の私には無理をした５時間くらいの美術館観覧にもかかわらず、彼女の細やかな案内のおかげで全く疲れを感じなかった。

美術館の観覧を終えて、市内から少し離れた郊外の住宅街にあるイ・スジェ女史の家、アトリエに向かった。原色の花でよく整えられた庭園を経て、彼女の家の玄関のドアを入る時、嬉しそうに迎えてくれる素敵な韓国のおばあさんが一人いた。

祖国で展示会を一度開催してみたいという彼女に、私の画廊で展示することを勧め夜８時まで美術の話に花を咲かせた。

ファン・ギュベク — ニューヨーク

シカゴでの短い旅程を終えてニューヨークに飛んだ私を、ニューヨークの韓国画廊のオーナーであるイ・スクニョ氏のご主人が迎えに来てくれた。ニューヨークのヒルトンホテルに荷物を預け、ファン・ギュベク氏の自宅に電話をかけた。２年前、帰国展で一度だけ挨拶を交わしたことがある彼と2日後ホテルのロビーで待ち合わせをしたが、日程に狂いが生じ会えなかった。再び連絡し1979年型キャデラックを運転して私を迎えに来てくれた国際的な作家の温かい厚意が懐かしい。

ファン・ギュベク氏のスタジオ兼自宅になっている建物はニューヨークの南、ニューヨーク大学に隣接した画廊街、ソーホーにあった。世界的に広く知られたソーホーの入ったところに重みのあるちょっと古いめかしいビルがあり、その前に車を停めた。彼のスタジオがあるこの建物は、米国文化財当局に登録されていて勝手に修理や補修ができない文化財的な建物だと彼は説明をした。全体を鋳物で厚く覆った建物を詳しく観察してみた。

エレベーターの片隅に下がっている長い鎖を引っ張ると、つるべが上がるように引かれて上がっていく奇妙なエレベーターに乗って4階へ。彼のスタジオに入った。

50㎡にも及ぶ広い空間、秩序整然と整理された家具と作品、なごやかで美しい環境がまず目を引いた。隅々には韓国民俗品と民画が飾られていたが、特にパリで買ってきたという長くて古風な懐中時計が私の目を引いた。窓辺には手作りのバラの花が咲き乱れている。ホール入口には引き出しがたくさんついた数台の作業台が置かれており、引き出しは20種を超える多くの版画で埋め尽くされていた。帰国展以降に制作したこの版画作品はまた違った彼の新しい技法で作られたものだった。彼の緻密な技巧と計算、潔癖性などは彼をとりまく環境とあまりにもよく似合うようだった。ファン・ギュベク氏の妻はすらりとした背丈に美しい容姿を兼ね備え、洗練されたマナーは国際的な作家の伴侶らしかった。

ファン・ギュベク氏のすべての作品は、彼が契約しているある米国人が経営する画廊にだけ出しているという。それは昨年ユーゴスラビアで開かれた国際版画展で最高賞の金賞を獲得し、彼の数十回の入賞経歴とともに再び作家の技量を誇示する機会となった。来年に行うことを約束したサン画廊での展示会を大きく期待しながら、ここで私はちょっと美術評論家イ・ギョンソン氏の彼の作品に対する評価を何行か書いてみよう。「彼の作品はメゾチントが主体となる。それも白黒ではなく、銅板の上に色彩を駆使したかのような世界だ。自己中心的かつ構造的で非人間的な世界へと突っ走っている現代絵画の中で彼は人間の持っている内面の情感を造形的に表現している」。

カン・チョンワン — パリ

何かと私に大きい感動を与えた趣のあるロマンの都市パリ。

ドゴール空港に到着したのは6月1日、日曜日の朝だった。迎えてくれる人のない空港に降り、私がパリを訪問できるように招待状を送ってくれた画家カン・チョンワン氏を訪ねることにした。エッフェル塔の前に位置しているヒルトンホテルに荷物を置いて、カン・チョンワン氏に電話をかけたが、彼は非常に怒っていた。彼が予定してくれていたスケジュールを変え、我々がロンドンを一日遅れで出発したためだった。彼は私に何か事故でも起きたのではと非常に心配して迎えに行った空港で苛立ちながら待っていたに違いない。私の非礼を謝りつつ、あらかじめ連絡できなかったいきさつを説明した。とにかくそれは本当に申し訳ない出来事だった。

カン・チョンワン氏はまず私をルーブル美術館に案内した、名前だけ聞いていたその有名な美術館に入りながら文字通り有名な傑作絵画作品が展示された壮観さに私は見とれていた。

カン・チョンワン氏のアトリエのある建物はセーヌの川辺に位置するシテ島のシテデジャルというマンションだった。彼が「モンテカルロ国際美術展」で金賞を受賞した後、フランス政府が彼に特典として与えてくれたという。そのアパートは各国の優れた画家たちにだけ与えられている画家専用のマンションであった。

15坪程度のアトリエの中には彼の不断の努力の跡が見える多くの作品で占められていて納得できた。彼はフランスに渡ってから3、4年ぶりにいくつかの大規模な国際展で名声をはせ、世界的な作家として力強く成長をしていた。パリでの彼の作品は全てこのマンションで作られたものだった。東亜（トンア）日報の現地特派員パク・ジュンギル氏の話によると1975年度、国展で大統領賞を受賞しているカン・チョンワン氏が、パリの画壇で作家としての地位をすでに確固たるものと認められているとはとても嬉しいことである。もう一度彼の制作に対する情熱や勤勉さは高く評価されるべきであると思う。

パリの美術評論家ロベール・ブリナー氏はカン・チョンワン氏の作品について「油絵技法に優れているカン・チョンワン氏は自分のインスピレーションの中にアジア文化の根本的な外観をとどめており、彼が感じているすべてのことを精神的次元で思考される一つの詩的ビジョンとして創作している」と述べ、やはり美術評論家のレバレミ氏は「とても詩的な感性あふれる極めて幻想的な世界の内面を見せてくれる。作品が持つ魔力のおかげで東洋的な霊感の明確でかつ変化した世界の中へ引きこまれていく」と評した。

とにかく数年に満たない短い期間にカン・チョンワン氏の作品がパリの画壇ですでに評論家たちから高く評価されているという事実に喜びを感じながら私は激励の握手を交わしてアトリエを出た。

ユ・ヨンギョ — ローマ

パリを経て、イタリアのローマに到着した私はまず、彫刻家ユ・ヨンギョ氏に会う計画を立てた。多くの人が紹介状を書いてくれたが、母国の知り合いであるアン・フィジュン（安輝濬）博士の紹介状を持って訪れた。パリや北欧を一通り見て2日しか経ってなく、まだ旅の疲れが抜けていない私を彼は嬉しそうに訪ねて来て、ローマ市内を案内すると提案してくれた。

未来が嘱望される若い彫刻家として優しくて誠実、勤勉なことで有名なこの作家はまだ勉強中の学生の立場であることを強調しながら謙虚な気持ちを見せてくれた。弘益（ホンイク）大学院で美術史学を専攻した才媛の夫人とともにイタリアで勉強中だ。

ユ・ヨンギョ氏は世界的に有名な彫刻家エミリオ・グレコの門下に入って作品の指導を受け、昨年の5月（5月8日～22日）にはローマで個展を開いたことがあるが、私はローマ市内の日刊紙がこれを大きく報道していたという話を聞いた。

私の宿泊しているローマ・ヒルトンホテルであった話だ。私たち2人がインフォメーション・デスクで市内観光スケジュールを組んでいた時だった。あるイタリア人がユ・ヨンギョ氏の顔をしばらく覗き込んで「あなたは彫刻家ではないのですか？」と聞いてきたではないか。私が間に入り、そうだと答えたら、彼は「あなたの彫刻展覧会に行きましたよ。あなたの顔と作品を覚えています」と話した。瞬間、私はとても驚き、一方では嬉しかった。すでにこの若い彫刻家がこれだけ外国で、国威宣揚をしていることだけではなく、イタリア人の芸術を愛する心と高い文化精神に大きく感動した。ユ・ヨンギョ氏と私との縁は私が画廊を始めたばかりの時、彼の彫刻作品〈女性のヌード座像〉を買った時からだ。その彫刻で強い韓国女性の体臭を感じてから私は彼の作品を好きになり、彼の作家的な誠実さと自分の作品に対する自負心を高く評価したかった。

「イタリアは彫刻の国です。どこに行っても彫刻が目につき、特にバチカン聖堂の美術館のようなところは、私の良い彫刻研究室になることもあります」と語る彼の表情は明るく真剣だった。

彼はミケランジェロの貴重な実物の彫刻に接し、コピーをした絵では直接確認できない細かな部分の技法を手で直接触り、会得できるということが、どれほど生きた勉強になることかと話したりもした。彼の作業場がある家に行ってみたかったが、夫人の体調が悪く次の機会に覗うことにして、彼の案内でローマ市内観光に出かけた。彼は私に数枚の記念写真を撮ってくれ、モダンアートミュージアムなど美術館もあまねく同伴して案内してくれた。

ユ・ヨンギョ氏の作品について、イ・ギョンソン氏はこのように、自分の見解を打ち明けたことがある。"内部に浸透し強力な求心力のある作家であり、彼の作品は西洋の抽象性に適合しさらに単純化され最も普遍的な世界に到達している"一方、ギャラリーアストロラビオアルテで開かれた彼の個人展についてローマの有名な評論家サンドゥラリー・アナタオシ氏は、次のような批評を新聞に寄稿したことがある。

"彼は洗練されたまれな彫刻家だ。作品形態は抽象的というよりも厳密に言って構築的と言える。形の厳格な象徴主義を追求しながら内外世界をほとんど完璧に緻密に表現する性格を見せてくれる若い作家だ"と。

この秋に帰国してジン画廊で招待展を開くことになっているという。彼との別れを惜しみ、私はローマを離れて次の目的地へ向かった。

イ・ウファン — 東京

欧米一周を終えてローマと東京の間を運航する長くて退屈な飛行の末に成田空港に到着したのは、夜８時半が過ぎてからだ。入国手続きを終えて予約しておいた銀座にある"第一ホテル"にたどり着き、チェックインをしたらいつのまにか11時になっていた。しかし、すぐ隣に私の国があると思ったら、これまでの旅の疲れはどこに行ったのか、心は一段と軽く安堵感まで出てきた。

何よりもまず、ソウルの自宅に無事に日本に到着したという電話をかけた。東京には当初３日間だけ滞在する予定だったが、２日延長してもいいという夫の了解を得た。生活感覚が似ているせいか、安心していろいろな所を見ることができそうだ。

翌日目を開けると、なんと午後2時だった。家に帰ってきたような気持ちで思う存分休んだようだ。大切な時間を睡眠に奪われたという後悔が大きかったが、その日は近い銀座通りをちょっと回ってみてホテルで休むことにした。

翌日、韓国で挨拶を交わしたことがある“東京画廊”の山本社長に電話をかけた。

イ・ウファン（李禹煥）氏に数回電話をしたが、まったく連絡がつかなかったためだ。山本社長が韓国にこられた時サン画廊にちょっと立ち寄ったことがあり、その時私にくれた名刺を大切に持っていたので電話をしてみたのだ。彼は席にいて、親切にも職員をホテルに送ってくれた。

“東京画廊”はホテルから歩いて5分の所にあった。キム・ファンギ（金煥基）、パク・ソボ、ユン・ヒョングンなど韓国現代美術の代表的作家らの展示を世話した画廊であり、早くからよく知ってはいるが、個人的な親交はあまり多くはなかった。画廊に着くと山本社長は喜んで私を迎えてくれ、親切に他の有名画廊らもいくつか紹介してくれた。そしてイ・ウファン氏にも連絡が取れ、翌日の面会を取り持ってくれるなど親切で有り難い日本人だった。

翌日、イ・ウファン氏は約束の時刻より10分も早く訪ねてくれた。旅愁という心情からかもしれないが、外国で同胞に会うことほど嬉しいものはない。まして針と糸の関係のような画家と画廊の間だから、格別な親しさが感じられるものだった。まるで親しい同期生に会ったような気がした。彼は私に「日本の名物である“もりそば”をごちそうする」と言って、銀座でも有名だという店に案内してくれた。50年の伝統を誇るというその店の麺の味は逸品だった。韓国で味わうのとは異なる独特な味があった。うどんを好きな私は、より楽しむことができた。

食事の後、イ・ウファン氏の作業現場を見たいと申し出た。

しかし、「銀座からアトリエまでは2時間以上がかかるので、またの機会にしてはどうか」とイ・ウファン氏は言う。長い距離で疲れそうだから、「いつか日を決めて必ず実行しましょう」と述べた。いくらかさびしい心がないこともなかったが、そうすることにした。それで私たちは互いに負担なく美術の話で雰囲気を変え、いろんな話を交わした。

彼は故国の美術界を真剣に考えていた。例えば、話や考えだけの美術ではなく具体的な作品に関する話とか、そのためには美術館がたくさん建てられてそこにかかった作品からの関心が具体的に喚起されなければならないなどといった話をした。

現在日本には200あまりの個人美術館があり、どんな画家でも個展をすれば作品が売れ、画家と画廊、そして顧客間の流通過程が韓国のそれよりはずっと柔らかいという話も聞かせてくれた。山本社長も同じ意味のことを私に言ったことがあった。展覧会が始まる前に数ヵ所の美術館で作品購入の依頼が殺到すると、彼は言ったのだ。本当にうらやましいことだった。私たちも一日も早く景気が良くなってお金の多い事業家らが文化事業の一環として美術館を建てるようになればと思った。

良い作品ほど特別に保存されるべきであり、そのことは、我が子孫らに精神的で物質的な遺産を伝えることであると私は思う。先祖が譲ってくれた立派な文化芸術品のおかげで莫大な金を稼ぐヨーロッパの国々の人たちをこれまで自分の目で見てきたからだ。

イ・ウファン氏は日本のように画家と相互扶助的な紐帯関係を築けるよう、画廊にはしっかりしてもらいたいと話した。つまり画廊は、画家たちが育てなければならないという意味だった。画廊は画家からより多くの利益を得られるように堅固な存在になってこそ、画家たち自身は安心して作業に熱中できるものではないかというのである

これはとても合理的な道理のように思えた。そしてこの合理的な道理

が具体的に実践された時、私たちの文化はさらに発展するものと私は信じる。画廊が画家を助けて、画家は画廊を育てお互いがお互いを大切にする関係がよく調和した日が一日も早く来ることを切実に願う。

そばの店を出たイ・ウファン氏は東京の有名画廊へ私を案内すると言った。私たちが立ち寄った“金子ギャラリー”という非常に小さくてきれいな画廊が次の日からのイ・ウファン氏のドローイングと水彩画を展示する予定だという。彼の水彩画は飛ぶように売れているということだ。この話を聞いて、どういうわけか得意な気持ちになった。日本で我が国の作家の作品がそれほど人気を得たというのはなんとも気持ち良いことだったからだ。イ・ウファン氏は今年春、4月にパリで行われた展示会でも相当な数の作品が売れたという。アジアより、むしろヨーロッパ各国で多く売られているので、名実ともに彼は国際的な作家である。

外国で会った韓国の作家たちに対する印象は当時の私の旅愁も加わわり、いくらかの感傷的な部分もあるかもしれない。

しかし、彼が自分の独自的な個性として他国で光を放ち、国際的に認められたということがいかに胸をいっぱいにし、とても誇らしく感慨深かったことかしれない。一日も早く我が国の現実要因が改善され、このような作家たちを皆が物心両面で助けるようになる日が来ることを心の中で祈りながら、イ・ウファン氏と別れの挨拶を交わした。(1981 年)

『月と六ペンス』を読んで

先日、ゴーギャンの作品世界を一目で見ることができる“ゴーギャン回顧展”が米ワシントンの国立博物館で開かれ、話題を集めているという記事を読んだ。準備期間が5年もかかっている上、未発表の作品がソ連から空輸されてくるなど絵画・彫刻・陶磁器など計 243 の作品が展示された。その中で関心を引くのは、ゴーギャンが最期まで暮らしていたマルケサーズ群島の小さな島ヒパオアのコテージの扉の枠の装飾品が展示されるという知らせだった。

10年余り前、英語版『月と六ペンス』を読んだのを思い出し、再び本を買い徹夜で読んで多くの感銘を受けた。芸術家の湧き上がる執念と熱情は誰も止めることができないということを今更ながら感じた。それがたとえ幸せな家庭生活の中にあっても。

40歳代で、株式仲介人という職業と幸せな家庭を捨て画家の道を選び、あらゆる苦労を経験しながら下積みの時を過ごし、ひたすら絵を描くことだけに全生涯を捧げていた画家ストリックランドは、早くからパリを捨て転々とした後、遂にタヒチ島ヒパオアのコテージで現地の原住民アタという女性と結婚する。

彼は今まで認められなかった社会での不幸な過去を忘れてアタの手厚い真心を受け、多くの傑作を生む。「彼の妻アタの静かな順従は彼にミケランジェロの絵よりもっと強烈な苦悩の不思議な魅力を呼び起こさせ、傑作を生ませた」とサマセット・モームは述べている。しかし、ひどい苦労の末に得られた偉大な芸術家の幸福も束の間で、彼はハンセン病にかかり、ついには失明してしまう。

失明後1年余りの間、彼はこの困難に屈せず、彼だけに見える心の目で未発表の〈小屋の壁画〉を描き、この世を去った。彼の死と同時に、夫との約束を守るため彼の妻は一本の木切れも残さずに小屋の壁画を全部焼いてしまう。

小説の中の話だが、あまりにも惜しい。この話がポール・ゴーギャンの実生活史の真実であるかは定かではないが、とにかく後期印象派のある巨匠をモデルにした偉大な芸術家の生活史を見るようで、憐憫の情を感じ、彼を通じて自ら苦痛の中で偉大な芸術を創造していくすべての芸術家たちに限りない敬意を表したい気持ちになる。ゴーギャンの生涯を

再び目の前に描いて見て、彼の作品の前に熱い拍手を送る。(1988 年)

フィンセント・ファン・ゴッホ

韓国新聞紙上には、商取引がされているいわゆる商品性が高い美術作品の生存作家リストがしばしば掲載される。そのたびに、生存時に 1 点の作品を 400 フランで売っただけで飢えと貧困の中で寂しく生きたフィンセント・ファン・ゴッホを考えてしまう。

“人生は短く芸術は長い”というように、彼が亡くなってから 100 年が過ぎた今、彼の芸術は全世界をかけめぐり、彼を賛美する美術愛好家たちは彼の作品を数千万ドルという莫大な高額で買い付け、オークションの熱気を伝えている。

ゴッホ。1853 年 3 月 20 日、牧師の息子に生まれた彼は牧師の道では失敗した後、27 歳の時から絵を描き始めて 37 歳の若さで精神異常となり自ら命を絶つまで 10 年間、すべての情熱を傾けて絵を描いた。そのゴッホの永久不滅の名作が出たのだ。

時には 3 日間徹夜で食事もとらず絵に没頭したり、9 週間でおよそ 100 点を描き上げるなど閃光のように光る才能を持った天才画家として生前 800 ～ 900 点の絵を残したという。しかし彼には売れない絵だけがたくさんあり、金はなく、画廊の仕事を助けている弟のテオの援助で生活できた。一時売春婦に情熱的に恋した純粋さがあったかと思えば、同じ画廊で絵を描いていた優しい友人ポール・ゴーギャンがそばを離れるというと激怒し自分の耳を切ってしまう狂気すら見せた。

その後ついに彼は精神病に悩まされ、野原に飛び出していき拳銃を自分の胸に当てて撃った 2 日後に悲惨な短い生涯を終えることになる。1890 年 7 月 29 日 37 歳の若さでこの世を去った。

今彼が生まれた国オランダではこの偉大な芸術家の 100 周年を迎え、

政府主管でゴッホ100周忌展を開いている。文化国家の象徴を掲げて5年間の準備の末に、米国、ソ連、英国、スイスなどの美術館と個人所蔵のゴッホ作品285点を借りてきた。・アムステルダムのゴッホ美術館とオッテルロー村のクレラー・ミュラー美術館で同時に行われているこの展示会は、開催前からパリで90万枚の入場券が売れるなど、その熱気がすごいが、この展示会の保険料だけでも200億フラン（2兆4千億ウォン）という天文学的数字だという。

我が国の元老作家のグォン・オクヨン氏は、「入場券を買えなくてそのまま戻ってきた」と、残念な表情を浮かべていた。それだけでなく、ここではゴッホをテーマにしたオペラ・演劇・映画、舞踊などを製作しており、また学術シンポジウムを開くなどフェスティバルの雰囲気である。

亡くなってこの世にはいないが、偉大な芸術は生きてまだ人々の胸の中で輝いている。ゴッホのように“作品価格作家のリスト”では抜け落ちても、そのような立派な芸術家が韓国にも現われることを期待している。（1990年）

最初の女流画家、ナ・ヘソク（羅蕙錫）

今年で誕生100周年を迎える、ナ・ヘソク（1896～1946）は現代の解放された新しいタイプの女性としてユン・シムドク、キム・イルヨプなどとともに20世紀初めに花火のような人生を生きた先覚者であり、アーティストだ。波乱万丈な人生を謳歌した韓国最初の女流画家だったナ・ヘソクは、平凡でない個人史とともに、情熱的な美術創作活動が文化美術界に大きな足跡を残した女性として韓国の近代美術史の最初のページを飾る。

最近はナ・ヘソクの絵をあまり見かけることがなく、画廊街でも見ることが難しいため貴重である。私が最初に、ナ・ヘソクの絵を見たのは、画廊を開いた直後、1978年頃だ。その時ある人が、ナ・ヘソク氏の風景画の小品1点（8号）を持って私の画廊へ来た。「長い間大事にしていた絵だが、ナ・ヘソクの絵かどうか見てほしい」と言うので、私の画廊にそれを掛けた。ところが、「うわさを聞いて来た」と50代後半ぐらいに見える男性が彼の妻と一緒に私のところへ訪れた。

そして「ナ・ヘソクの絵を見せてほしい」と言いながら、すぐに「ナ・ヘソク氏は私のお母さんです」と言った。私はすぐに2人を中に丁重に迎え入れた。ナ・ヘソク氏の分身である息子さんに会えて嬉しかった。

彼らにお茶を出しながら、外に掛けた絵を部屋に運んで目の前に置いた。絵を抱えてしばらくの間じっと見つめている彼の目には涙があふれていた。何も言わずただ見つめていた絵から目を離し、「私が6歳の時に母親と別れました」と彼は言った。そして、母と別れて経験したこれまでのすべての悲しみと懐かしさを話してくれた。「別れた後は母に一度も会ったことがない。母への愛が一生残っている」と彼は言った。それで成人になった後は母の絵があるというところにはどこにでも行って、お母さんと顔を合わせるように絵に描かれた彼女の手を撫でながら慕情をなだめているという。

親の離婚がもたらした悲劇だった。まもなく彼は絵から目を離しながら言った。「この絵はとても良いです。母の絵をあまりにもよく見てきたので、今はどんなのが母親の絵かがわかります」と言うのである。

その絵の内容を紹介したらこうだ。旧韓末に中区貞洞（チュング・チョンドン）にあったロシア大使館（今のギョンハン新聞社のそばに立っていたが、今は全部なくなって塔だけが残っていると聞いている）の建物の庭園風景を描いたものとして、おそらくナ・ヘソクが宣伝に出品した作品〈初夏の午前〉、（1924年第3回選出品作）と似たような構図だと考えられるが、西洋風の建物を内側の方に描き、その前には庭園を横切って道があり、道の両端に美しい花と木々が生い茂っている夏を表した風景画である。その時とても爽やかな生動感に満ちた見慣れない洋館の家の風景が新感覚の女性である、ナ・ヘソクには感動的に感じたのかもしれない。ともかくお母さんに対するように絵の前で懐かしさを隠せずに眼鏡越しに涙を見せていたその息子の憂鬱な表情を忘れることができない。彼らを見送って帰ってきてからもう一度、ナ・ヘソクの絵の前に座っている私の心が侘びしくなって、再び目頭に熱いものを感じた。

かつて預言者的な開化意識を持って既存の価値観に挑戦し、女性の人間的自由と解放を見つけようとした女性ナ・ヘソク。しかし、その時代は決して彼女を容認しなかった。彼女は熱心に絵を描き、文章を通じて、女性解放を何度も訴えて絶叫したが、この超女性という烙印が押された彼女を社会はこれ以上受け入れず、彼女の芸術に対する夢を塞いでしまった。そして一切の活動を中止し、彼女の人生と芸術、そして生活すべてを破滅の道に追い込み、死なせたのだ。本当に残念なことである。

ナ・ヘソク（雅号は晶月）は韓国に開化思想が起こり始めて新しい学問が入ってきたその頃（1896 年 4 月 18 日）、今から 100 年前、京畿道水原で郡長を経験したナ・キチョン（羅基貞）氏の 5 人兄弟の次女として生まれた。

彼女の家は物質的に豊かで、子供たちを海外に留学させ、新しい学問を尊重する家として進歩的な家庭だった。そのような家庭環境の中で、彼女は幼い頃から聡明で多才多能であっただけでなく、容貌も群を抜いており才色を兼備した祝福を受けた女性だった。ソウルのチンミョン女子高等学校を卒業した彼女の憧れの留学生だった兄ナ・ギョンソク（羅景錫）は、彼女の絵の腕前を称賛して彼女を東京女子美術専門学校に入学させることにした。こうして女性として韓国初の洋画家になる道を歩むことになったのだ。

東京留学時代に多くの男子生徒たちの憧れの対象となった彼女は、文才にも恵まれ、チェ・スンク、イ・グヮンスなどと交流し多くの文章も発表した。卓越した文章力を駆使してすでに18歳の時に“印象的夫人”という女性の自由と解放に関する文を書いた。性の解放に力点を置いて、男尊女卑思想の撤廃、与党の近代化などを紙上を通じて活発に展開していった。この時に付き合っていたのが、初の恋人であり婚約者のチェ・スンクだったが、彼は1917年肺結核で死亡してしまう。

チェ・スンクを称える心は、後日結婚した夫に新婚旅行の代わりに、彼の石碑を建ててくれと約束をさせるほどで、初恋の人である彼を慕っていた。その後、ナ・ヘソクは女性礼賛論者イ・グァンス（李光洙）に惹かれたようだ。

1918年22歳の時である。彼女は卒業した年に帰国し、初の女流洋画家としてソウルのチョンシン女子高等学校で美術教師として赴任し、教員生活を開始した。1919年彼女が卒業した翌年に**3.1運動**※があったが、彼女はいくつかの女性同志たちと秘密会合を持つなど、積極的に独立万歳の隊列に加わった。

ナ・ヘソクは日本の警察に逮捕されて投獄され、数ヵ月間独立闘士として刑務所暮らしをしており、この際キム・ウヨン弁護士が彼女の法廷弁論を引き受けた。キム・ウヨン弁護士はナ・ヘソクの東京留学時代に彼女を大変慕っていた者の一人として、立派な弁論を行い、ナ・ヘソクは刑務所から放免され、彼らはすぐ恋愛結婚した。1920年、彼女が24歳の時だった。結婚後の安定した生活の中、夫の激励を受けながら創作にかける旺盛な情熱で作品を制作した。彼女は活発なタッチの印象派的な絵を独特の作品世界で表現していった。

ついに彼女は70点余りの作品を持って韓国の美術史上初めて京城日

報社屋の中の来青閣で最初の油絵個人展を開き、ソウルで大きな話題となった。その時は韓国の人々には西洋画という概念はもちろん、油絵の絵の具がどのようなものであり、油絵という不慣れな単語にかなり関心を持ったため、ソウルの話題がここに集まった。風景を描いた油絵作品は高い値段で売れただけでなく、当時、韓国の紅一点の女性作家ということもあってより大きな関心を集めたようだ。この時はコ・ヒドンをはじめ、10人余りの男洋画家がいたが、油絵個人展など到底考えられなかった時代であり、選展や協会展さえもない状態だった。

しかしナ・ヘソクは、最初に個展を開いた画家としての経歴だけでなく、独自の画風を形成していたという点でも優れた存在であり、洋画の技法を十分に会得した実力のある作家としても高い評判を得ていた。

幸せな家庭生活の間、個展後に数回の選展（1～8回）にも作品を出品したが、男性の画家を押しのけ入賞と特選を重ねた。ある評論家からは“印象派的な画風に大胆なタッチと省略技法でテーマを描いた”と評された。その時が彼女の人生のクライマックスだった。当時としては夢にも見れなかった世界一周旅行を夫婦が一緒にすることになったのである。

1923年から1927年まで、夫キム・ウヨンが日本の外務省満州の土地の安東（アンドン）駐在副領事になった関係で、彼女はそこに移住した。その当時の作品で〈ボンファンソンの南門〉（1923年第2回宣伝4等賞受賞作）〈満州の奉天風景〉（1924年頃）などがある。その後、キム・ウヨンは日本政府から褒美に夫婦同伴の出張の幸運を得ており、それは1927年に世界一周旅行で始まった。このような彼女の移住と旅行歴は当代のどの画家も享受することができていないのだ。良い創作環境の中で満州時代にも彼女は多くの作品を制作して選展などに出品したりしたが、その中の〈満州の奉天風景〉は、中国の伝統的な建物を描写したものとして色彩の表現や構図の面で洋画らしい造形美を上手く表現したものである。世界一周旅行は彼女の芸術世界をより発展させる良い契機となったようだ。

彼女がパリに泊まった時に描いた作品が〈フランス村の景色〉だが、この絵は物事を主観的立場で再構成し、自由奔放な色彩と闊達な筆致で表現されている。満州時代の着実な表現技法で、また別の新しい技法を会得したものである。

1928年に製作された野獣派の画風の彼女の代表作〈自画像〉はそうした技法が上手く表現されている。その絶頂に達した〈スペインの海水浴場〉の風景画もこの頃パリで美術授業を受けていた時代に製作した作風であり、物の対象を造形的に単純化させ、純粋な色彩を駆使し画面全体に生命力を吹き込んでいる。欧米旅行より帰った後、彼女は水原仏教胞教団で帰国展を持った。野獣派的な作品世界にさらに繊細で明るく、きれいな色調、新鮮な構図などが加味され、彼女なりの新しくて独特の作品世界を見せてくれた。さらに、選展9回（1930年）、10回、11回と続けて出品しながら彼女の創作活動は継続される。

しかし、1931年パリ滞在期間中に会ったチ・チェリン（3.1運動33人の中の人）とのスキャンダルで家庭が崩れてバツイチという烙印が押され、彼女の創作活動は期待できなくなる。

時代が彼女を許さなかった。女性にとって最も胸の痛む離婚という苦しさを経験したナ・ヘソクは生活に困難を感じ始める。耐え難い苦悩と煩悶の中でも彼女は“女子美術学史”という美術研究所を設立しており、後輩を指導して変わらず活発な活動を展開する。離婚後も多くの紀行文とエッセイなどを発表し、1934年に著した長編の「離婚告白書」は、男性と女性の差をめぐる社会的な葛藤と不公平な男女の因習に関する問題を鋭く指摘して批判した。活字によって男性中心の社会に宣戦布告をしたわけだ。これは世間を驚かせ、岩に卵を投げる（初めから勝算のないことをする）最後のもがきのように見えた。また、家庭生活の破綻のために経験した社会的な冷遇と孤立に立ち向かい、生活費を得るために1935年に開いた近作小品展は人々に冷遇され、無関心の中で惨憺たる失敗に終わった。

結局、彼女の社会的活動、作品活動のすべてが終わることになったのだ。続いて女性の平等と解放、自由のための文章を数え切れないほど発表し、選展に優秀な作品も出品したが、彼女の肉体はしだいに病に冒され精神的な不安を抱えていった。やがて山修徳寺の海印寺に救いを求めたが、どこにも彼女が安住できそうな所はなかった。彼女はわずか40余歳で半身不随の身になって養老院に身寄りのない者として収容され、半身不随というとんでもない不具の女性に転落した。東京留学時代に才色を兼備した女性ナ・ヘソクはこうして悲運の主人公になり、1946年12月10日、ソウル市立慈恵病院で夢遊病患者として誰も見守る人がおらず、一人で悲しい終末を迎えた。

時代の倫理と因習が、優れた才能のある芸術家をそのように無残に踏みつぶしてしまったのだ。今、私は美術を愛するすべての人々とともに炎のような人生を生きたナ・ヘソクの魂を心から称えたい心情だ。彼女の息子が、自分の画廊でお母さんの絵の前に座ってそう言ったように再び粛然と彼女を思っている。ナ・ヘソクが今、今の時代に生まれても、果たして彼女の人生は同じだっただろうかと…。（掲載年不明）

※ 3.1 運動

1919年3月1日に日本統治時代の朝鮮で起こった日本からの独立運動。3月1日午後、京城（現・ソウル）中心部のパゴダ公園（現・タプコル公園）に宗教指導者らが集い、「独立宣言」を読み上げることを計画した。実際には仁寺洞の泰和館（テファグァン）に変更され、そこで宣言を朗読し万歳三唱をした。

3.1 運動の直接的な契機は高宗の死であった。彼が高齢だったとはいえ、その死は驚きをもって人々に迎えられ、様々な風説が巷間でささやかれるようになる。その風聞とは、息子が日本の皇族と結婚することに憤慨して自ら服毒したとも、あるいは併合を自ら願ったという文書をパリ講和会議に提出するよう強いられ、それを峻拒したため毒殺されたなどといったものである。

背景には第一次世界大戦末期の1918年（大正7年）1月、米国大統領ウッドロウ・ウィルソンにより“十四か条の平和原則”が発表されてこれを受け、民族自決の意識が高まった李光洙ら留日朝鮮人学生たちが東京府東京市神田区のYMCA会館に集まり、「独立宣言書」を採択した（2.8宣言）ことが伏線となったとされる。これに呼応した朝鮮半島のキリスト教、仏教、天道教の指導者たち33名が、3月3日に予定された大韓帝国初代皇帝高宗（李太王）の葬儀に合わせ行動計画を定めたとされる。33名の各宗教指導者たちはしばしば民族代表33名と呼ばれる。独立宣言は、以下の一文から始まっている。

「吾らはここに、我が朝鮮が独立国であり朝鮮人が自由民である事を宣言する。これを以て世界万邦に告げ人類平等の大義を克明にし、これを以て子孫万代に告げ民族自存の正当な権利を永久に所有せしむるとする。」

発端となった民族代表33人は逮捕されたものの、本来独立宣言を読み上げるはずであったパゴダ公園には数千人規模の学生が集まり、その後市内をデモ行進した。道々「独立万歳」と叫ぶデモには、次々に市民が参加し、数万人規模となったという。（ウィキペディアより）

運動の引き金となった高宗の葬儀

タプコル公園にある独立宣言書のモニュメント

カミーユ・クローデルの愛

時には愛が一人の人間の人生を根こそぎ破滅させたりする。彫刻家ロダンの弟子として美しい容貌の女流彫刻家カミーユ・クローデル（1864 ～ 1943）がまさにそうである。たとえ、カミーユ・クローデルの献身的な愛があったとしてロダンの芸術がさらに輝くようになったとしても、どこまでも彼らの関係は一介の恋人にすぎなかっただけで、社会的に認められる正当な夫婦ではないため、彼らの関係は不幸で終わるようになる。

19 歳の美しい女性カミーユ・クローデルは幸せな家庭に生まれ、彫刻に対して天性の素質を磨くためロダンを訪ねた。当時のパリで盛んに名声を馳せていたロダンの年齢はクローデルより 25 歳も年上で、44 歳の中年彫刻家だった。最初に彼らは師弟の間柄であったが、すぐ恋人へと発展することになる。クローデルはロダンの彫刻作品のためにモデルになったり、助手になって献身的な奉仕を惜しまなかった。

一方、ロダンから彫刻の技術を身につけていくクローデルの天性の才能は、十分にその技量を発揮して、時にはロダンを凌駕する作品を制作するほどになった。

師であり恋人のロダンの肖像彫刻を彼女が制作した時には彼らの愛はすでに窮地に達しており、クローデルの芸術性もまたみんなが認める段階に上がっていた。クローデルは自分の芸術よりも愛する恋人ロダンの芸術のために、彼女のすべての熱情と芸術魂を燃やして彼の作品制作を手伝った。そして、ロダンは彼女の熱い愛と犠牲的な助けに支えられ、〈考える人〉や〈説教する洗礼者ヨハネ〉のようなひどいマンネリズムの作品から脱して、あの有名な〈瞑想〉〈騎士〉をはじめ、〈キス〉〈永遠の偶像〉〈永遠の青春〉のような不滅の官能的な名作を発表した。

これらはすべて献身的なカミーユ・クローデルがモデルになってくれ

た結果生まれたものだった。ロダンがクローデルの官能に目覚めた時、彼は生涯の喜びを感じ、愛情の喜びを表した作品〈キス〉などを制作した。あの有名なロダンの傑作である〈地獄の門〉で主人公のパオロとフランチェスカの話を自分とクローデルにたとえ、ボードレールのスタイルに脚色して制作したのだ。ロダンはクローデルに会った後、彼女から受け取った官能と霊感をテーマにした多くの作品を出しただけでなく、エロティシズムを盛り込んだ傑作を発表して名声をさらに得るようになる。

一方、クローデルはどうだろうか。当時、彼女が持っていた彫刻家の天性の才能に加え、ロダンからの教えを基にした作品〈哀願〉〈ワルツ〉〈波〉を発表したが、これらからもわかるように、女流彫刻家としての地位を確立した。

しかし、ロダンに対する愛が日増しに深くなるにつれ、彼女自身の作品制作よりは熱狂的な愛情と情熱に起因する精神的な悩みと苦悩、そして彼女につきまとうスキャンダルなどで苦しめられ、我慢できない自分を少しずつ破滅の道に追いやり始める。死ぬほど愛するロダンを完全に自分だけの男性として縛っておきたい、ロダンを彫刻から、またロダンの内縁の妻ローズ・ブーレからも徹底的に取り上げたい欲望にとらわれていた。

しかしロダンにとってクローデルは、恋人であり献身的なモデルであり助手に過ぎず、彼の妻や配偶者ではなかった。彼らのこうした行き違いの中で、恋人関係は14年間継続される。クローデルは不完全な人生を生きる女性の精神的な苦痛はもとより、自分の生涯に対する懐疑と葛藤の中で狂気じみた目で周囲を見て、自分が制作した作品を一つずつ壊し始める。狂乱の兆しが始まったのである。こうして、周囲のすべてのものを徹底的に遮断して泣き叫ぶ日々が続いた。

ロダンに対する追憶、彼女の思い通りになれないそのすべてが、美しい彼女を廃人に近いように追い込んだのだ。彼に情熱的に捧げた日々を恋しがりながら、彼女は切なくロダンを待ったが、愛の光はますます曇っていくだけだった。ロダンと別れた彼女の人生は無意味なものであり、死はまさにそれだった。愛による人間の人生は幸せで大切だが、自分の愛を享受することができないというのは破滅であり、生涯の終末を意味する。ついに彼女は、家族によって精神病院に閉じ込められ、そこでロダンが死んだ後さらに26年間も生きて一人で悲劇的な生涯を終えている。

ロダンがカミーユ・クローデルに会うことがなかったら、今日のような不滅の名作が果たして誕生していただろうか。今から十数年前にロダンの国内展が徳寿宮（トクスグン）国立現代美術館で開かれた時、彼の作品を鑑賞しながら人間の歓喜と生の賛美、愛の喜びと情熱のようなものを感じたことがある。クローデルについて、まだ詳しく知らなかった時にもロダンの傑作〈キス〉は、生き生きとした人間の官能美を通じた情熱が自然に湧き出るような感じを受けた生々しい記憶がある。

この多くの作品を共同で制作し、彼らはどれほど多くの芸術の歓喜を交わしたのかと思うと、クローデルはまさに創作の化身であり、芸術の花火だったと考えられる。彼女はロダンに後世に輝く素晴らしい作品を残せるようにしてくれた一つの触媒剤であり、妙薬だったのだ。ロダンはクローデルに出会うことで、今日のような輝く彫刻家になったと確信する。一人の女性との愛で道が輝く芸術家が誕生した例は、私たちの周りでも美術史的にたくさんいる。これは恋人に対する責任を果たさない男性に対する一つの歴史的な警鐘であり、教訓だと思う。しかし、ロダンは多くの名作を残した功労のおかげで消すことのできない過ちが帳消しされたかもしれない。

記録によると、実際にロダンは彼女と別れた後にも恋人として彼女に対するすべての配慮を惜しまなかったという。

例えば、遠く離れて行った彼女を思いながら、彼女に気付かないように展示会に招待を受けられるように取り持ってあげていたり、また自分の顧客を彼女に送ってあげていたこともあった。ロダンは彼よりはるかに年下だったクローデルの未来のために自分が死んだ後、美術館を建て、美術館の一部に彼女の作品を展示するように遺言を残していたのだ。(1995 年)

“サン美術賞”を紹介すると —作家を激励する喜び—

この 11 月 14 日は第 10 回サン美術賞の授賞式があった日だ。受賞者は、韓国画部門のキム・ビョンジョン教授（ソウル大美術学部）だ。

朝から授賞式と受賞記念作品展を祝うための花かごと東西洋蘭の植木鉢がたくさん届いた。普段から画家の人柄を知っていたが、このように多くの祝福を受けるほど人気があるとは知らなかった。夫人も美しく、梨花（イファ）女子大学英文科出身の戯曲作家であった。いろいろと多才なうえ、教会にまで一生懸命に通っているという信者だからなのか、知り合いの方がかなり多かった。30 歳でソウル美術学部の教授になっており、若い年に教授職になり学科長まで務めているので、弟子たちはもちろん、訪れる人が多くなるのももっともであると思った。彼は画家でありながら評論家賞も受賞し、本を何冊も著述した多才な人物だ。

5 時きっかりに式が始まるのだが、1 時間前から展示場内は押し寄せる人波で足を踏み入れるすき間もなく超満員だった。祝辞をしてくださるハン・ワンサン前副首相とソウル大学のイ・スソン（李壽成）総長がいらっしゃったし、ソ・セオク（徐世鈺）先生をはじめソウル大学の美術学部の前職、現職の教授たち、そして、彫刻家ユン・ヨンジャ先生とキム・ヨンジュン先生、洋画家パク・カンジン前韓国美術協会理事長をはじめ、画廊をしているパク・ジュファン画廊協会会長、教会からいらっしゃった牧師さんとその信者一同、弟子など本当に多くの人たちが出席してくださった。サン美術賞授賞式はいつも多くの方々が参加してくださり盛況を博しているが、今回も画廊のオーナーとしてとても有り難くうれしかった。

多くの来賓たちを迎え、二男とその嫁が見守る中で私は授賞式を始めた。優秀な作家のみを選出し、年に一度作品展を開いて賞金200万ウォンと賞牌を授与するのだが、特に今年はもう一つ感じられる点があった。それは、来年は必ず賞金を上げなければという考えだった。1984年にサン美術賞が制定されて以来、これまで今年で10人の受賞者が誕生したが、10年前にはそれほど少ない金額だと思えなかった賞金が、今年は特にとても少なく見えたからだ。

35歳から45歳の作家の作品の中で作品世界を確固たるものに成立した作家たちに与えるこのサン美術賞の歴史は続いたが、他に殺到している美術の授賞が増え、賞金もあるところでは作品を寄贈するという条件で少なくとも1千万ウォンを与えるというのだ。今回の賞金はちょっと少ないようで受賞者に申し訳ない気持ちさえした。

展示会場を埋め尽くした絵を眺める鑑賞者たちの目はあまりにも真剣で、暑さ寒さを忘れるほどだ。簡単な私の挨拶に続いて行われたハン・ワンサン前副首相の祝辞は、とても感動的だった。

政界人として、とても専門的な美術鑑賞の感想をおっしゃったのだが、美術界にいる私たちはみんな言葉を失った。“作家の純粋な作品世界”を天真爛漫な無我の境地の感動を表現され、その方法があまりにも理路整然としていたため驚いたのだ。

授賞式が終わった後、私は作家の首に花輪をかけてあげた。毎年感じる胸いっぱいの瞬間、その感慨をどのように表現しようか。この未熟な私が人に賞を与えるというのはなかなか難しいことである。しかしそれなりにやりがいのある行為だと感じつつ行っている。

10年前、画廊経営者では初めてサン美術賞を制定した時、イ・ギュイル先生をはじめ、美術系のすべての方々が良い考えだと積極的に賛成してくださったことを思い出す。少しでも画廊で出た利益で作家たちを激励してあげたいし、彼らの士気を奮い立たせてあげたくてこの制度を設けた。

10年の歳月が流れて東洋画、洋画、彫刻の三分野にわたって10人の受賞者を出した。1回目のオ・ヨンギル（韓国画)、2回目のソン・スグヮン（西洋画)、3回目のコ・チョンス（彫刻)、4回目のファン・チャンベ（韓国画)、5回目のイ・ドゥシク（西洋画)、6回目のキム・ヨンウォン（彫刻)、7回目のソ・チョンテ（韓国画)、8回目のイ・ソクジュ（西洋画)、9回目のシン・ヒョンジュン（彫刻)、10回目のキム・ビョンジョン（韓国画）氏などである。

リストで見られるように、すべて独創的な作品世界を創り上げている著名な韓国の代表的な中堅作家たちだ。韓国画壇をリードするこの才能のある作家たちを紹介すればこうだ。

まず二人の彫刻家シン・ヒョンジュン氏とキム・ヨンウォン氏は昨年韓国を代表して国際美術祭（サンパウロ現代美術祭）に参加作家として選抜され、その技量を世界的に知らしめて帰国した。そして光州ビエンナーレ、国際現代美術祭に参加したソ・チョンテ（韓国画）氏の名も挙げずにはおられない。彼らの未来に熱い拍手を送りながら、世界的な作家として彼らが発展することを祈るとともに、無限の誇りを感じる。いつまでも変わらぬ愛情でお互いに固く結ばれて、この国の美術文化の発展の担い手になってくれればと願う。

第1回受賞者オ・ヨンギル（韓国画）氏はサン美術賞以外にも韓国日報の韓国美術大賞特別賞など多くの賞を受賞した作家として、現在、梨花（イファ）女子大美術部で東洋画科課長職を務め、活発な作品活動を展開しているだけでなく、後輩養成にも格別な情熱を注いでいる。

第2回受賞者ソン・スグヮン（西洋画）氏は現在中央大学教授に在職中であり、学生署長という重大な職務を引き受け、その特殊な腕前で弟子たちを芸術の世界へ精進することができるようによく指導しながら、その独特の超写実風の作品世界を構築していっている。

第3回受賞者コ・チョンス（彫刻）氏は大韓民国美術大展で大賞を受賞し、その才能を早くから広く認められてきた作家だ。朝鮮（チョソン）大学で十数年後輩養成に身を捧げてきたが、思うところあって一切の教員生活を断ち、スタジオで作品制作だけに熱中している。KBS本館にある出会いの広場に展示されている彼の作品〈姉妹〉は、統一を念願する出会いの象徴である。

第4回受賞作家ファン・チャンベ（韓国画）氏は国展で'78年に大統領賞を受賞した作家として、早くからその才能と力量は国内外の展示会を通じて知られており、梨花（イファ）女子大学教授職を退き、作品制作だけに没頭しているため、国際的な作家への夢を達成するのは時間の問題だと思う。

第5回受賞者イ・ドゥシク（西洋画）氏は現在、大韓民国美術協会理事長を引き受けている40代の覇気溢れる作家であり、彼の名声はすでに多方面で広く知られている。その作品世界の個性も優れており、人気が高い。その作品性は世界的に知られ、米国有数の画廊ブルースター画廊と専属契約を結び、彼の作品はアメリカの著名人たち（カーター前大統領など）の家に所蔵されている。

第6回受賞者キム・ヨンウォン（彫刻）氏は前述したように、昨年世界的な国際現代美術祭であるサンパウロ国際美術祭に1994年度の韓国代表作家に選ばれ、その名声を国際的に得ている作家だ。以前、サン美術賞受賞作品展の時には、一度制作した作品を地面に落としその破片を集めて作った独特の作品で注目を集めた。

第7回の受賞作家ソ・チョンテ（韓国画）氏も独特の手法の構図とし

て苦悩に満ちた人生を歌う突出した韓国画家で、ニューヨークの美術評論家のエレナ・ホトゥニが彼の作品を見て褒め称え、今回、光州（クァンジュ）ビエンナーレにも韓国代表作家に選ばれた。

第8回イ・ソクジュ（西洋画）氏は、私たちの文化界であまりにもよく知られた劇作家兼演出家だったイヘラン氏の末息子として芸術的な気質を受け継ぎ、独特な超写実の技法を駆使し、多くの外国人の視線を集めている。1992年度には第2回アジア美術・ビエンナーレで金賞を受賞するなど、すでに国際的な作家の力量を発揮している。ヒルトンホテルの壁に掛かっている彼の大壁画は多くの外国人たちから称賛され、我々サン画廊の売り上げに貢献することもある。彼はまた後輩養成にも力を入れ、現在淑明（スンミョン）女子大学で西洋画科課長をしている。

第9回シン・ヒョンジュン（彫刻）氏は現在、中央大学教授として後輩養成に誠実に取り組んでおり、国内各種の彫刻家賞（キム・セジュン彫刻賞、トータル美術館賞等）をさらっていっただけでなく、昨年1994年、サンパウロ国際現代美術祭でも韓国の代表作家に選ばれ、海外にその名声を博して帰ってきた。凜々しく闊達な気性と、さらに緻密で几帳面な技術は、到底作品を見ることなく見当もつかないほどだ。木造彫刻の緻密な大家として境地を体得し、その名声は高い。芸術の殿堂の庭に置かれた大型スフィンクスのような顔〈マスク〉の大作は、まれに見る韓国の奇抜な傑作だ。

第10回のキム・ビョンジョン（韓国画）氏は以前にも話した通り、国内外で6、7年の間に8度の個展と100回を超すグループ展を開催しており、すでにドイツ、ポーランド、ハンガリーなどでの展示会、国際的に有名なボジェルのアートフェア、FIAC等に参加し、外国の評論家からは“東洋の敍情を歌う才能ある作家”という評価を受けている。

来年にはパリの美術館で展示計画中であり、今年のサン美術賞授賞式では、各新聞、雑誌などで特筆され良い反応を得た。〈生命の歌〉連作シリーズを発表した彼がさらに大きな発展があることを無限に祈願し、受賞者すべて世界的な作家として大成することを固く信じている。(1995年)

第10回サン美術賞授賞式で著者と（受賞者キム・ビョンジョン氏と著者〈中央〉）

6. 月を掴み太陽も掴もう

私が小さい時に

「君はピョ・インスク先生の娘だね」

と言いながら頭を撫でてくれたり

お菓子を買ってくれる人もいた。

このことを話すと母は

「その人は私の生徒よ」

と言いながら笑っておられた。

薬剤師と画廊経営者

私が画廊を経営し美術雑誌も発行しているので、人は時々私に「薬学を専攻した薬剤師なのに、どうして薬局をせず、畑違いの画廊をするのか？」と訝しげに聞いてくる。そのたびに私は「そうですね、肉体を治療する薬と精神を休ませてストレスを解消させてくれる美術鑑賞とは相通ずる面があるんじゃないでしょうか」と言うようにしている。

何年か前のことだ。今韓国でトップクラスのピアニストであるチョン・ジンウ氏が、カトリック大学で医学博士の学位を取ったことがある。彼は私の娘のピアノ指導教授でもあるが、ずいぶん以前から尊敬する人の一人でもある。

学位論文は正確にはわからないが、“音楽が精神に及ぼす影響”と記憶している。専攻である医学と趣味のピアノを通じて、音楽が精神疾患に効果を与えるものであることを知った彼は、音楽からとらえた医学で医学博士号を取得したのだ。

時々、私は医者であるチョン・ジンウさんが名ピアニストになったことと、たいした才能のない自分が画廊を経営し文化事業をすることが、どこか似ているのではないかと自問自答することがある。

父親から受け継いだ芸術感覚

今は故人となった父の影響を受けたためかはわからないが、早くから私は音楽、美術が好きだった。今から70年余り前（日帝時代）、開化思想が強かった父は黄海道黄州邑からは初めてのソウル留学を経て、早稲田大学政治経済学部を卒業した。当時としては先覚者的な思想を持ち、文化芸術に対する愛着もすごかった。

日本から帰国した後、父は朝鮮時代の書画、骨董品を集めて、家を額縁や屏風で飾った。今は全部故郷に置いてきた大切な美術品ではあるが…。

父は日帝の統治を不満に思い、日本に反対する意味で郷里に埋もれて果樹園の仕事だけをされた。

その時の父の同窓生で故人になったシン・イゲエ、キム・ソンス、ソン・ジンウ、ジャン・ドクス氏などと今生きていらっしゃる方ではユン・ジヨン氏などが田舎の家に来られる日には、母は大切にしている美術品を取り出して飾ったり寝室に屏風を広げてお見せしていた。

薬剤師と経済的安定、その後画廊経営

肉体の病気を治療していた私がどうしてこの道に入ったのだろうか？運命と言うにはあまりにも皮肉なことではないか？

私が画廊を始めた大きな理由を詳しく検討するなら、それは極めて自然な成り行きだ。絵はいつも私にとって豊かな想像の天国であり、心の喜びであり、安らぎである。美しい一幅の絵と向かい合うたびに楽しむことができ、すべての病の心配はなくなり、また生きる喜びと希望がよみがえってくる。

学生時代から良い絵だけを必ず切り抜き、大切にしながら見ては、また見て鑑賞する。絵に関する書籍をくまなく探し、展覧会をくまなく訪れたりした。絵が好きで芸術を愛しながらも、芸術を専攻せず薬学を選んだ理由は、**6.25**[※]直後戦争の飢えから経済的安定が優先だったからであり、そのためには女性も技術があれば生活が安定するという周りの話に主体性なく従ったためだ。しかし、結婚後２男１女を儲け、いずれもソウル大学に入学、卒業させるための経済的基盤を築くのに薬剤師としての活動が大きな役割を果たしたことをいつも有り難く思っている。実際そのことが15、16年間美術品収集を行える一因となっており、今日の基盤を築くことができた。18年前、１万ウォンで購入したト・サンボン氏の有名な〈ライラックの花〉10号の油絵は今650万ウォンを上回っ

ているので、その役割がどれだけ大きかったかわからない。

また薬局経営と美術品コレクションは、子供の教育にも大きな役割を果たしたようだ。うちの子供3人はいずれも精神的にも肉体的に健康に育って自分の役目を全うしようと一生懸命に努力しており、暇な時には私の仕事の手助けもしてくれる。

以前は薬剤師として人々の肉体を治療することに専念していたが、今の私は現代の産業社会が人々に与えるストレスと精神的葛藤を絵画鑑賞を通じて治癒することに努力している。

※ 6.25　朝鮮戦争勃発　1950年6月南北に分断された朝鮮半島で勃発した戦争。6/25北朝鮮の南下から始まり、アメリカが南を支援して盛り返し、後半は中国軍が北を支援して参戦、53年に北緯38度線で休戦協定が成立した。冷戦下のアジアにおける実際の戦争となり、日本にも大きな影響を与えた。

精神世界の薬剤師という自負心

前回の欧米訪問を振り返りながら、改めて自分がやっている文化事業に対する誇りとプライドを感じることができた。欧州数ヵ所の文化遺産で稼ぐ莫大な外貨収入は、その国全体の国力を後押しするにはあまりあるほどだった。各美術館を見物する無数の観光客たちは、すなわちその国の経済を支える大きな資源であり力だった。

美術雑誌を発行して多くの人々に文化芸術の知識を与え、直接目で鑑賞できるギャラリーで展示会を開くには開業薬剤師時代以上の苦痛と困難が伴うが、肉体的疾患と精神的な平和を併せて治めることができるという自負心が、今日も画廊経営者として、また文化事業人としてこれを守っていくことができる唯一の力となっている。(1982年)

古い銀のスプーンカバー

“人のためが自分をため”との思いから、家の前を掃いても隣の家の前まで掃いてあげ、物乞いの人が来たら一度も拒絶することなく、何かあげて見送られた母は“いつも人には自ら先に与えなければならない”という教えをくださった。

私が幼い頃、町内の人々は私に会うと「君はピョ・インスク先生の娘だね」と頭を撫でてくれたり、お菓子を買ってくれる人もいた。私がそのことを母に言うと「その人は、私の生徒よ」と言いながら笑われた。

その中には、小説『殉教者』を書き世界的に有名になった在米作家キム・ウングク氏の父親キム・チャンド氏も混じっていた。彼は釜山避難時代、母が玄関で挨拶に立ち寄ったりすると、お土産に小麦1袋を持ってきて、先生へのお礼を整える姿を見たのを思い出す。

20年余りの間、教員生活をしてきた私の母は19世紀末の1899年黄海道黄州郡黄州邑のかなり豊かな地主の6人の兄妹の2番目の娘として生まれ、82歳の時にソウルで亡くなった。

ピョ・ホジャンという名前の祖父は当時としては風流で粋だったようで、息子と娘に新学問を教えたそうだ。

京城（キョンソン）帝国大学（日帝時代、日本の六番目の帝国大学、現ソウル大学の前身）法科を出た叔父と一緒に、娘たちの中で特に勉強ができた私の母は、今の平壌（ピョンヤン）詩文女子高校の前身である平壌女子高等普通学校を卒業した。司法科を卒業後教員生活を始めたが、結婚して家庭生活と生徒たちを教えることにすべての情熱を捧げた。

祖父の言葉どおりなら、大韓の学生たちに新学問を教えて開化思想を吹き込み、封建制度の中で呻き苦しんでいる無学の人たちに教育を与え独立精神を植えつけることで、日帝下で一日も早く解放されなければならないと考え、そのことが教育に身を捧げた理由だと、母がいつか私に言ってくれたことがある。

母は亡くなる少し前、80歳の時にも娘の私の家に来て、きつい仕事を手伝ってくれ、いつも明るく楽しむ気持ちで孫を大変可愛がり、愛してくれた。私が長男を産んだ時は8月だったが、その暑苦しい夏の日の夜に蚊帳の中を行ったり来たりしてむずかる子供をなだめるのに夜を明かした姿が今も目に浮ぶ。

また、母はたまに私に自身の女学校時代に経験した“3.1万歳の事件”に関する話をしながら“学徒よ…”で始まる歌を自らピアノを弾きながら歌ったりもした。

己未の年の3月1日、数日前から平壌女子高等普通学校では3.1万歳を歌うため、太極旗を作って上下白のスカートチョゴリを準備するなど、あわただしい動きが続いた。

ついに3月1日、闇が明るくなる時、母をはじめとする女子生徒たちは一斉に万歳を叫び、準備された白い服に着替えて手には太極旗を振ってビラを配りながら、街頭に飛び出していったということだ。

のどが裂けるほど「大韓独立万歳！」を叫びながらしばらく走るため、女子学生が一人ずつ倭警（日本の警察）に逮捕されていくのが見えて、母はある裏道の中に隠れたが、どうしてわかったのか倭警らに逮捕され警察署の留置場で1ヵ月間取り調べを受けて刑務所暮らしをしたという。

それでも幸いなことに祖父が手を回し解かれて出てきたが、1年間学校で停学処分を受けたため、やむを得ず休学をしたそうだ。その時、極度に体が弱くなった母を祖父が自ら薬を煎じて飲ませてくれたと自身の父の地道な愛を懐かしく思い出して話してくれた。

私の父とは女学校同窓生であり、美人だった叔母の紹介で結婚することになった。キム・ソンス、ジャン・ドクス、ユン・ジヨン氏などと当時、新学問の名門校ソウル中央高校の同窓で、早稲田大学政治経済学部を卒業した父キム・ソンリョは、当時、黄州町でただ一人の東京留学生として優れた人物であったという。

思うところあって田舎に引っ込み果樹園を経営していた父は、日本植民地時代の管理職への誘いを断り、故郷である黄海道黄州邑だけで暮らした。庭に大きな倉庫を建て、劇場の舞台を作ってチャップリン映画などを上映して、周りの住民たちが（その時としては）新しい文物に接することができるようにしていた。

東亜日報社長だった友人であるキム・ソンス氏を助けて10人以上の作男をおき、先頭に立って熱心に新聞を普及させる活動をした。私が今日の文化事業の一種である画廊を経営しながら雑誌を発行しているのも、その血筋を受け継いだのではないかと思われる。

私の３歳の時から婚礼品を準備してくれた母は、単に地主という理由のために左翼勢力から故郷を追い出され、財産はなかったけれど、どこへ行ってもいつも自分が嫁に来る時に持ってきた銀のスプーンセットだけは大事にしていた。避難する時にも家族の銀のスプーンを入れた袋を持っていった。その袋には蓮華（れんげ）模様があり、一組の鳥が木の上に座っている形をした模様は、母が3.1万歳の事件のため家で休んでいる時、一つ一つ数をかぞえ手作りしてくれたもので、私の嫁入り道具の銀のスプーンと箸をそれに入れてくれた。70年余り前、母が愛の手で数をかぞえ作ってくれたスプーン袋を今も私はタンスの奥深くに大切に保管している。

実家の母親ピョ・インスクと（長男イ・ソンフンを抱いて）

母を思い出すたびに取り出してみては、その中に母の愛を感じている。“人のためが自分のため”と言われていた母の教訓を想いながら。(1991年)

沙里院から釜山まで

日本植民地時代の私は、りんごの名産地として知られた黄海道黄州邑で大きな果樹園の家の娘だった。父は日本の早稲田大学を卒業したインテリとして、解放後の左翼勢力にはブルジョアで反動分子でしかなかった。私の家族は、いわゆる“土地改革”によってすべての財産を奪われ、沙里院の小さな草ふきの家に引っ越すよう追い出された。過去のソウルの政客ら(キム・ソンス、シン・イクヒ、ジャン・ドクス、ユン・ジオン先生など)と親交が厚かった父は彼らと内通してると思われ、毎日のように政治保衛部に連行されて苦境に立たされた。解放ではなく、地獄だった。学校でも地主の娘だということで、私は監視されていた。

1950年6月、私が通っていた沙里院女子校の窓から外を眺めると、多くの戦車と大砲を積んだ車輌が南へ下っていくのが見えた。多くの人民軍を乗せ、何か様子がおかしいと感じた。父は仕方なく私を先祖の墓山番の家に送った。行く途中、野原で飛行機の空襲を受けて多くの人々が亡くなったにも関わらず、私は九死に一生を得た。

そこで農業を手伝いながら、毎日を過ごした。綿畑の雑草取りや唐辛子を取ったり台所仕事をしながら農業がいかに大変かを知った。

戦争が終わった後、数ヵ月後に国連軍が事態を修復し、母が私を迎えに来てくれた。久しぶりに黄州に帰ってみたら国連軍が来ており、我々は昔の家に移り暮らすようになった。父は沙里院で市長職を引き受けた。ようやく真の解放を迎えたようだった。しかし、それも束の間だった。中国軍の侵入で、我々は避難する日々となる。幸運にも避難列車に乗ったが、列車は混雑していた。どこもマッチ箱の中のマッチのようにこせこせとせまく息苦しかった。私たちは持ちものもあまりなかった。母の装飾品何点かと小さな服の包み、そして炊飯器とお米がいくらかだけだった。

列車がソウルを離れ、大田（テジョン）にしばらく止まった時にお昼を作って食べようとしたが、汽車が出たために仕方なく釜と炊飯器をそのまま放り出したまま汽車に乗り込み、ただ乗るのが精一杯だった。12月の冷たい風に吹かれながら避難用の包みを持って釜山駅で降りたものの、行くあてもなく涙を流していた。私は家でご飯を炊く当番だった。共同水汲み場では口げんかの末ようやく水を汲んで、ご飯を炊いたものだ。上着はたった１着だけで夜に洗って乾かして朝に着た。

若い盛りの少女の夢を踏みにじり、心は傷だらけの6・25（P131、P197 参照）だった。翌年、涙を飲みながら苦労して釜山の梨花（イファ）女子高校に編入し、富民洞にあったバラックの梨花女子大学薬学科に入学した。思い返してみると、幾度となく死の峠を越えて生き残った数少ない幸運な命であったと思う。(1982 年)

あなたその服、2着持っているの？

新鮮な秋の風が肌に触れれば暖かさが恋しくなり、薄くて軽い毛糸のセーターでも羽織りたくなる。しかし、タンスを開ければ、ぎっしりとかかっている服が目に入りいらいらする。季節が変わって衣替えした服に着替えたいのだけれど、何がどこにあるのかさっぱり見つけられない。

今私のタンスは超満杯。昔の時代遅れでまた最近流行しているポン袖の古風なものに至るまでぎゅうぎゅうに詰まっている。一度袖を通した服は絶対に他人にあげることはない、非難されて当然だけれど私の悪い癖なのだ。

ファッションに敏感で人より先に流行する新しい服を着て出かけたりする部類ではない。ただある服をあちこち繕って着ている。

ベストドレッサーでもない人がなぜタンスの中がそんなに裂けるほど詰まっているかと聞かれたら、それは単に服への愛着のためだけで、捨てるには心の中のいろいろな思い出を払拭することができないからだ。

6.25が起こったその年の冬のこと。

避難地釜山（プサン）でやっと一間の部屋を見つけてきた家族が生計を立てるために不慣れな土地で奔走しなければならなかった時代、一人娘だった私は家族の洗濯物、炊飯の役目を受け持った。いくら苦しくても、娘を外に放り出すことはできないという父の考えだった。

私にはご飯炊きや、洗濯も生まれて初めてする仕事なので大変骨が折れた。特に釜山では当時水事情が悪く、水害も生活苦に劣らず大変な問題だった。ご飯を一度炊こうとすると水の心配から始まり他人の家で井戸のある家を見回りながら水を汲む許可を得るため、事情を話さなければならなかった。水一桶を得ることはご飯の物もらいほど大変だった。

暖かいと言われている釜山の天気としては、かなり寒いある朝だった。早く朝ご飯を用意するため隣の井戸のある家にそっと入り込んだ。一度にあらかじめ水を汲んでおけばいいが、留めておいた水もなくなりご飯を炊く時ごとに井戸の家を訪ねなければならなかった。隣の家は避難しにきた私たちに比べれば、釜山ではかなり裕福な家で、女学校に通っている子供も何人かいた。自分の娘たちと比べたのか、私だけには水を汲んで行けるようにいつも許可してくれたので、水を汲むのに大きな不便もなく適当な量だけ汲んで、ご飯も炊き洗濯もしたりした。その日も一生懸命水汲みをしていたのだが、いつ来たのか、家主のおばさんがその日に限って私の隣に立って下手な私の水汲みの腕前を見守っていた。

そうしていたら急に私に向かって「あなたその服、2着持っているの？」と言った。突然かけてきた言葉に訳がわからなくて呆気に取られている私に、彼女は再び「いや、あなたが着ているそのセーター、2着持っているのかと聞いているのよ」といつも同じ姿である私の身なりを見て、上に着ている服を2着持っているのかと問うではないか？

瞬間とても恥ずかしかった。どっと涙がこぼれそうで、もうこれ以上水汲みを続けることができなかった。水一甕をすべて満たすこともできないまま逃げるようにその家を出た。あたふたと家に帰る道がなぜそんなにも遠くて目の前が見えなかったのか…。

人の家に水をもらいに通う身も悔しいのに、着替えもなく、一張羅の姿で過ごしている私の痛いところをつかれ…避難民が自尊心を強調するということはなかったが、それでもいつもきれいで清潔な衣服だけを身につけ、父から「女性はあまりにもぜいたくしてはいけない」と叱られた私にとってはとても傷つき我慢できなかった。どれだけ長い間私が同じ服だけを着ているのを見て、そんなことを言ったのかと思うとねずみの穴に入っていなくなってしまいたかった。夢見盛りで、お洒落好きだった17歳の少女の自尊心はずたずたに引き裂かれたのだ。

その時に着ていた服は母が編んでくれた紺のセーターだった。暖かくて肌触りが良く、特にその服を好きだった私は避難時にもそのセーターばかり愛用してきたのだ。隣のおばさんの目には同じ服が2着に見えるほど私は長い間その服を着ていた。寒くて脱いで洗うこともできず他人には恥ずかしく私の痛いところを突かれたから我慢できなかった。避難民の傷がそこにもあった。

2着の服がないから着替えられなかった避難生活時代の、その貧乏だった記憶を永遠に忘れられない。そうして、これまで小さな布の切れ端も捨てきれずに全部集めておく。お嫁に行った娘は捨てきれない私の習慣を見てアドバイスをするが、それを世代の違いだけで済ませるには私たちの世代は余りにも痛恨の人生を味わって生きてきたのだ。

その後、その紺のセーターは糸を解いて子供たちが幼い頃に新しく編み直して、子供服を作って着せ、今もタンスの奥に残っている。私の魂の奥深いところに根ざして今も忘れられない紺のセーター！

「あなたその服、2着持っているの？」

再び私の耳元にはっきりと聞こえてくる慶尚道、家主のおばさんの激しい方言…。

私ももう30年前の恨みを捨て、また、片付けるものは片付け、タンスの中を明るく整理しなければならないと思う。(1985年)

私の青春時代

6.25事変の傷がいまだ癒えていない1953年釜山影島（プサン・ヨンド）に建てられた梨花（イファ）女子高の臨時校舎で避難生活のつらい苦痛に打ち勝ち、高等学校を卒業した。誰もが経験した民族的な不幸の中でも天運だろうか、大学に進学できたのは天の選択であり、親兄弟のおかげだった。すべてが困窮し貧困であったが、避難生活において、それでも希望が弾ける瞬間だった。梨花女子大学薬学部のバッジを胸につけて釜山の富民洞の丘に設置されたテント校舎に一回の講義も抜けじと一生懸命に通った。キム・ファラン（金活蘭)、故キム・オクキル（金玉吉）前総長をはじめとして梨花の教授たちは、一心団結して学校を復興再建するため、昼夜問わずに努力された。

女性にも人生を自ら開拓していくことができる技術が必要だという両親の勧めによって薬大生になり、大学生活は主に科学館で過ごした。無機化学実験がある日には鼻を突く亜硫酸ガスの臭いのせいでクラクラした。

生薬学実験室でお腹の一片を切って三細胞組織を観察する際の不思議さが今も記憶に新しい。しかし、私にはなんとなく釈然としない日々であった。物理化学を学んで有機化学、無機化学そして生薬学を学ぶことだけでは心が満たされなかった。胸の中が何か穴が空いているような気がして、毎日のように図書館を訪れた。夜遅くまで図書館にこもって世界文学全集を耽読するのに多くの時間を割いた。その頃、韓国語に翻訳された文学作品が出ておらず、下手なりに日本語の本を読んだ。

トルストイの『復活』、トーマス・ハーディーの『テス』、ドストエフスキーの『罪と罰』は私の胸を震わせてくれる良い作品だった。それだけではない。ヤン・ジュドン博士の国文科講義時間になるとこそこそもぐりこみ、一番後の席に座って先生の轟くような声の講義を聞きながら一人で興奮して喜んでいた。思えばあの時代に私は一人で楽しみながら私の人生の哲学と夢を育てる時間を持っていたようだ。日曜日には徳寿宮と景福宮を行き来しながら情趣を満喫したり、そうしてロマンを育てた。首都劇場で上映された映画、エミリー・ブロンテの『嵐が丘』を二度も見たせいで試験を台無しにしたこともある。夜を徹してクラシック音楽を聞いた。

鼻血を出しながら、夜を徹して薬剤師国家試験に合格した時にはむしろ喜びより寂しさが勝っていたのは、今にして思うと私には薬学の道ではない他の道があるのではと感じていたからだと考えられる。(1990年)

3等客室に乗って立って行った新婚旅行

1958年1月9日、結婚式を挙げた日。

司式は眼科医のキム・サンヨン博士だった。祝詞の途中でしばらく言葉を止め「あー、私が新郎新婦のためにプレゼントを準備しました」と言いながら、スーツのポケットをいじくり回すではないか。

まさに純金でできたザクロ一双。

「私が今日までたくさん媒酌をしましたが、このような美男美女の出会いは初めて見ました。このザクロのように仲良く、幸せな家庭を築いて多くの実を結ぶことを願います」

突然の仲人の言葉に狼狽したが、その方の有り難い結婚の贈り物である黄金のザクロは今でも大切にしており、それはまるで私たち夫婦の仲を仲人先生が監視でもするかのように見守っている。

夫の職場がある釜山（プサン）で結婚式を挙げた日は冬で、天気は少し曇っていたが、暖かだった。披露宴を終えた後ビーチで写真撮影もしてソウルから来た親戚たちと夜にもう一度の宴を行うなど、忙しい日程を終えた後、その日は夫の実家で一夜を過ごした。

翌朝、目を覚ますと驚きの声を漏らしてしまった。普段釜山は南の方なので雪が降ることはなかったのだが、その日に限り外には白い雪が積もっているではないか。夫の体は雪のように冷たかったが、天から祝福されたように感じ、穏やかに私を包んで早く目を覚まさせてくれたような幸福感に浸って、白い雪をぼんやりと眺めていた。

次の日に私たち新郎新婦は儒城（ユジョン）温泉に新婚旅行に出発した。ちょうどソウルに戻る親戚と一緒に“統一号”に乗り合わせた。当時一般の人は３等客室が普通だったが、少し富裕な階層や新婚夫婦は大体２等客室に乗った。

汽車に乗り当然２等客室に足を向けようとした私の考えは外れた。新郎について向かったのは運が良ければ席があり座れるけれど、席がなければ立つしかない３等客室だった。私たちは席がなく、立って行くしかなかった。見送りの人々が花嫁である私の顔を眺める中“沈薫（シム・フン）の常緑樹”に登場する新婚夫婦のように３等客室に乗って行く。
「私たちはまるで小説の主人公のようでしょう？　それに親戚の人は皆３等客室に乗るのに、どうして若い我々だけが２等客室に乗れますか？」
花婿が花嫁に投げかけた言葉だ。新婦は、センチメンタルで思慮深い夫の言葉を聞いて、ただ頭を下げるしかなかった。（1989年）

丘の上の煉瓦造りの家

今になって考えると、この30年余りの間の結婚生活がまるで子供3人を育てるための日々の連続だったように感じられる。

教授になるという私の夢を根こそぎ諦めさせた家族たち。彼らの猛烈な説得の末に結婚をしてしまった私には、新たに生まれた生命に対する執着だけがあった。そして彼らを正しい人格と社会が必要とする人間に育てなければならないという一念だけだった。

あえてここで私が“**孟母三遷**※”の教えを論じなくても今日の韓国では、数多くの母親たちが“孟母三遷”の教えを行っている。最近、江南（カンナム）地区のマンション価格が大幅に上昇しているではないか？

“8学区”に渡り鳥のように集まる“熱心な母”たちに、一方では母性愛を見る。この国がこんなにも戦争の傷口が早く治り、経済大国の夢を実現させようと民主化に進むことも、この地の各家庭で“孟母三遷”の教えを叫ぶ母親たちの情熱があふれているためだと私は信じたい。

私も例外ではなかったようだ。初めてソウルではなく釜山で結婚生活が始まった後、子供3人を生んで育ててみると、“子供を産めば、ソウルに送り、馬を産めば、済州島に送れ”という昔の諺がしきりに思い出された。地方の学校では1等をとる私の子供たちをぜひソウルに送り、この国の大きな担い手となるように育てなければという考え以外何もなかった。折から夫がソウルに転勤することをきっかけに無条件に引っ越しをした。

ソウルで最初に落ち着いた所は、薬水洞と呼ばれる新党洞の自宅だった。学校の先輩の女性が市内へも近くて良い小学校が近くにあるというので、その場所にした。先輩の言葉で子供たちをすべて良い小学校に入れることができた。

剛直な人柄で子供たちに“真っ直ぐな精神”を教え込んでくれる年配

の校長先生の教育態度が気に入った。しかし、学校に通っている子供たちがバスから降りて家へ入る路地が長すぎて苦労した。300 メートルは軽く歩いて入ったり出たりしなければならないので、重いカバンを持って歩いて通う娘がかわいそうでたまらなかった。

バスの停留場に近い家に引っ越すことを決心し、バス停がある家の付近の不動産屋を訪ねた歩いた。朝に夫と子供たちを停留場前まで見送っては直ちに不動産紹介所を探しに出ることが、その頃の日課だった。いくら不動産屋の主人について通っても、私たちの状況と条件に合う家はあまり現れなかった。

そんなある日の朝、その日も切なそうに重いカバンにお弁当袋を持って長い路地を下り娘がかろうじてバスに乗る姿を見ると心が痛くてたまらず、ある不動産屋に立ち寄った。「奥さん、表向きはペイント塗りもしてないので、とても粗末に見える家だけど、中は大丈夫だから一度行ってみますか」と言われ、「バス停までは近いですか？」と口癖のように問う私の言葉に「はい、停留場のすぐ後ろの家です」と言うではないか。希望に胸を膨らませてついて行くと、思った通り薬水洞ロータリー沿いのすぐ後ろの家だった。

前の家は製菓店を営む“おいしい製菓”というパン屋さんだったが、その家を訪れ、路地の中を入ると、香ばしいパンの焼ける匂いが漂っていた。「不動産屋からの紹介で来た」と言うと、北に面した門をすぐ開けてくれる。その家主もかなり急いでいたのだろう。

門の内に入ると、外から見るよりは比較的きれいで整理がよくされている家だった。玄関も広々としていたし、まず部屋がかなり広く日本家屋そのままだった。2階への階段は狭いがキーキーと鳴る音は出ていなかった。2階に上がったら私が好きな骨董品と書画などの美術品が部屋ごとにぎっしりと飾られていた。後で聞いたところによると、某長官を務めた現職国会議員が住んでいた家だそうだ。“それではきっと住み心地のいい家だ”と決心し、無条件にその家を逃さぬよう契約をし引っ越すことにした。

引っ越し後、反対する夫に内緒で数本のバラの花を買って植え、芝生を作った。「長官も手入れせずに住んでいたのに、庭園を造るだなんて本気か？」と言って木を植えて庭園の手入れをすることを夫はいつも反対した。何事にも金のかかることが嫌いな夫だ。しかし私は成長していく子供たちの情操を養うため、家で美しい花を栽培して芝生の草も抜くきれいな心も教えなければならないという気持ちで引っ越してきてから園芸を怠らなかった。四季折々に咲く花の美しさを見て、確かに我が家の子共たちは自然の美しさを心の中に育んだと信じている。

そこで子供たちは熱心に勉強し、うらやましがられているソウル大学に入った。人々が家相が良くてそうなったと言うと、私も一緒にそのようだと首を縦に振っている。が、それだけではない。そこに住みながら意外にも仁寺洞に画廊を開き、現在まで文化事業に携わっている。初めて家を見に行った時、その家に骨董品や絵など芸術品が多くて印象的だったが、まさにその家で私は一生忘れられない画廊経営者になったのだ。それもまた家相のおかげだと、家族友人たちは冗談で話したりしている。

しかし、こうした縁が多かった家も6、7年間住んでみると、一つや二つ残念で不便な気持ちが生じ始めた。孟母三遷の教えを再び思い出さないことがなかった。

国家試験準備のため図書館で夜遅くまで勉強して戻ってくる2人の息子の帰り道もそうだが、ピアノのレッスンもあって夜遅く帰ってくる大学生の娘の帰り道も心配だった。バス停が近くすぐ大通りになっている路地のため、どういうわけか屋台が周りに群がり、まさに私の家の前は屋台街となってしまった。

夜遅くまで酔客の叫び声、歌の声で眠ることができない。子供たちの帰り道が不安で、バス停の前まで出て夜遅く帰宅する彼らを待ったりしていた。

1日、2日のことでないので耐えがたく、もう子供たちもみんな成長したのだからもう一度引っ越ししなくてはと思ってから、探していたところが、江南（カンナム）の土地。その時、江南には更地が多かった。一部分だけが数少ない住宅地で、分譲マンションだけで形成されているのが現状だった。

そうしたある日、周りには赤い土を押し固めた空き地があるだけで、坂の上に聳え立っているレンガ作りの一軒家を不動産屋で紹介され、訪ねて行った。真四角の敷地で南向きの前が広々としている点も家相が良いいという予感がして、今住んでいるこの家に引っ越して来るようになったのだ。私の家で働いていたおばさんに聞いた話だが、ある僧侶が道すがら立ち寄り言った言葉で「この家は亀の背中の上に家を建てた形と思います。家相が非常にいいので、良いことが今後多いでしょう」というもの。

その僧侶の言葉を記憶に留めておくだけとしても、私たちがここ“丘の上のレンガの家”に引っ越してきた後、私には永遠に忘れられない嬉しいことがあまりにも多かった。3人の子供たちの結婚はもちろん、2人の息子の国家試験合格の知らせは私にとって生涯最高の喜びと言える。また、長く待った娘の米国留学後のピアノの帰国記念ソロリサイタルもその一つである。

それだけではない。2人の息子と娘はすでに一人前の社会人になって、それぞれ父と母にもなり、社会が必要とする働き手として立派に成長してくれた。私はただ天主に感謝するばかりで、私が子供たちを熱心に育ててきたように、残りの余生は自分がやってきた分野で最善を尽くして努力していくことをもう一度確認するだけだ。ある夏の夜、我が家の庭

から眺めた流れ星が思い出された。私の誓いに対する空の回答だったのか…。(1989 年)

※孟母三遷

「孟母」とは、孟子の母親のこと。「三遷」とは、住居を三度移し変えること。

孟子の家族は、はじめ墓場の近くに住んでいたが、孟子が葬式ごっこをして遊ぶので、市場の近くに引っ越した。市場の近くに住むと、孟子は商人の真似ばかりして遊ぶので、学校の近くに引っ越した。すると孟子は礼儀作法の真似ごとをするようになり、孟子の母は「この地こそ子供にふさわしい」と言って、その地に落ち着いたという故事から。

「孟母三遷」「孟母の三遷」「三遷の教え」「孟母の三居」「孟母の教え」とも。教育には環境が大切であるという教え。また、教育熱心な母親のたとえ。(古事ことわざ辞典より)

後先になった専攻

大学時代、私をとても可愛がって大事にしてくれた国文科4年生の先輩が1人いた。普段、彼女は愛想のよい性格の上、知り合いも非常に多いだけでなく、学校の勉強も一生懸命に頑張って成績が優秀な生徒だと評判が立っていた。彼女は学生と教授たちの間でも人気があり、科の代表を継続して引き受けていた。私もそんな先輩を大好きで慕っていた。

卒業を数日後に控えたある日、彼女はすでに“ヨウォン”雑誌社に就職が決まったというので一緒に喜んだ。その当時は就職することがとても厳しい時代だったので、学校を卒業してもすぐに就職するのは大変なことだった。私は彼女を思いっきりお祝いしながら「お姉さん！　本当によかったわ。お姉さんの夢は雑誌社の社長になることじゃないの？　必ず成功して素敵な雑誌社を一つ作ってくださいね」と言いながら一緒に喜んだ。彼女が誇らしげに見え、うらやましかった。その当時は“ヨウォン”雑誌は韓国で唯一、権威のある女性の教養誌として人気があり、女性の教養と人格を高める雑誌だと、女子大生たちもよく買って読んでいたのだ。

彼女は今すぐにでも雑誌社社長になれるように堂々としていて、国文科を卒業する彼女が格好よく見えた。私は専攻する薬学科について疑問を感じながら、改めて考えてみた。

幼い時代、一時は小説家になることが夢で小説本に埋もれていた私だったが、不本意ながら大学で薬学を専攻したため、卒業後に雑誌社に就職をするというのは非常に遠い話だと思われ、盛んに雑誌社について熱く語る彼女に対してはただ羨望の対象に思われるだけだった。

その後、月日は流れて20余年が過ぎた。その間社会もずいぶん変わっており、その中に生きている人たちの生活も変わった。私はすでに子供たち3人が大学生の母であり、家庭の主婦としては意外にも、画廊を経営し、美術雑誌を発行する雑誌社、発行人となった。“人の運命は時間の問題”という言葉が思い出される。学生時代、彼女のようになりたいと、うらやましかったその先輩は今どこで何をしているのだろう。詩を書く文人になっているだろうか。雑誌社に就職すると言っていた彼女が雑誌社を設立して社長になったというニュースは今のところ聞いていない。雑誌社に就職する彼女をうらやましく思っていた私が今、不思議なことに美術雑誌の発行人としてこの国の美術文化の発展のために精一杯働いている。

今、そのお姉さんと再び会うことができたら、私は美術雑誌を出す雑誌発行人になったと堂々と言いたい。また、ある大小の絵、彫刻、版画など各種の美術品が多く展示された画廊で毎日芸術を愛する人たちと一緒に生活しているとも。雑誌の発行人になった私は時々つたない文でも数行ずつ書かないといけない立場でもあり、少なくともうちの雑誌に掲載された様々な分野の人々の美しい文を毎日読んでいたら、学校の専攻は社会ではひっくり返ったと感じる。

大学時代にはおそれ多くも雑誌記者の夢も見ることができなかった私に天がくれたもう一つの恩恵といおうか、誇りとやりがいを感じながら私は今日も恥ずかしくない雑誌人になろうと努力している。

雑誌を発行していて、この世では自分の犠牲なしには決して良いことをすることはできないというのを近年ますます切実に実感する。また雑誌の仕事がどれほど難しいかということも改めて痛感している。もちろん、経済的な損害は言葉に尽くせないことだが、雑誌を作りながら感じるあらゆる精神的肉体的な苦痛、それは言い表すことができない。時にはどういうことだか編集室の仕事がたまっていて、原稿を受けてから直ちに筆者に感謝の電話をかけられず、筆者から「原稿を返せ」と激怒され電話機ごしにどなりつけられた時には、しきりに「ごめんなさい」という言葉とともに車に乗ってかけつけ、深く謝罪し罪人のふりをしなければならなかったこともあるし、お金で換算すると相当な金額をかけてある作家の特集を組み一種のPRをして差し上げる時には、雑誌1冊買ってくれるどころか「自分の写真の表情が良くない」とだだをこねられ文句を言われると、本当に悲しくなり数奇な運命を嘆くこともある。

そんな時は、せっかくお金をかけて記事を載せてもらいながら、どうしてその作家は相手を“少しでも満足させてあげようと思えないのでしょう”とあわれに思い、自分自身を慰めながら励ますだけだ。

名前の苗字に誤りがあって朝出勤した職員がシールをつけるために苦労しているのを見ると、本当に胸が痛み、残念でならない。作家本人は発行人である私を訪ねて来て、「雑誌が簡単でいい加減な物でも良いと思っているのか？」などと皮肉な言葉を投げられると、穴があったら入って隠れてしまいたい心境にもなる。

本が出るたびに無数の寄贈本が出ていく。新しい雑誌が出るたびに「1冊買ってみてください」と販売する代わりに、「新しい雑誌が出たから1冊読んでみてください」と気軽にサービスで手渡すのが常だった。雑誌が出るごとにどれだけ多くの赤字を出すか…誰かが知る由もない。物価が上がるたびに、その経費は初めに予想したものよりもはるかに多くかかる。面倒を見てくれる主人は「経費を節減しろ」と毎回怒っているが、私は「はい」とは言うものの、その時だけだ。実際に本が完成して出たのを見ると、いつも前号よりカラーページが増え、写真版が多くなってページ数も増えている。毎回前号よりもっと良い雑誌を出したくなり、どうしてもそうしてしまう。私は雑誌を芸術家が一つの“芸術作品”を作り出すような気持ちで作っている。決して無造作に適当に出したくはない。輝く宝石のように見せたいという欲がある。読者たちに迷惑にならない、そんな良い雑誌を出したいのだ。(1980年)

晩学の思い出

春を迎え、各種の文化講座案内書があちこちから舞い込んでくる。文化に対する知識を積んで文化人らしく生きてみなさいという勧告の意味でもある。

15年前だ。年を取り40代半ばに文化事業をするといって画廊を開いた後、展示会を開催して雑誌を発刊するなど、それなりに意欲的な日々を送っているが、ある日顧問をお願いしていた弘益大学美術学部のイ・ギョンソン教授がこのようにおっしゃった。

「いくら知っていると言っても専門でないと十分ではないので、学校で専門知識を学ぶのはどうか?」

そして弘益大学美術大学院の入学願書1枚が送られてきた。そうでなくても専門知識が不足して物足りなかったところにちょうど良かったと、すぐに登録を終えた。

覇気に満ちた若い大学院生たちの中に照れくさそうな表情で座った。

ところが、その教室で今は韓国美術界の大黒柱の役割を果たしながら、美しくて立派な美術館も建設している一人の中年女性を知った。嬉しかった。それで私たちはすぐに親しくなった。お互い助け合いながら宿題もして、夜を明かして論文を書いて発表もした。

有名な教授の素晴らしい講義を聞くたびに、感動しタイムマシンに乗って若き日の大学時代の自分に戻ったような覇気に満ちていた。

故チェ・スンウ国立中央博物館長の高麗仏画に対する詳しい講義はホアムギャラリーの高麗仏画展を鑑賞する際にも多くの助けになっており、前国立現代美術館長、イ・ギョンソン先生の"韓国の西洋美術の発達史"講義は、現代美術の現状を悟らせ、よく理解することができた。

ソウル大学博物館長のアン・フィジュン（安輝濬）博士の几帳面で厳格な"韓国美術史"講義は出席率ほぼ100％を維持し、生徒たちに最も人気のある授業だった。先生は、学生たちが韓国の화성（畵聖）チョン・ソン（鄭敾）の絵（P36参照）を好きになるきっかけを与えてくれ、韓国美術のルートを知って、大きな知識を積むようにした。それだけではない、美術評論家協会会長だったイ・イル教授の"ルネサンス美術史"講義は、修了直後に欧米各国の美術館を私が訪ねることになる決定的なきっかけとなり、その時に世界美術に対する多くの知識に目覚めた。

"知は力なり"と言うが、これら短くて思い出深い晩学のおかげで私は今日美術界に残っているようになったのではないかと思う。（1994年）

女子高校の同窓生たちの人情

先日の同窓会の集まりでのこと。お互いに経験したことや出席しなかった人たちの知らせを伝え聞くなどしながら話に花を咲かせていた時に、私の耳がピンとする大きな声が聞こえてきた。

「あの、サン美術の購読の申し込み、まだしてない人は今すぐしてください」と、雑誌内容まで説明しながらしきりに雑誌購読の申し込みを受けているではないか！　瞬間胸がいっぱいなり、バッと友人の手首を掴んだ。思いがけない情に触れ、少し驚きながら…。「こんなに手伝ってくれて本当にありがとう。力が湧きます」と言う私の目は熱くなった。このように温かい情をくれる同窓生らがいるとは、なんと嬉しくて幸せなことだろう。

私が雑誌を出すと言った時、周囲のすべての人たちが首をかしげて引き止めた。「雑誌を出すことは大変難しいことなのに、よく考えてしなさい」などという忠告だった。美術雑誌はグラビアも多いので経費がかかるだけでなく、読者層も限定されており赤字が出るだろう。

「文化事業もいいが、多くの損害をこうむってもいいのかい？」とも言われた。しかし私は文化事業をするために長年の夢であった雑誌を発行した。

多くの人たちから様々な原稿を受け取って１冊の本を作ることは容易ではない。しかも、物価上昇でコスト削減が必要になるたびにつらい思いをするのだが、そこでもう一度自分の精神を雑誌に注ぎ、万人が好んで読む良い雑誌を出そうともう一度誓うのだった。このことだけが私が社会に少しでも奉仕できる道であり、私を応援してくれる友人たちに報いる道だと思いながら…。(1980 年)

私の真の読者

去年の夏、娘の婚約式に参席するため、釜山（プサン）に住む義理の姉が上京した。早くに夫と死別したこともあって５人の兄妹を一人で育て、大学まで出すためにあまり豊かな暮らしができなかったそうだが、子供らが独立した今は一人暮らしをしているという。60 を少し超えたその方の話を聞いていてびっくりした。

画廊を見て回りながら「この絵は○○○という人の絵だね。あれは○○○爺さんの絵だろう。ああ、これは大統領賞を受けたというキム、誰だっけ…」と、てきぱきと言い当てるではないか！　それだけでなく、その画家の経歴はもちろん、年齢まで知っているのにもう一度驚いた。

「どうしてお義姉さんはそんなに絵に詳しいのですか？」といぶかしげに聞くと、私を指差し、「あなたから学んだのよ」とおっしゃる。ソウルで一緒に暮らすでもなく、ソウルにはせいぜい１年に一度や二度家に何かがあった時だけ上京される人なので、不思議に思っていたところ、「あなたがたくさんの本を送ってくれたので、詳しくなったみたい。ありがとう」とお礼まで言われた。

そういえば嫁に行ったばかりの時、義姉が女子高時代には絵が上手で手芸も得意だったという話を聞いた覚えがあり、時々「暇つぶしに」と５年前に季刊の美術雑誌を創刊号から毎回送ってあげたのを思い出した。彼女は本を受け取ると夜を撤して隅々まで読んでは近所の薬局の女性薬剤師にも貸して、一緒に読んでいたらいつの間にか美術に詳しくなったそうだ。展示会のカタログや葉書など画廊に来る印刷物も彼女に送っていた。いつも生活に追われながら遠くにいる目上の人に対してご無沙汰していることを許してもらいたいという気持ちの表れだったのかもしれない。

ともかく年配の義姉の美術に対する豊富な知識と理解を目のあたりにし、大きな喜びとやりがいのようなものを感じた。また勇気と希望も持つようになった。最初に美術誌発行を始めた趣旨がまさにこのようなものであったからだ。胸が一杯になり、涙を禁じえなかった。

最近、雑誌界は赤字運営のために苦しんでいるのが事実だ。しかし、義姉のような人がいるからこそ、すべての雑誌関係者は現実の困難を乗り越え、本を出版し続けているのではないだろうか。(1984年)

一幅の絵画は精神的な薬

4月初めに画廊、開館記念の招待展を開いた時である。ある一人の女性が心酔した表情で展示会場の中を見回った後に「自分も薬剤師であるが、薬剤師が画廊を開業したという記事を読んで訪れた」と言いながら、「どうして画廊を開くようになったのか」と尋ねられ、近寄ってきた。そして自分もとても絵が好きなのだと教えてくれた。

私が小学校に通っていた頃、私の家にはかなり多くの書画があり、大小の掛け軸や屏風が部屋ごとに飾られていた。父が書画を好きで多様な絵や書をたくさん持っていた。今も私の記憶から離れないのは、あの時その屏風の中に描かれていた神仙図の絵だ。耳が際立って大きかった白髪老人が童子を率い、仙境の中を悠々と歩く姿だ。どのようにしたらその美しい絵の中の仙境を文章で表現することができるのだろう。今も当時の、その屏風の中の神仙と仙境を忘れられない。美しい様々の山水画を鑑賞し、天国の楽園を思い描いていた幼い時代のその時を忘れることができない。

多分、その夢が育って薬剤師という職業を捨て、画廊の扉を開くようになったのかもしれない。

絵はいつも私にとって無限の想像の源であり、心の喜びであり、安息の場所なのだ。美しい一幅の絵に接するたびに私の心は楽しくなり、すべての心配はなくなり、再び生きる喜びと希望が蘇る。そうして、幼い頃から暇さえあればきれいな絵を切り抜いて集めたり、絵本を好んで読みながら時間を過ごしたりしていた。国展が開かれるようになった大学時代には必ず訪れて作品が印刷された葉書や写真を買い集めていた。

絵を好きな私が絵の勉強をしないでどうして薬学を専攻したのかは、私自身もよくわからないが、多分、戦争に行った直後、薬剤師という職業に魅力を感じた家族の勧めに従ったように思う。大学を卒業して結婚した後、子供3人を持つ主婦の薬剤師として一時薬局を開業したことがある。

夫の職場について釜山（プサン）で暮らしていた時のことだ。今から14、15年前の頃と記憶している。その時、私の家は店舗付の新しく建てられた大きな家へ引っ越しすることになり、新しい家に引っ越した記念にト・サンボン氏の10号のライラックの花が描かれた絵1点を1万ウォンで買ったのだ。これが本当の美術品を購入した最初の作品だった。あれから10年余り経ったが、まだその絵は私の家の奥に掛けられている。ほのかな白光の白磁の壷に込められたライラックの花一幅の絵は、見れば見るほど微妙な味わいがある。（P22写真参照）

薬局を開業してから経済的に多少余裕ができ始めると、気に入った絵を鑑賞して1、2点ずつ購入していた。そして時には夫とともに、時には子供たちも連れて美術鑑賞をし、また教えたりしながら今まで家族全員が美術とともに生活してきた。そのような美術鑑賞を通じて、子供たち3人みんなが健全な趣味と情緒を身に付けながら育っている。

薬学を専攻した薬剤師として薬局の経営をしながら、多くの患者たちを治療し健康の世話もしてきたが、世の中は物質文明が発達し高度な経済発展を遂げたため、複雑な生活から受ける精神的ストレスが深刻になっている。都会人にはそれがさらに加重され、精神的疲労感は言葉にできないほどだろう。そういう意味で、家の中で一幅の絵を眺めるということは、見る者に癒しを与え心配を忘れさせてくれる。このように絵は心に楽しみを持つことができるという良い治療剤となっているのだ。すなわち、一幅の良い絵は精神生活の良い薬になると思う。

したがって、疾患の苦痛を治療する薬剤師が精神的な幸福感や心の平和をもたらす絵を提供する画廊を経営するということは、決して相反することではなく、また違った意味での薬剤師の役割でもあり、最も有意義な道であると信じている。（1980年）

幸福の瞬間

実に久しぶりに大降りの雨の中暗い梨花（イファ）女子大の夜の校庭を訪ねた。音楽会に同行した美術大西洋画家イ・スジェ教授をお連れするためである。

夫の運転の腕はあまり上手ではなかったが、イ教授の住まいである寄宿舎の新館の前まで上らなければならないほど雨がひどく降っていた。ヘッドライトに浮かぶ壮大な建物の横を通るたびに、水の流れの中に映る光景を車窓から何も見逃すまいとじっと見つめていた。その昔、5月の生い茂った木々の中を通り、住み慣れた石造の建物が暗闇の中からうっすらと現れる実家を訪れた時のようにリラックスした気持ちになった瞬間、私は30年余り前の長いタイムトンネルの中を通っていた。

それは1953年、釜山、避難先から梨花女子大学に入学した32年前のことである。

みんなが貧しく苦しい生活だったが、薬学というバッジを胸につけて希望に満ちた大学生活ができるようになった私は、嬉しくて胸がときめいた。女性も人生を自ら開拓できる技術が必要だという両親の勧めによって薬学生になったのだ。

同年7月に休戦協定が成立し、8月にはソウル本校に戻ってきた。還都の喜びを抱いて始まった9月の新学期、美しいキャンパスで夢を育てながら勉強できる環境にこの上なく感謝した。

その時、その幸せだった瞬間、科学館で講義が終わるとすぐに本館に駆けつけ、それこそとても小さな図書館に通い続けた。世界文学全集など多くの文学書籍を耽読することで一日を終わらせたりもした。今は正確な大きさを覚えていないが、約5、60坪ほどだろうか、静かでこぢんまりした雰囲気だった。まだハングルになった本があまりなく、英語や日本語になった文学作品を読み続け脂汗をかいた記憶を思い出す。

その時もイ・ボンスン先生が図書館長だった。目が大きくてきれいな若くて美しい先生の姿がさらに心を楽しませてくれた。文理大ではなく薬大生が文学作品を耽読することはなんとなく似合わないが、多くの名作を読みながら、人生の夢を育てていた。これといったレクリエーションがなかった収復直後なので、いつも図書館は超満員でそこで6.25の乱を経験した私たちは、新たな人生設計を繰り広げていく夢を育てながら大学生活を満喫した。専攻科目を一字でももっと読まなければならない私が文学の書籍を読んで別のことばかりしていたから、今も専攻を厭って道を外していることもそのためではないかと思われる。それだけでなく、たまに今は故人となったアン・ジュドウ博士の講義があるという国文科講義室に入っては、一番後ろの席に座って講義を聞いていた記憶もある。親の勧めによって薬学部を選択したが、いつも文学・芸術に対する未練を捨て切れなかったためだった。文理大本館のとても小さかった図書館に埋もれた文学全集を耽読し、幸せに浸っていたその時代、その時のその座席が懐かしい。

ふと30年余り前の長いタイムトンネルを通り過ぎて、昨年の春に6千坪のマンモス図書館が建立されたというニュースが思い出される。さすが梨花（イファ）女子大。キャンパスがまぶしく変貌することを感じことができる。

私たちの後輩たちが、今では“おばあさん図書館”と呼ぶこの小さな図書館があったから、今日の発展があったことを憶えていてほしい。切ない感慨の中で親しんだ母校の校庭を後にした。(1985年)

忘れることのできないその先生

上の子が今、大学4年生なので17年前のことだ。私は6歳の長男ソンフンを連れて毎日幼稚園に出勤をする“情熱ママ”の一人であった。

その日も幼稚園で子供らの挨拶を受けた園長先生がそっと私のそばに近づいて「ソンフンのお母さん、後で私の所に来てください」と耳打ちした。

子供を教室の中に入れてからしばらく経って静かになった隙を狙い、何の用か知りたい気持ちで園長先生の部屋に入っていった。

部屋の中では何枚かの絵が広げられていて、園長先生がそれらを熱心に見ていた。そして部屋に入る私を見ると、「これらの絵はどうですか？」と聞いてきた。

もともと50代後半の園長先生と30代前半の私は、年齢差を超えて非常に親しい仲だった。先生は日帝時代に京畿（キョンギ）女子高校を出て日本の保育専門学校を卒業した後、幼稚園児たちのために一生を捧げた人だ。50歳を過ぎるまで結婚もしないで、幼稚園で一人暮らしをしていた。

私はその人が普段子供たちを熱愛するだけでなく、特に彼らに最善を尽くして音楽などの情操教育をさせることがとても気に入っていた。私も芸術分野が好きだから。

その当時、他の幼稚園と違って希望する子たちには、放課後に美術指導の先生から絵を描くような指導を行っていた。また、ピアノやバイオリンも練習できるように夜遅くまで幼稚園のドアは開かれていた。

時には放課後、うちの子が美術指導を受けている間、待つのが退屈で園長先生の部屋にノックして入ると、園長先生は韓服をきれいに着て端正な体つきで書を書いていたり、墨絵を描いたりしていた。またある時は伽倻琴（カヤグム）を弾きながら、楽しい雰囲気を作ってくださったりもした。そのたびごとに、私は彼女の孤高の姿勢と優雅な趣味に心を奪われた。いや彼女のその高尚な人格とやわらかな人間味は、ともすると若い母親である私が夢見ていた女性像でもあった。それほど私はその方を尊敬しており、熱愛した。私たちはお互いに会話がよく通じて、子供らの師匠と保護者の関係を離れた師弟関係のように親しい間柄になった。

「あら！　どうして絵がこんなにいっぱいあるのですか？」と入りながら驚くと、彼女はこう答えた。「実は私が大事にしている若い画家がいるのですが、お金がなくて部屋を追い出される羽目になったそうです。国展にも何度も入選したとても才能のある画家だけど、その絵が売れないといけないので。そう、あまりにも気の毒で、絵を何点か販売しようと持ってきました。私たち、いいことをしましょう」と言って彼女は丁重な表情を浮かべた。絵を見た瞬間、彼女の温かい人間味に感動もしたが、それよりも渇いた私の胸がじんとなるのを感じた。心が楽しくなった。躊躇せず、そのうちの１点を選んだ。童心を表して連作で描いたものだった。そして私は親しい数人のお母さん方にも一部始終の事情を話し、買うように勧めた。

何日も経たずにその作品はすべて売れ、園長先生はとても満足され私をはじめ、絵を購入したお母さんたちに何度も「ありがとう」と挨拶をされた。そのようにけなげな園長先生の心が若い画家を助け、彼に勇気と希望を与えたのだった。そして、私たち若い母親には、良いことをする“一つの手本”を教えてくれた。いや、それよりもすっかり忘れていた“自分自身の生活”を思い出させてくれた。

私は初めてその絵を見た瞬間、心の中で興奮していた。まるで失った物を再び見つけたかのように嬉しかった。

学校を卒業するとすぐ結婚し、年子で子供３人を生み、なりふり構わずに育てている間、自分を忘れて学校時代から本当に好きだった絵や音楽鑑賞を一度もまともにできないまま、忘却の中で次第に惰性で暮らしてきたことを悟った。その日、絵を持って家に帰ってきた私の足取りは軽く、心は喜びに満ちていた。もう二度と自分を忘れてしまわないと決心した。

趣味生活を営みながら生きることが自分の人生の肥やしになり、複雑で大変なこの世の中を生きていく上で良い妙薬になるという考え方にもなった。

“これからはお金ができれば絵を買って集めなければ。30点ほど集めて部屋ごとに掛けて鑑賞しなくちゃ。そして私の子供たちにも見せてあげながら夢を育ててあげよう。”と一人で決心した。

それから月日は流れ、いつのまにか17年が過ぎた。今日その幼稚園を卒業した我が子たち3人は皆、正常によく育って心と体が健康な大学生になった。熱いこの真夏に2人の息子は避暑地の代わりに、風一つ吹かない読書室に行って本と格闘しており、末娘は扇風機の風に当たりながら一生懸命にピアノの鍵盤をたたいている。その昔、幼稚園の園長先生を通じて再び訪れた“自分自身の生活”の夢が叶い今、四方が芸術作品で囲まれた広いホールに座って私の画廊を訪れるお馴染みの顧客たちと仲良く挨拶を交わす。そして彼らとともに、画家を助けながら忙しい日々を過ごしている。そのように慕っていた園長先生。今どこで何をしていらっしゃるか…もう一度あの方の思いやりのある顔を思い出し、私に画家を助けることの手本を教えてくださった師の美しい心がけと高い人間性を今も忘れることができない。(1980年)

私の母ピョ・インスク

ピョ・インスクという名前の私の母は、存命中子供たちにいつも二つの言葉を家訓のように教えた。

“勤即必成”(勤勉で正直であれば必ず成功するという意味)という言葉と“人のために尽くすことこそ自分のための道である”という二言で

次男キョンフンが 100 日の時に撮った写真。左は長男ソンフン

ある。

私が幼い頃には家で働いている人が数名あったにもかかわらず、母は彼らより早く起きて自ら家の前を掃き、せっせと朝食の準備を開始した。自分の家の前を掃き終えると、隣の家の前まできれいに掃くという豊かな心を持っていた。

目下の者に接する時にもいつもやわらかい笑みを失わず、静かに話され、温かい目で礼を尽くして彼女らを嫁がせ、結婚させてあげるなど、多くの人情を施していた。そのおかげで現在も彼女らとは本当の姉妹のように過ごしている。

母は20世紀の幕が開かれ、日帝が私たちの国を統治し始めた1899年に、リンゴの名産地とされていた黄海道黄州町のかなり裕福な家の6人兄弟の2番目の娘として生まれた。風流を心得て知性の高かった母方の祖父は、男女差別もなく子供たちにすべて新学問を教えた。その中でも特に私の母は性格が用心深く大人しく、せっせと勉強して成績が優秀だったので、格別に祖父の愛を受けて平壌（ピョンヤン）ソムン女子高の前身である平壌女子高等普通学校に通った。

3年生になった年“己未の年独立万歳”事件が発生し、他の同僚女子学生たちと一緒に「大韓独立万歳」を叫んでいたところ、日本警察に逮捕され、1ヵ月間留置場でお世話になったこともある。これによって1年の停学処分を受けて、1年後輩だった私の叔母と同じ組になったのだ。その叔母の紹介で、私の父との結婚をすることになった。

母は兄弟のうち一人娘である私には特別な愛情を持って、ほとんど犠牲的に孫3人を預かって育ててくれた。しかし、そのように丹念に面倒を見てくれた上の子が大学を卒業する日の朝、卒業式に行って家を空けている間に持病の心臓病で突然一人でこの世を去ったのだ。82歳だった。悲しいことだ。“グンジュクピルソン（勤即必成）”、“人のために尽くすことこそ自分のための道である”と言っていた母の教訓を生かし、今日一日もその言葉に習い暮らそうと誓いながら、懐かしい母親の姿を思い出し、優しくしてもらった記憶に浸っている。(1991年)

私のゴールを探して流れる水

早朝は、天にいらっしゃる画家の絵とでも言えようか？　日の出が見たくて庭に出る。色あせてしまった芝生に立てば、庭先に寂しく残った花梨の木の枝の間から夜が明ける。

やがて大きくて丸い火柱を吐いて、赤い太陽が昇る。太陽をテーマに描いた一幅の風景画だ。神が描いてくださる美しい自然のスケッチである。

東の空の金紫に光る日差しがまぶしくてじっと目を瞑る。冷たい風が私の頬をかすめて通り過ぎる。冷たい空気の中で熱い太陽を掴んで私の胸に抱きしめたい。目を開く。燦爛たる大自然が描く絵とともに私の明るい朝は始まる。

絵は確かに私の人生の一部である。毎日私は絵のお城の中で絵とともに生活を営んでいく。そしてそこに歓喜と希望を探す。絵を愛する心を持ち、隣人と一緒に絵を深く知りたくていつの間にかこの道に入っていたのではないか！

大学で薬学を専攻した薬剤師が画廊を経営していることは想像しにくいかもしれないが、水がゴールを探して流れるように私もまた好きな絵を探して自然にここまでたどり着いた。そうして絵を愛する同志たちに会ってみたくて、一日中私は彼らを待って生きている。

小学校の時に家にたくさんの西洋画があった。寒い冬の夜なら母がいつも部屋の前に置いてくれた風除けの花鳥屛風や、狩人らが鳥などの動物を狩猟する民話屛風〈狩猟図〉などをはじめ、大小の額縁が部屋ごとに掛けられていた。

父が客間で誰かの絵を出して訪問客たちと歓談をしていた姿を、今も忘れることができない。耳が特に大きく、高麗時代の服を着た仙人のようなおじいさんが可愛いい子供童子を抱えて不老草や各種の花、そして鶴と亀、鹿が飛び回る山の中を悠々と歩き、笑みを浮かべたその顔が、今も目の前に鮮やかに浮かんでくる。

多分、その時代その中で夢多き少女は絵を愛する心を育てながら幸せに暮らしたのだろう。そして今日のこの暮らしを待ち望んでいたようだ。

絵は心の喜びであり、安らぎの場であり、豊かな想像の源である。一幅の絵と接するたびに、内気な少女が“心の人”を見るように胸をときめかせてわくわくする。それが大きな感動を与えてくれる時には、一人だけで見るものではないことを悟り、いつのまにか隣人を招いていた。

絵を見る時、心は喜びではち切れそうになる。満足感にとらわれ絵の中をさまよっていたら、疲れた時には生気が湧き出て、憂鬱な時にはすべての憂いが消えて、歓喜と希望に満ちた幸せな女性になる。そしてこの喜びを隣人に知らせたいと。

十数年間、絵を離れることなく生きているので体と心は健康だ。決して逃すことのできない喜び。そうして薬剤の仕事を拒み、私はこの仕事に従事している。

学生時代、我が国には画廊がなかった。ただ絵に関する本を好んで買っては読んで、見て鑑賞したりしていた。毎年、国展が開かれる時には欠かさず訪れ、鑑賞しながら作品ごとに印刷された写真を収集していた。絵に対する天授の才が私にはないので、画家になろうとする夢は初めから考えてもいなかった。ただ、眺めながら喜ぶだけだ。

20 年余り前、専攻の薬学を生かし、結婚後、薬局を開業したことがある。その時好きな画家ト・サンボン氏が描いた 10 号の洋画をわずか 1 万ウォンで購入した。ト・サンボン氏のお嬢さんが私の子供たちの幼稚園時代の美術指導の先生だったので、画廊がなかったその時代、彼女のアドバイスで気軽に買い取ることがあった。

絵が初めて私たちの家に来た日、さびた色の丸い白磁の坪の中にたくさん生けられたライラックの花は、特有の香りを醸しながら私の腕に抱かれるようだった。その日の感動と喜びは今もはっきりと覚えている。その絵は引っ越しのたびに、最初に抱えて持って行く我が家第１号の家宝となった。

娘が５歳になった年に初めてピアノを習い始めた頃、ピアノの上の壁にこれを掛けてあげた。娘が幼い頃にピアノを弾き始めてから大学を卒業する時まで眺めた絵なので、私はこれを娘の所有と決めてその子が嫁ぐ日、花嫁道具に入れて送るつもりだった。母の喜びを娘に譲るためである。

その後、お金が集まれば画家の作品展があるたびに訪れ、気に入った作品を購入する十数年、なんとか私の家にはかなり多くの美術作品が集まり始めた。

そうして昔の私の実家の父のように、友人たちと会って夜が更けていくのも忘れ、作品を前に鑑賞して歓談するようになった。(1985 年)

月を掴み太陽も掴もう

“月を掴み太陽も掴もう！”

社会活動をする女性の場合、月は“家庭生活”を意味するものであり、太陽は外の世界つまり“社会生活”を示すものだと比喩される。家庭生活と社会生活を両立させることがどれだけ難しいことか、働く女性なら誰もが知っている。厳しいことほど固い意志と責任ある行動が伴わなければならない。そうしてこそ完全な自分の人生を生きていると言えるのだと、何度も繰り返し自分に言い聞かせながら、それなりに力強く生きるために努力している。

いつも作品が素敵なことで有名な韓国の優れた現代陶芸家ユン・グヮンチョ氏の作品展を用意するため、夫とともに広州郡草月面にある池月里に、彼のアトリエを訪れたことがある。草月面にある池月里（草月面池月里）という街の名前を初めて聞いた瞬間、私の耳がひらめいた。もともと満月と縁がある私としては、ただなんとなく見過ごすことができる名前ではなかった。私の誕生日が旧暦霜月半月だからだろうか。

月の皓皓と明るい夜に白い雪が積もった山村を想像していた。私たちは中部高速道路に乗って広州（クァンジュ）に行き、しばらく聞いて探しながら草月面にある村の入口の小川沿いにあるユン・グヮンチョ氏の陶芸アトリエを訪れた。アトリエには、しゃれた柔らかさが作家の品格を示すような古代と現代がよく調和して製作された粉青沙器が、彼の息使いとともに置かれてあった。しばらくの間、多くの陶芸作品を興奮と感嘆の中で拝見し、外に出た時にはすでに日が暮れていくところだった。また、美しい夕焼けの下、山辺を隣に置くように韓屋がもう一軒、上品に佇んでいた。その前に悠々と流れる澄んだ川の水が一層ロマンチックに映った。

ユン・グヮンチョ氏は、月という文字が二度刻み込まれている草月面にある池月里の美しい村で思う存分趣を享受しながら、そして現代陶芸作品を創作しながら暮らしていた。彼自身“趣”それ自体の作家であると思った。我々はユン先生が暮らしているという韓屋に入った。部屋の中には“汲月堂（グプウォルダン）”と書かれた扁額一つが向かい側の壁の真ん中に掛かっていた。6.25の時、韓国の文化財を命をかけて守り、今日の国立博物館を作ったチェ・スンウ前国立博物館長が訪れた際に付けてくれた屋号だという。前庭の向こうの小川の中に丸い月が入って座ったので、早くその月を釣瓶でくみ上げろという意味だと述べた。

伝統陶磁器をもとに現代陶芸作品を作って“月を汲み上げるように”胸の中で自分だけの独特な作風を生み出すという意味だそうだ。その後、川の水の中の丸い月と一脈相通ずる趣を持つ〈ユン・グヮンチョ陶芸展〉はサン画廊で盛況裏に終わった。

ユン・グヮンチョ先生は展示中手を尽くしてくださった方たちの何名かをその“汲月堂（グプウォルダン）”に招待したことがある

その日の前庭には美味しい食べ物が準備されており、一方の横には、素焼きの未完成の陶磁器（筆筒、鉢、皿など）がいっぱい積まれていた。やってきた客が直接絵を描き入れ、再び窯に入れて焼いて作った陶磁器を記念品に分けるためである。食事が終わった後、ユン先生の簡単な説明を聞いて、それぞれ自分が選択した素焼きの上に、腕によりをかけて絵を描いていった。黄土色の素焼きの上に絵を描いていく面白さに「作家の心情とはまさにこのようなものだね」と言いながら、ある人は、熟練した腕前で絵を描いたり、ある人は素敵な漢詩を書いて入れたりした。

私は筆立て一つを持って小川のほとりにある風蘭一株を真似て描き入れ、庭の前に見えるままのグプウォルダン（汲月堂）を書き入れて、あいた所にもう一度約束するように文句一節を書いていた。“月を掴み太陽も掴もう”…このように完成された陶磁器は一月後に素敵な粉青磁器筆立てになり、私の部屋のテーブルの上の文房具入れとなっている。それを見るたびに私は作家になった気分でほほえましさを感じる。今日も私は私の部屋を訪れる人々に筆立ての来歴を聞かせながら、趣を満喫し“月を掴み太陽も掴もう”を心に誓う。(1995年)

「月を掴み太陽も掴もう」と描かれた筆立て

祝辞

発刊をお祝い申し上げて

私とキム・チャンシル氏との出会いは、1979年までさかのぼる。弘益大学在職時、大学院の教授だった私は、当時新たに開設された大学院美術史学科の研究過程に入学したキム・チャンシル氏と出会った。この研究の課程はその後なくなってしまうのだが、チョン・ヒジャ氏など、有名な社会人が思いを新たに立ち上げ、勉強する重要な場所になったのだ。

キム・チャンシル氏と初めて会ったのは1977年に彼女がサン画廊を始めた直後からだったが、どこまでも人間的な深みのある出会い、つまり先生と弟子の間の関係で会ったのは、先ほど話したように1979年だった。その時すでに2年前にサン画廊を始めていたキム・チャンシル氏に個人的にギャラリーの運営に関する様々なアドバイスをすることになった。例えば画廊企画展として韓国画の画家の招待展を主にしなさいというものだった。それは当時、ほとんどの画廊が有名な洋画家の作品展をしていたため紹介が遅れている韓国画家たちの活動を後押ししろということだった。

一方、財閥の夫人として事業の一線に乗り出したチョン・ヒジャ氏は新しい美術史研究の流れの中で美術に対する教養を高めたのは将来、美術館創設の夢を早くから抱いてのことだった。こうして出会った二人のうち一人は実力のある画廊主として韓国の画廊の発展に寄与してきており、また一人はソンジェ美術館をキョンジュ（慶州）に創設し、遅れていた韓国現代美術の基礎をしっかり築いた。

サン画廊のオーナーキム・チャンシル氏は1979年には“サン美術”という雑誌の発刊を始めた。当時、美術雑誌としてはかなり古い“空間”と現代画廊発行の雑誌などがあるだけだったが、本格的な美術雑誌である“サン美術”が刊行されてからは、美術出版がいかにも活発な様相を帯び始めた。この“サン美術”の発行とその業績は、韓国現代美術にとって記録的なことであり、文献的な面でも多くの功績を残した。

1985年にはキム・チャンシル氏が韓国ギャラリー協会会長になったが、彼女の就任時の業績は“画廊美術祭”を創設したことだ。すでにその時には韓国の多くの画廊は世界の多様な地域で開催されているアートフェアに参加していたが、韓国ではそのようなアートフェアがないことを身に沁みて感じた頃で、画廊協会会長のキム・チャンシル氏は様々な画廊主らとの協議の末に韓国“画廊美術祭”を創設し発足させたのだ。これは韓国の画廊が直接、間接的に世界の画廊などと関係を結んで韓国の画廊も世界的な視野の中で存在するようになったという意味にもなる。

その次にキム・チャンシル氏が韓国現代美術に及ぼした功績は“サン美術賞”の制定である。1年を単位として活動が優れた作家に賞金を与えて展覧会を開催し、実力で競う。意欲をそそるこの賞制度は今はもう多くの団体で策定されているが、10年前の1984年にはそれほど多くなかった。特に賞を受賞した美術家たちが実力のある人であり、また賞を獲っても、創造的な活動を続けるという意味で“サン美術賞”の制定が成功していることは明らかである。

ギャラリーを運営してから19年間このようなことをはじめ、韓国画壇で起きたあらゆる出来事を書き溜めたお話が今回、単行本として出版されることになった。それはキム・チャンシル氏個人の問題というよりは、彼女の目を通じて見た韓国画壇の歴史であり、何よりも貴重な画壇の生きた資料だと思う。

イ・ギョンソン（美術評論家、元国立現代美術館長）

祝辞

現代の申師任堂（シン・サイムダン※）を見る喜び

キム・チャンシル夫人は、早くから社会では薬剤師として、美術品収集家または音楽愛好家として、随筆家として、女性先覚者として、そして家庭では清廉な公職者だった夫君イ・ホヒョン社長の賢夫人として、2男1女の賢母として、最も成功した人生を生きてきたものと人々から崇められています。彼女が20年余りの間、新聞、雑誌、行事、社内報などに寄稿した文が集まり文化エッセー集が刊行されたのを心から慶賀し、同時に、その貴重な随筆が多くの人たちに再び読まれるきっかけとなることを懇望する次第です

かつて中国のイム・オダン博士は、理想的な自由人とは人間の尊厳性と関連して知識の探求、夢と理想、ユーモア感覚、意志で環境を変化させる能力などを有する者だと指摘しましたが、そうした意味で、キム夫人は最も理想的な自由人と言えます。人の能力には限界があると言いますが、キム・チャンシル夫人の場合は無所不知（知らないことはない）、無所不能（できないことはない）、無所不為（やらないことはない）として、文学、音楽、美術、医薬などすべての分野に到達して、専門家的な知識と経験を兼ね備えている方で知られています。

私（筆者）の法律事務所開業式の時、ハンカラム会を代表してご出席下さり、原稿のない即席スピーチを行って多くの人に大きな感銘を与えました。

キム夫人は、いつどのような状況でも素直であり、親切謙虚に自分の主張を堂々と展開できる方として知られ、ユーモアと機知に加えて的を射た鋭利な判断力、そして瞬発力にあふれています

細かく繊細で感受性が強い面があるかと思えば、深思熟考の後得られ

た“主格”を徹底、果敢に追求、推進する理知的な面も併せて持っており、知性と教養をあまねく備えた淑女で周囲の尊敬を一身に受けている方です。

私（筆者）が初めてキム・チャンシル夫人とお会いできたのは1970年代サン画廊を開館する頃で、その後、私のような美術方面の素人がソウル地方に勤務する際にはレベルの高いサン画廊の展示会を参観して、図録も入手し、キム夫人の該博な理論に支えられ、作品を鑑賞する視点もそれなりに育てることができたのです。

様々な立派な作家たちがサン画廊の招待展を通じて美術界で大きく脚光を浴びて発展大成する契機となるなど、美術界の発展にも大きく貢献されたことを知っています。

女性が社会活動をすれば家庭教育を誤らせやすいと言われるが、キム女史の場合は子供たちの教育においても大きく成功的な人生を送っていらっしゃるのです。

法曹界で比較的子供の教育に成功したと認められている私ですが、私がいつも羨望している方がキム夫人です。

まず、2男1女の子供を高く、厳しい礼儀法度の中で成長させ、彼らはいずれもソウル大学（法大、音大）卒業生になりました。その中でソンフン、キョンフン君は司法考試に合格し、それぞれ判事、国際弁護士として名声を博しており、ミョンジン嬢はソウル大学音楽科を卒業して豊林（プンリム）産業系列の（株）ポレクスのイ・サンフン企画室長に嫁いでおられ、また、ある米国最高の音楽の名門、ブルルミントン、インディアナ大学院（ピアノ専攻）を卒業し、音楽修士号を取得しました。そして現在、サンミョン女子大学とキョンウォン大学に出講しておられます。地域の結束と青少年の善導を理念としている私たちのハンガラム会には、キム夫人を今日の申師任堂（シン・サイムダン）として欽慕して疑いません。

私は、キム夫人のエッセイ集について評価すべき専門知識を持っていませんが、文の内容が水が流れるように淀みがなく、将来の政治、経済、文化、教育の指針になるような鋭智と慧眼が盛り込まれており、文と関連がある人たちの誇りと勇気を湧き上がらせてくれることはよくわかります。また、キム夫人がかつて指摘した事項について、十数年が過ぎた今日、一つ一つ是正されていたり、国家政策に反映されていることを実際に確認することもできるのです。

私が東亜（トンア）日報、週刊美術、月間芸郷、サン美術、錦湖（クムホ）文化、月刊エッセイなどに寄稿した絵と文章について、キム夫人は率直で友情のある激励と声援で力付け、いつかはサン画廊で展示会を持つことができるようになることを励みに私も東洋画に邁進することを誓っているのです。しかし、キム夫人は公私を峻別して、筆者が３年前からお願いしているある画家の招待展を今まで婉曲に断ってきていることから、筆者の作品展示は遥遠で期待薄なのですが、そうしたお気持ちがサン画廊の信用と品位、そして権威をさらに高めているわけです。

キム夫人の家庭に、神の恵みによって栄光と祝福が満つることを祈願します。ありがとうございます。

キム・ヤンギュン（弁護士、ソウルハンカラム会運営委員）

※申師任堂（シン・サイムダン、1504-1551）

韓国の歴史上最も尊敬された女性（芸術家）の一人である。韓国で2009年に発行された５万ウォン札には師任堂の肖像が描かれている。

７歳頃から自分で絵を描き始めたと言われている。朝鮮王朝時代の天才画家、安堅の「夢遊桃源図」などの山水画を手本にしながら絵を描き、特に草や虫、ブドウを描くときには並外れた才能を発揮し、代表作「草虫図」を残した。また、儒教の経典や賢人たちの書を学び、優れた素養も兼備していた。

良妻賢母のイメージが強い師任堂ではあるが、むしろ芸術家として、一人の人間として自らの人生を切り開いた女性だと言える。

王冠文化勲章受章式にて（2009 年）

2009 年 10 月 17 日　キム・チャンシル女史のこれまでの功績を称え、画廊主としては初めて韓国政府より王冠文化勲章を授与されました。
2011 年 6 月 18 日に亡くなられた時には、イ・ミョンバク大統領（当時）より弔花がありました。

訳者あとがき

私が著者キム・チャンシル女史に出会ったのは、2008年の夏。

私は有限会社サイト二番町の韓国支店代表として2006年から2012年までソウルに赴任していました。有限会社サイト二番町は主人が日本の代表を務めるアートとフレーミングの小さい会社で、ちょうど2006年ソウルに支店を設立したばかりの頃でした。

どのように販路を開拓していくべきか迷っていた時に、ソウルジャパンクラブで神戸出身者の集いに参加させていただきました。小林直人幹事長（現会長）、ヤン・セフン会長（当時）がその会のお世話をして下さっていました。

ヤン・セフン会長は当時韓国ソウルの芸術ロータリークラブの会長でもあられました。

ヤン・セフン会長の紹介で芸術ロータリークラブの会員となり、集いにも参加させていただくようになりました。音楽家や画廊主や芸術をサポートされておられる方々など、芸術に携わる会員で構成されたロータリークラブです。キム・チャンシル女史とはその集いで初めてお会いしました。メンバーの音楽会に招待されて聴きに行くことがよくあったのですが、そこにはいつもキム・チャンシル女史が来られていて、コンサートが終わると誰よりも一番に楽屋に行って音楽家本人に走り寄り直接の賛辞をおしまない姿を拝見して、絵画だけでなく本当に芸術を愛し、芸術家を応援されている方という印象を強く持っていました。

キム・チャンシル女史の書かれた本の存在を知る以前に、ヤン・セフン会長（元外交官でノルウェー大使）の書かれた『ある韓国外交官の戦後史－旧満州「新京」からオスロまで－』を読んで感動し、このような日本人にはまったく知らされることのない戦争による韓国人一人ひとりの苦難や努力（テレビニュースで報道されることのない）、個人の真の言葉をもっと知りたいと思う気持ちを強く持つようになりました。

ある日、ソウルの画廊街インサドンにあるサン画廊にキム・チャンシル女史を訪ねた時に、この本の存在を知りぜひ翻訳させてくださいとお願いしました。知らないことによる誤解で国家間の関係が悪化したり、一方的な報道だけで国民全体が悪い印象や偏見を持って渡航する旅行者の数まで大幅に増減するのが現状です。表面的なドラマやKpopの韓流以外にも、もし隣国の一人ひとりがどのように生きているかを日本人がもっと知ることが出来れば、相互理解の役に立つのではないかとの思いと、私自身すでに30年以上アートに携わっていて、同じジャンルの仕事をされている韓国の画廊経営者の考えを知りたいという思い、キム・チャンシル女史という素晴らしい女性（お会いした時は70歳前半だったと思われますが、いつもお洒落で三宅一生のデザインのドレスが良くお似合いで、アクセサリーもNY近代美術館で見かけたことのある素敵なデザインをさりげなく身につけられていたのが印象的でした）を紹介したいという強い思いが重なり、女史にお願いをしたのです。

その時、彼女は文化勲章を受章したばかりで、私の申し出を喜んで承諾してくれました。その後、翻訳作業は思うように進まなかったのですが、翻訳にあたり著者のご主人であられるイ・ホヒョン様、若竹陽子様、シン・ヒョンゴン様、シン・ヨリム様に多大なる助力を得ましたことに対し、ここに深く感謝申し上げます。

キム・チャンシル女史は2011年6月18日に亡くなられました。2017年6月13日（火）サンギャラリーでご主人イ・ホヒョン様と長女イ・メジン様にお会いし、生前のキム・チャンシル女史の印象をお聞きすることができました。お２人とも異口同音におっしゃったのは、常に勉強熱心で休むことを知らない人、積極的で負けず嫌いの性格だったということです。子供たち３人が３人ともソウル大学に入ったのは、キム・チャンシル女史の性格の表れであると言われました。というのは孫２人はソウル大学ではなく高麗大学に入ったそうです。その時キム・チャンシル女史は嫁に対し「誰でもソウル大学に入れると思うのは間違いですよ」と言われたそうです。「月を掴み太陽も掴もう」と人生のすべてに全身全霊で向き合うキム・チャンシル女史に会った思いがしました。幾度となくきわどい死の峠を越えて生き残った著者の一つ一つの言葉の重みを、一人の画廊主の芸術に捧げる愛情の深さが国の芸術に対する意識をも変えた事実を、戦争や植民地支配の屈辱とは無関係で平和を当然のものと受け止め生活している現代日本人に、少しでも伝えることできれば幸いです。ここに改めてキム・チャンシル女史の人生と芸術に対する深い愛に敬意を表しますとともにこの本をご霊前に捧げたいと思います。出版に際し風詠社大杉剛様、藤森功一様にお力添えを頂き、心から感謝申し上げます。

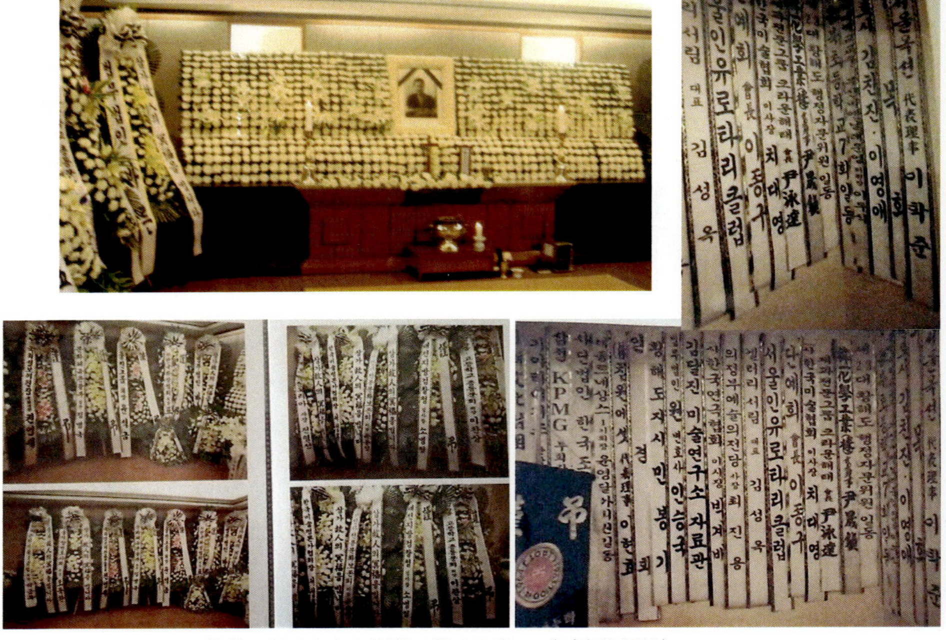

葬儀に寄せられた弔花、弔文の数々（ご家族提供）

左から梨花女子大学大学弔旗、大法院長（最高裁判所長官）弔花、大統領イ・ミョンバク弔花

大統領イ・ミョンバク弔花

화랑가 대모 김창실 대표 별세

화랑계 원로 김창실 선화랑 대표 별세

'한국 화랑 1세대' 김창실 선화랑 대표 별세

현대미술 34년간 지킨 화랑가 '큰 어른'

한국 현대미술계 산증인… 김창실 선화랑 대표 별세

한국 미술 시장 이끈 '인사동 터줏대감'

キム・チャンシル女史の訃報を報じた新聞記事（ご家族提供）

サンギャラリーにて（2008 年）。著者（右）と翻訳者

サンギャラリーにて（2017 年）
長女イ・メジン氏（左）、著者ご主人イ・ホヒョン氏（中央）
翻訳者（右）

◆著者略歴

1934 年 12 月 21 日　黄海道海州市　出生
2011 年 6 月 18 日　ソウル大学病院　死亡

1953 年 2 月　梨花女子高等学校卒業
1957 年 2 月　梨花女子大学　薬学部　卒業
1980 年 2 月　弘益大学芸術大学院　美術史学科研究課程　修了
1981 年 2 月　高麗大学経営大学院　経営学科　修了
1981 年 9 月　高麗大学経営大学院　最高経営者課程　修了
1994 年 2 月　延世大学経営大学院　高位女性指導者課程　修了
2003 年 9 月　壇国大学産業経営大学院　文化芸術最高経営者課程　修了
2004 年 2 月　延世大学経営大学院　言論広報最高位課程　修了
2006 年 2 月　梨花女子大学経営大学院　高位女性指導者課程　修了

【経歴】

1962 ~ 1968 年　誠仁薬局　経営（釜山市）
1977 ~ 2011 年　サン画廊経営（ソウル市）
1995 ~ 2011 年　株式会社サン画廊代表理事（ソウル市）
1979 ~ 1992 年　季刊美術誌「サン美術」雑誌　発行
1984 ~ 2010 年　「サン美術」賞制定、施賞と招待展（22 回）
1979 ~ 1987 年　韓国雑誌協会　理事
1985 ~ 1987 年　韓国画廊協会　5 代会長
1991 ~ 1993 年　社団法人 韓国画廊協会　8 代会長
1987 ~ 1993 年　国際現代美術祭　13 回　参加
1991 ~ 1993 年　国際現代美術館　諮問委員役員
1992 ~ 1993 年　文化体育部産業文化諮問委員
1996 ~ 1998 年　社団法人 ハンカラム会（慶尚道と全羅道和合）会長
1997 ~ 1999 年　NICAF 運営委員（Nippon International Contemporary Art Fair）
1998 ~ 2005 年　水原大学美術大学院美術経営学兼任教授
1998 年　政府傘下所蔵美術品鑑定委員
1999 ~ 2000 年　ASSEM 国際会議場建築美術品設置用役員　コンソシウム代表
2001 ~ 2011 年　世宗文化会館後援会副会長
2001 ~ 2011 年　芸術の殿堂後援会理事
2003 ~ 2005 年　ソウル芸術ロータリークラブ会長
2004 ~ 2011 年　韓国女学士協会財政委員

2007 ~ 2011年　以北5道庁（黄海道）行政諮問委員
2008 ~ 2010年　国際 Zonta Club ソウル第一クラブ会長
2009 ~ 2011年　民主平和統一諮問委員

【受賞】
1982年　文化広報部長菅表彰状（サン美術誌発行等）
1985年　財務部長官表彰状（ASEM 環境美術整備功労）
1994年　文化体育部長感謝碑牌（サン美術賞制定、韓国美術の国際的位相先導功労）
1999年　（社）韓国美術協会第一回名誉美術人賞（美術文化発展寄与、各種美術行事創立開催）
2009年10月17日（文化の日）王冠文化勲章受章（画廊経営者として初めての文化勲章受章者）

【著書】
달도 따고 해도따리라（月を掴み太陽も掴もう）：美術文化随筆

【葬儀】
（社）韓国画廊協会第一回協会葬
国際 Zonta32 地区 Memorial Service
大統領（イ・ミョンバク）、大法院長（最高裁判所長官イ・ヨンフン）、文化体育部長官（チョン・ヘグ）の弔花
梨花女子大薬学大学弔旗、前駐韓米国大使夫人（Mrs.Luisa Vershblow）弔文
他　多数の弔花

【遺族】
夫：イ・ホヒョン　　ソウル大学校工科大学電気工学科卒業
　　釜山税関、財務部関税局、昌原関税事務所運営
　　現在　サンギャラリー経営
長男：イ・ソンフン　　ソウル大学校法科大学卒業
　　米国バークレー法科大学院研修
　　現在　弁護士
次男：イ・キョンフン　　ソウル大学校法科大学卒業
　　米国ハーバード法科大学院研修
　　米国 New York Law Farm 勤務
　　現在　弁護士
長女：イ・メジン　　ソウル大学校音楽大学卒業

米国インディアナ音楽大学院卒業
現在　サン　コンテンポラリー　ギャラリー経営

◆訳者略歴

中川 洋子
1953年、愛媛県生まれ
1973年、関西外国語短期大学米英文学科卒業
1982年より3年間カリフォルニア州モンテレーペニンスラカレッジ留学
　　モダンダンス、コンテンポラリーダンス専攻。（帰国後ヨーロッパビデオダンスフェスティバル参加作品ZEN（禅）MAI（舞）NOH（能）YUME（夢）等制作、YUMEは現代アーティスト嶋本昭三氏、半田まゆみ氏とのコラボレーション作品）
　　留学中、ピクチャーフレーミングアカデミーでフレーミングテクニックをポールフレデリックに師事
1985年、アートとフレームの工房サイト二番町設立
2006年、韓国ソウルにSite Nibancho Korea設立
現在神戸市在住、有限会社サイト二番町代表取締役、ソウル芸術ロータリークラブ会員、ソウル日曜画家会会員、ソウル俳句会帰国会員

月を掴み太陽も掴もう

サン画廊　キム・チャンシルの人生と芸術に捧げる愛

2017年12月7日　第1刷発行

著　者　キム・チャンシル
訳　者　中川洋子
発行人　大杉　剛
発行所　株式会社 風詠社
〒553-0001　大阪市福島区海老江5-2-7
ニュー野田阪神ビル4階
TEL 06（6136）8657　http://fueisha.com/
発売元　株式会社 星雲社
〒112-0005 東京都文京区水道1-3-30
TEL 03（3868）3275
装　幀　2DAY
印刷・製本　小野高速印刷株式会社

ISBN978-4-434-23919-9 C0098